小学館文庫

人面瘡探偵

中山七里

小学館

◉目次

人面瘡探偵

一　むかしむかし

I

『起きろ、ヒョーロク』

聞き慣れた濁声《だみごえ》で、夢見心地だった三津木六兵《みつぎろっぺい》はたちまち目を覚まされた。

『いつまで寝穢《いぎたな》くしてやがる。もうすぐ松本だ』

三津木は目を擦《こす》りながら車窓を見る。相変わらずの高速道路が続き、寝入りばなに見た景色と何も変わりなかった。

新宿から松本まで高速バスでおよそ三時間、長時間の揺れと狭い座席は快適さと程遠い。それでも眠ってしまうのは、日頃《ひごろ》の寝不足のせいだった。

「松本に着いても、そこからまだ先があるんだよ。せめて東京―松本間は特急あずさにしたかったなあ」

一応、所長に打診してみたが、予算が足りないとの理由で即座に却下された。本当に経費として捻出《ねんしゅつ》できないのか、それとも自分に対する信頼度が低いのか気にはなったが、わざわざ確かめるような度胸は持ち合わせていない。

『ヒョーロクごときに全幅の信頼を置いてもらえるとか本気で思っているのか、このボケ』

「ひどい言い草だなあ。これでも結構会社には貢献しているつもりなんだけど」

喋《しやべ》っていると、隣に座っていた学生風の女性が迷惑そうにこちらを睨《にら》んだので三津木は黙り込む。

高速バスが松本バスターミナルに到着すると、一斉に客が降車した。しかし三津木は別の乗り場に移動してまたバスを待つ。目的地は電車も通っておらず、またもバスを使うしかない。

三十分ほど待っているとようやく佐久間町《さくまちよう》行きのバスがやってきた。高速バスに比べると外観がごつく、いかにも古めかしい。これから更に一時間もバスに揺られるのかと思うと正直げんなりするが、仕事とあれば仕方がない。三津木は内心でぼやきながら乗車する。

市内を離れると次第にビルが低くなり、やがて民家すらまばらになり、とうとう森の中を走り始めた。事前に目的地がどんな場所なのかはネットでひと通り調べていたものの、実際に乗り込んでみるとその辺鄙《へんぴ》さに戸惑う。一方で、これほど辺鄙なら近隣に業務を依頼する事務所がなくて当然とも思える。

三津木の勤務先〈古畑《ふるはた》相続鑑定〉は四年前に立ち上げられた事務所で、都内のみならず全国から依頼者を募っている。立ち上げ当初は依頼数も数えるほどで不安も大きかったが、二年もすると急激に業績が伸びてきた。

きっかけは平成二十七年一月の相続税法の改正だった。相続の基礎控除額が引き下げられたために、相続税の課税対象者が従来の一・八倍に膨れ上がったのだ。すると弁護士や司法書士の少ない地方で俄《にわか》に相続問題が拡大し、相続鑑定の需要が急増した。相続税を払えず物納に追い込まれる事例が頻発したのも追い風となった。ただし事務所の業績が伸びたのはめでたいが、多忙になって出不精の自分までが地方出張に駆り出されるのはいただけない。

相続鑑定士という仕事は、いってみれば相続のマネージメントだ。相続には土地家屋調査、不動産鑑定、税理、会計、貴金属鑑定、ファイナンシャル・プランニングなど様々な要素が絡み合っている。そうした各分野の専門家を連携させ、相続人に最適なアドバイスを提案した上で相続発生後の手続きや遺産分割協議・納税・資産活用を支援しようという訳だ。

従って本来は各専門家の意見を纏《まと》め上げるのが主な業務なのだが、所長である蟻野《ありの》弥生《やよい》は人件費の節約とスタッフのスキルアップを理由に、従業員にそれらの専門資格を取得するよう義務づけた。お蔭《かげ》で三津木も土地家屋調査士と宝石鑑定士の資格を持つに至った次第だ。

ところが今、三津木は依頼主の自宅へと向かいながら、己のスキルが却《かえ》って依頼主の不興を買いはしまいかと不安を抱き始めている。何しろこの近辺には山と田圃《たんぼ》しかなく、資産的な価値はほとんど見込めそうにないからだ。

今回の依頼主の本城《ほんじょう》家は信州《しんしゅう》随一の山林王と呼ばれている。古くから豪商として近郷近在に権勢を振るった一族であり、昭和三十年代後半の建築ラッシュでは建材の大型需要に乗って一大木材王国を築き上げた。三つの会社と三つのゴルフ場はそれぞれ右肩上がりの収益を計上し、余勢を駆って興したホテル業も旅行ブームに牽引《けんいん》されてこれまた大当たりとなった。

羅列すると本城家の隆盛はたまさかの時流に乗った感が強いが、実際には当主本城蔵之助《くらのすけ》の経営センスに拠《よ》るところが大なのだと衆目は一致している。「カネは回せば活気づき、死蔵すれば文字通り死にガネになる」というのが口癖で、社内留保よりは先行投資に活路を見出《みいだ》すタイプの経営者だった。

こうして昭和中期から後期までの間、本城グループは蔵之助の経営手腕によって王国を維持してきた。翳《かげ》りが見え始めたのは五十五年以降で、新建材の台頭と海外からの安価な木材流入で国内需要は激減、それにつれてグループ企業の収益も赤字に転じ、以後は絵に描《か》いたような凋落《ちょうらく》ぶりを晒《さら》す。

木材不況は構造的なものであり、いち企業いち経営者が奮起して反転できるものではない。平成になってからの本城グループは更に業績が悪化し、二つの建設会社は倒産し三つのゴルフ場は閉鎖の憂き目に遭う。ホテルの廃業も秒読み段階と囁《ささや》かれている。それでも本城家が未《いま》だ信州経済の雄とされているのは蔵之助の存在あってのことだった。

その蔵之助が四日前の六月二日に逝去した。病死というのが公式発表だが、詳細は三津木にも知らされていない。分かっているのは本城家の顧問弁護士を介しての調査依頼ということだけだ。

蔵之助には四人の子供がおり、それぞれグループの役員に納まっていると聞く。グループの資産が目減りしているのなら、よほど兄妹仲がよくなければ遺産分割協議は困難を極めることが予想される。いや、仮に隆盛を誇ったままならそれはそれで熾烈《しれつ》な遺産争いになるだろう。

「カネっていうのは、つくづく罪深いもんだなあ」

『罪深いお蔭でお前の商売が成り立っているんだろ。今更、寝惚《ねぼ》けたこと言ってるんじゃねえよ』

我知らず口に出していたようで、前の席に座っていた老婆がじろりとこちらを睨む。

三津木は素知らぬ顔で、車窓の風景に目を向ける。森はますます鬱蒼《うっそう》と生い茂り、狭い坂を上っていく。舗装工事が行き届いていないせいか道路の凸凹が目立ち、硬いシートを直撃してくる。上り坂に加えて急カーブが続くため、そろそろ気分が悪くなってきた。この果てに信州随一の山林王の邸宅があるとは俄には信じがたい。ひょっとしたら乗るバスを間違えたのではないかと思い始めた。

しかしバスは予定通り佐久間町郵便局前のバス停に到着、降車したのは先刻の老婆と三津木の二人だけだった。

「失礼ですが東京からいらした三津木さんでしょうか」

人待ち顔で立っていた二十代半ばと思《おぼ》しき女性から声を掛けられた。三津木が返事をすると、女性は恭しく一礼する。

「本城家で家政婦をしております鈴原久瑠実《すずはらくるみ》です。遠路はるばるご苦労さまでございました」

童顔だがお辞儀は堂に入ったもので、長年同じ仕事に従事してきたことを窺《うかが》わせる。今どき家政婦を雇えるような家も珍しく、見栄《みえ》であれ何であれ豪商としての意地は残しているといったところか。

停留所に降り立った時から気づいていたが、鼻腔《びこう》に侵入する匂《にお》いは佐久間町独自のものなのか草いきれにオガクズの匂いが混じっている。街中では嗅《か》ぎ慣れない匂いで、ここが鉄よりは木が、アスファルトよりは土が多い場所であるのを実感させられる。

「本城邸はこのお近くなんですか」

「申し訳ありませんけど、もう少し先になります」

久瑠実は照れ笑いを浮かべながら三津木に手で示す。手の先には黒塗りのベンツが停《と》まっていた。

「お屋敷まではあたしがご案内申し上げます」

ちらりと車内を見ても運転手の姿は見当たらない。

「ひょっとしてあなたが運転を？」

「地元の人間ですから。町中、自分の庭みたいなものなんで安心してください」

それなら停留所ではなく、もっと遠くまで迎えに来てほしかった──そうも思ったが、途中の山道が佐久間町でないのであれば久瑠実の庭とはいえない。元より贅沢《ぜいたく》の言える立場ではないので、黙って後部座席に身体《からだ》を滑り込ませた。

「あ。シートベルトはしっかり締めておいてくださいね」

警告の意味は発車後、すぐに理解できた。町内には未舗装の道路も多く、シートベルトをしていなければ身体が投げ出されそうだったのだ。それでも地元住民らしく久瑠実は男っぽいハンドルさばきで、ガードレールもないような坂道を苦もなく上っていく。

「いくら旦那《だんな》さまが資産家でも、町道は佐久間町の管轄です。恥ずかしい話、佐久間町ってホントおカネがないんです」

「質問、いいですか」

「あたしの答えられることなら何でも」

「本城家は運転手を雇っていないんですか」

「あたしがいれば充分ですもん。あ、厨房《ちゅうぼう》には専門の料理人がいて、お屋敷の炊事洗濯を全部あたし一人でやっている訳じゃないんで心配しないでくださいね」

久瑠実は何気なく答えたのだろうが、今のやり取りで本城家の経済状態がうすぼんやりと浮かび上がってくる。自家用車がベンツというのは一見豪奢《ごうしゃ》に見えるが、高級外車は節税によく使われる手段だ。四年で減価償却したとしても走行距離数がさほどでなければ中古市場で高く売れる。

他方、人件費というのは経費として計上されるだけだから節税対象には不適格だ。だから中小や零細企業の経営者は高級外車を購入する一方で家族を従業員として雇っている。つまり三津木の推測が正しければ、本城家の経済状況は中小企業のそれに近似していることになる。

「確認させてください。現在、本城家には六人のご家族がお住まいなんですよね」

「はい。長男の武一郎《たけいちろう》さまと妃美子《きみこ》奥さま、次男の孝次《こうじ》さま、三男の悦三《えつぞう》さま、それから長女の沙夜子《さよこ》さまと崇裕《たかひろ》坊ちゃん」

「当主蔵之助氏が早くに奥さんを亡くしたのは聞いています。沙夜子さんのご主人も亡くなったのですか」

「……違います」

一拍の間で、大方の事情が呑《の》み込めた。要は出戻りという訳だ。

「家族状況もお調べになるんですか」

「資産の精査が僕の主業務ですが、相続人として適格なのかどうかの報告義務もあります」

「資産ってひと口に言いますけど、本城家の資産というのは多岐に亘《わた》っていますよ」

「不動産に動産、貴金属、有価証券。大抵のものは換価できますからね」

「でも、中にはおカネに換算できないものもあるんじゃないんですか」

「そういうものも可能な限り換価します。そうしないと協議の妨げになるどころか紛争の原因にもなりかねませんので」

森の中を抜けると、俄に視界が開けてきた。葡萄畑《ぶどうばたけ》のような斜面を切り開いた土地に堂々とした、しかし一見奇妙な屋敷が建っている。正面は入母屋《いりもや》屋根が重なった純和風建築だが、背後には平板瓦《ひらいたがわら》の洋風建築が控えていた。和洋折衷というのは数々あるが、建物でお目にかかったのは初めてだった。

和風にせよ洋風にせよ、家屋の外観から内部の間取りも見当がつく。内装もさぞかし立派なのだろう。

しかし如何《いかん》せん、上物《うわもの》の価値がいくら高くても場所の辺鄙さが全《すべ》てを台無しにしている。不動産価格というのは、言い換えれば他人が買い取るのにどれだけのカネを積むかという価格だ。いかに内装が立派で快適な空間であったとしても、人里離れた山中に住みたいと思うのは仙人か世捨て人くらいのものだろう。三津木は案内されながら、早くも脳内で土地家屋の鑑定を開始する。

「お着きになりました一」

玄関に入るなり久瑠実が奥に向かって声を掛ける。すると間もなく小柄な男がひょこひょこと歩いてきた。

「〈古畑相続鑑定〉の三津木さんですな。遠路はるばるようこそ。本城家顧問弁護士の柊《ひいらぎ》です」

柊実規《みのり》弁護士。長野県弁護士会所属で弁護士登録から三十年以上を経《へ》ているので、ベテランというよりは古参といった方が正しいだろう。ただし田舎になればなるほど人間関係は濃密になりやすく、紛争が起きたとなって弁護士が呼ばれると既に当事者同士で片がついていることがままあるらしいから、登録期間が長いからといって手練手管に長《た》けていると考えるのは早計だ。

「土地家屋調査士なら知り合いにいないこともないが、木材や製品込みの鑑定となるとお手上げでね。弁護士会に照会したらお宅の事務所を紹介してくれた。事前に資産規模を調べて、その厖大《ぼうだい》さも承知していらっしゃるでしょう。大変かと思いますがよろしく頼みますよ」

この地に相応《ふさわ》しいと言うべきかどうか、柊の第一印象は質朴で誠実といったものだった。

「お疲れでしょう。少し休憩を取りますか」

「いえ。できれば早々に着手したいので」

財産目録を拝見したい——と言おうとしたのだが、柊にその先を遮られた。

「ああ、それはありがたい。じゃあ早速だが相続人の皆さんと顔合わせしていただきましょう」

後にしてほしいと言い出しそびれ、三津木は仕方なく柊の後に従う。元より人見知りするタチなので物件調査の資格を取得した経緯がある。おまけに相続人というのは大抵目がカネの色に染まっているので、最初に会うのはひどく億劫《おっくう》だった。まるで逃がすまいとするかのように、後ろに久瑠実がついてくる。

周囲を森に囲まれているせいか、屋敷の中は仄暗《ほのぐら》い。正午を過ぎたばかりだというのに、廊下には明かりが点《つ》いている。

進むほどに本格的な和風建築であることが分かってくる。本城家が信州きっての山林王なので良質な木材には困らなかったのだろう。過去に多くの資産価値を弾《はじ》き出してきた三津木には、その贅沢さがいちいち理解できる。和風部分だけでも優に億単位の建築費を投じているのだろう。もちろん、それを売却するとなれば二束三文に買い叩《たた》かれるのだろうが。

屋敷の広さを物語るように廊下は長く、そしてやはり暗い。

三津木は常々思っているが、日本家屋には独特の怖さと妖《あや》しさがある。こうして廊下を歩いていても、隅々に生じる陰翳《いんえい》が冥界《めいかい》と繋《つな》がっているような錯覚を呼び起こす。谷崎潤一郎《たにざきじゅんいちろう》だったか日本家屋に宿る陰翳が日本文化の美意識の象徴と論じていたが、三津木にとっては薄気味悪さの具現でしかない。

「本城家の資産というのは至極単純明快です」

柊は歩きながら話し始めた。

「蔵之助氏が保有していた不動産は山林が七つに更地《さらち》が三カ所とこの土地と屋敷。製材会社とホテルが一軒。それから株式が先週末の終値でおよそ百五十万円。貴金属は高級腕時計を含めて三点。ああ、自家用車があなたを乗せてきたベンツ」

「現金および預金はどれくらいですか」

すると柊は力なく首を横に振る。

「遺産と呼べるほどの額は残っていません。氏は本城グループの総帥《そうすい》で、保証人でもありましたから」

「負債総額はどのくらいなんですか」

「廊下で話すのが憚《はばか》られるような額ですよ。昨今の木材不況はご承知でしょう。木材価格は横ばいなのに生産コストばかりが高騰するものだから、木材一本売っても人件費で吹っ飛んでしまう。本城グループに限らず山林で食っているところは、どこも青息吐息です」

「じゃあ下手をしたら」

「ええ。相続放棄という事態も考えられます。だからこそ三津木さんの鑑定に希望を託したいですな」

聞くだに気が重くなった。遺産分割協議どころか、山林の売却価格でどれだけ負債を目減りさせられるかという話に変わりそうな雰囲気ではないか。

「初めに長男の武一郎夫妻に引き合わせましょう」

柊は俄に声を落とす。

「武一郎さんに子供はいません。前の奥さんとは子供ができる前に別れてしまいましてね。現在の妃美子奥さんとは二年前に再婚したばかりなんです」

しばらく進むと、柊は立ち止まった部屋の外から声を掛けて襖《ふすま》を開ける。

「依頼しておいた相続鑑定士の三津木さんが来られました」

座敷には四十代後半と思しき男と娘ほども若い女が寛《くつろ》いでいた。女の方は妃美子夫人なのだろうが、見掛け通りの年齢ならひと回り以上も年下の女と再婚したことになる。

三津木は自他ともに認める俗物なので、すぐに不埒《ふらち》な想像が頭を過《よぎ》る。考えを顔に出すまいとするだけでひと苦労だった。

「東京から信州くんだりまですまんね。先生」

言葉は丁寧だが、尊大な態度を隠そうともしていない。

「まあ田舎なもんでね。資格を持っとるちゅうても都会の有資格者とは比べものにならん。ウチの柊先生にもうちぃと不動産やら山林売買の知識がありゃよかったんだが」

武一郎は柊を一瞥《いちべつ》して言う。こういう嫌味が自然に出るところが、本城家の柊に対する扱いを物語っている。

「何せ親父《おやじ》は生涯現役の気分だったんでね。遺言も作成しないうちに倒れちまったから、こんな事態に陥った。本来なら跡継ぎである俺《おれ》が遺産総取りなんだけどな」

思わず異議を唱えそうになる。仮に蔵之助が遺言状を残していたとしても法律上は遺留分が認められているので、武一郎の総取りは有り得ない。

さすがに当家の顧問弁護士らしく柊がその旨を説明すると、武一郎は聞こえよがしに鼻を鳴らした。

「大体、法律っていうのは善人にとって理不尽にできてるんだ。どうして家を継ぎもせず、親父の脛《すね》を齧《かじ》ってばかりの次男や三男に遺産を分けてやらなきゃならないんだ。しかも出戻りでこぶつきの妹まで相続の権利があると吐《ぬ》かしやがる。それに親父のヤツ、あの出来損ないの孫ばかり可愛《かわい》がってよ。なあ、おかしいとは思わないか」

武一郎は横に侍《はべ》らせていた妃美子に同意を求める。慣れたやり取りなのだろう。問われた妃美子はさももっともらしく答える。

「嫁の立場で言うのも何なんですけど、やっぱり家族は父親に従い、父親がいなければ長兄に従うのが当然ですからねえ。相続するにしてもまず主人の意見が優先されなかったら、お義父《とう》さんの面倒を看《み》ていたわたしたちが浮かばれませんものねえ」

妃美子の視線は獲物を狙《ねら》うヘビの目だった。若く見えるのに、男を誘う仕草は熟練の商売女を思わせる。武一郎が「父親は生涯現役の気分だった」と喋った直後に、義父の面倒を看たのだと言う矛盾に気づかないのだろうか。ふと久瑠実を見ると、険しい顔つきになっていた。

「まあまあ、分割協議は三津木さんが相続鑑定を終えた後になりますので」

武一郎から悪し様《あざま》に言われたにも拘《かか》わらず、柊は二人の憤懣《ふんまん》をやり過ごす。長年本城家の顧問弁護士を務めてきた柊ならではの対応なのだろうと、三津木は感心する。

「しかしねえ。親父が折角《せっかく》育てた山林も、ここんとこの木材不況には二進《にっち》も三進《さっち》もいかないだろう。ホントに分割協議が必要なほど資産価値が見込めるのかね」

「あれだけ広い地所となると、木材以外の果実も期待できます。そもそも三津木さんをお呼びしたのも、そういう期待があればこそなのですから」

「頼みますよ、三津木先生」

武一郎は下卑《げび》た視線をこちらに投げて寄越す。

「あれだけの山林、俺のポケットには大き過ぎる。他人に売った方が山も生きるんだろうが、折角だからなるべく高値で売ってやりたい。高値であればあるほど親父の供養にもなるしな。なあ、三津木先生。あの山林の価値を高めるために何か努力が必要なら、遠慮なく言ってくれ。俺にできることなら何でも協力してやる。何なら女房を使ってくれても構わんぞ」

意味ありげに武一郎は好色そうな視線を送ってくる。亭主の言い草に不快感を示すどころか、妃美子までこちらに流し目を送ってくる。

「い、いやあ。土地家屋の鑑定にはそれなりに専門知識が必要ですので……」

「女房が気に食わんのなら、そこにいる久瑠実でもいいぞ。それも本城家の資産の一つだからな」

あまりの言い方にむっとしたが、依頼された立場で家庭内の人間関係にとやかく口出してきるはずもない。咄嗟《とっさ》に振り向いてみると、久瑠実は凍りついたような愛想笑いを顔に張りつけていた。

「とにかく三津木先生の疑問にはなんなりと答えてあげてください。それでは失礼します」

剣呑《けんのん》な空気を読んだのか柊は二人を廊下に押しやり、そそくさと襖を閉めた。

「気になさらんでください。この辺りはまだ家父長制度が色濃く残っていましてね。家長になると大なり小なりあんな態度を取るようになる。まあ責任感の裏返しみたいなものなのでしょう」

あの、と久瑠実が割って入る。

「あたし、そろそろ夕食の準備をしますので、失礼させていただきます」

「ああ、ご苦労さんだったね」

武一郎にモノ扱いされて居づらくなったのは鈍感な三津木にも分かる。久瑠実はぱたぱたと足早に廊下を去っていく。

柊はその後ろ姿を気の毒そうに眺めていた。

「東京みたいな都会から来た人には、ひどい時代錯誤だと思われるでしょうが、使用人が家長の所有物というのは、ここではあながち間違いではないのですよ」

「まさか。人身売買じゃあるまいし」

「彼女の父親がグループ企業の社員でしてね。大きな借金を蔵之助氏に肩代わりしてもらった代償に、住み込みで働いておるんです。職業選択という観点からすれば、確かに人権軽視と言われても仕方ないでしょうなあ。しかし他に提供するものがないのなら、労働力を以《もっ》て返済するしかない」

その土地にはその土地の慣習があり、取り決めがある。部外者が口出ししても無意味なのだろうと三津木は嘆息する。

「今の話で出来損ないの孫というのがありましたが、あれはどういう……」

柊は慌てたように、唇に人差し指を当てる。

「三津木さんは割に声が大きい方ですな」

「す、すみません」

「そのことは追って分かります。わたしからくどくど説明するよりも、本人に会ってみれば一目瞭然《いちもくりょうぜん》でしょうから」

2

更に進み、柊は二つ目の部屋の前に立つ。

「孝次さん。弁護士の柊ですが、開けますよ」

襖を開けると、中では小太りの男が薄型テレビの前でテレビゲームに興じていた。

「孝次さん」

二度目の呼び掛けで、男はやっと柊に顔を向ける。

「うるさいな。一回言やあ分かるって」

「少し手を止めていただけませんか。東京からのお客さんで、相続鑑定士の三津木さんです」

「三津木です」

三津木が一礼しても、孝次は何ら意に介する様子もなくゲームのコントローラーから手を放さない。

「聞いてるよ。親父の遺産を鑑定するんだって。いったい何人引き連れてきたんだよ」

「あのですね、孝次さん。遺産の調査は全て三津木さんが一人で行うんです」

「調査つったって、登記簿謄本や地積測量図を確認するだけなんだろ」

「いいえ。それだけでは土地の潜在的な価値が不明なので、実地に行かれるらしいんです」

「へっ」

孝次は少し驚いたように三津木を眺める。

「山が七つに更地が三つ。地元の人間でも全部回ろうとしたら丸一週間はかかるぞ」

「それでも回るんですよ、一人で」

「ご苦労なこった」

孝次は冷笑を浮かべてまたテレビ画面に視線を戻す。彼が興じているのはどうやら育成ゲームの一つらしく、アニメのキャラクターが笑い掛けている。

「どっちにしろさ、遺言状がないってことは、親父の遺産は兄弟四人が等分で山分けなんだろ」

「理屈の上ではそうですが、それぞれの山で資産価値にも相違があるでしょうし、皆さんが必要とされるものも違ってくるでしょう。それを見極めるための相続鑑定です」

「柊さん、それは違うんじゃないかな。四人とも欲しいものは会社の経営権でもなけりゃ、山林や更地でもない。カネだよ」

孝次は至極当然のように言う。

「経営権やら山やら遺《のこ》してもらったって、俺らの手に余る。今は木材なんて売れないし、技術革新や生産コストの動向にも明るくないしな。その点は他の兄弟も一緒だよ。ま、言い換えたら親父の経営手腕がそれだけ優れていたってことなんだろうけどさ」

「しかし孝次さん。本城グループは誰かが蔵之助さんの跡を継がなければなりません。

その後継者選びを兼ねての分割協議なんですから」

「面倒なことは、全部兄貴に任せたらいいじゃないか」

テレビ画面に向いていた孝次が唇を歪《ゆが》ませる。

「とにかく人の上に立ちたい、他人を睥睨《へいげい》したいという男だからな。それに対して俺は人の上に立ちたくない人間だから、経営権と現金を交換してもいいと考えている。少なくとも跡目問題で拗《こじ》れるようなことはないと思うよ」

「そんな風に、簡単に話が済めばいいのですが」

「簡単にはいかないだろうさ。兄貴は権力に貪欲《どんよく》だがカネにも強欲だ。そうそう俺たちの言いなりにはならんよ。いっそ不動産も会社の経営権も二束三文だってのなら、仲良く相続放棄をして一件落着なんだろうけど、まさかあれだけの地所がそんな訳はないだろうから、皆が粘っている」

孝次は振り向き、改めて三津木を眺めた。

「現実的な話、資産価値とおたくに支払う手数料に相関関係とかはあるのかな」

「どういうことでしょうか」

「にっぶいなあ。遺産の価値が大きかったら、あんたの懐にも余計にカネが入るんじゃないかってこと」

「……お調べする手間は一緒ですから、資産価値の大小に拘わらず手数料は実費と調査に掛かった日数で決まってきます」

「俺の言っている意味、分かんないかなあ、もう」

焦《じ》れたように立ち上がると、孝次は三津木の耳元に口を寄せてきた。

「いくらはずめば、資産価値を水増ししてくれるんだよ」

これには柊が露骨に顔を顰《しか》めた。

「困りますな、孝次さん。資産目録の精査のためにわざわざ来てもらっているんです。相続鑑定士を買収するような真似《まね》は厳に慎んでください」

「俺は、その相続鑑定士さんと話をしている。三津木さんとかいったな。あんた、もう兄貴には会ったんだろ」

「先ほど」

「どう思った」

「長兄としての責任感をお持ちだなあと」

「ふん。責任感はあるかもしれんが経営手腕は怪しいものだ。真っ先に自分が代表を務めていた建設会社を潰《つぶ》したくらいだからな」

「孝次さん、そういうことはもう少し小声で」

「柊先生。あんただって一回目の不渡り出してから倒産するまでの間、えらく辛酸を嘗《な》めさせられたって愚痴ってたじゃないか。兄貴、面倒なことは全部自分に押しつけて、債権者たちが怒鳴り込んできた時にも雲隠れしてたって」

「あれは」

「生前、親父からも散々言われてたんだよ。お前ら兄弟は揃《そろ》いも揃って経営のセンスがない。三人合わせてやっと一人前だってな。親父がスピーチの時、決まって話のネタにしたのが毛利元就《もうりもとなり》のエピだ。一本の矢は簡単に折れるが、三本纏まればなかなか折れない。そんな腐ったような故事を耳にタコができるほど聞かされた。ただ、故事は故事であって、現実になかなか沿う訳じゃない」

孝次は自虐的に笑ってみせる。

「三本揃おうが五本纏まろうが、ヘナチョコはヘナチョコだ。業績不振の前では容易《たやす》くへし折れる。兄貴とか弟は未練たらたらみたいだけど、俺は自分の能力ってのをよく知っている。だからさ」

孝次は親しげに、三津木の肩に手を回す。

「俺は自分の分け前をできるだけ多く、しかも現金でもらいたいだけだ」

自分には経営の才能がないと孝次は明言した。従って現金を手にしたところで起業に使うつもりはなさそうだ。

「どうせならさ、三津木さん。ここは皆が笑えるような解決にしたいじゃないか。そのためにあんたが努力してくれるというなら、俺は金銭面で協力することに吝《やぶさ》かじゃない。いや、俺一人の協力じゃ心許《こころもと》ないってんなら、後の三人を説き伏せてもいい。そいつを憶《おぼ》えておいてくれ。じゃ、俺はゲームの続きがあるんで」

半ば追い出されるように、三津木と柊は部屋を後にする。

「不愉快な思いをさせました」

柊は申し訳なさそうに俯《うつむ》く。

「孝次さんは兄弟の中でもひときわ享楽主義なところがありましてね。その半面、厭《えん》世的《せいてき》とでもいいましょうか、とにかく物事をネガティヴに捉《とら》えるきらいがあります」

なるほどネガティヴというのはこういう時に使うのかと、少し新鮮だった。

「とても個性的なご兄弟だと思います」

何の含みもなく喋ったつもりだったが、柊の方ではそう受け取らなかったらしく軽くこちらを睨んだ。

「皮肉を仰《おっしゃ》りたい気持ちも分かりますが……」

「皮肉なんてとんでもない」

「まあ、いいです。次にお会いいただく三男の悦三さんはずいぶんまともな人ですから」

正直、遺産相続に絡む親族を見続けた三津木には、まともの境界線がはっきりしない。カネに対する執着を露骨に見せるか、ひた隠しにするかの違いしかなく、皆が皆亡者のような印象だった。

「まだ三十前でしてね。蔵之助氏が四十を過ぎた頃に授かった子なので、他の兄弟より可愛がられたようです」

三つ目の部屋の前で柊が名乗ると、中から「どうぞ」と柔らかい声が返ってきた。こちらが引き手に触れる前に、向こうから襖が開けられる。立っていたのは実直そうな青年だった。

「東京から来られた相続鑑定士の三津木さんです」

「本城悦三といいます」

悦三は丁寧に頭を下げて、部屋に二人を迎え入れる。たったこれしきのことで、彼の印象は一遍に跳ね上がった。

「わざわざご苦労さまでした。あ、どうぞお座りになってください」

予《あらかじ》め用意していたのだろう。卓には二人分の座布団が敷かれていた。

「ひょっとして来られたのは三津木さんお一人だけですか」

三津木が頷《うなず》くと、悦三は大層心配そうに言った。

「失礼ですが、一人で大丈夫ですか。持ち山といっても、以前は自衛隊のレンジャー訓練場に選ばれたような場所もあるんですよ」

「いえ、何も山林の全てを踏破する訳じゃなくて、鑑定に必要なポイントを押さえていくだけです。間違ってもレンジャー訓練の真似なんてしませんから」

「それならいいんですが……ウチの相続の件では結構多くの人にご迷惑をお掛けしているので、これ以上被害者を増やしたくなくて」

被害者というのは何とも大袈裟《おおげさ》だと思ったが、続く言葉を聞くと三津木も返す言葉に窮した。

「不況の煽《あお》りを食って、二つの建設会社を潰した際、解雇した従業員の中から三人もの自殺者が出たんです。いずれも六十歳以上の人たちで体力的にはまだまだ働ける人たちだったんですけど、木を伐《き》る以外に仕事を知らないものだから失職後は転職する術《すべ》も知らずに行き詰まっちゃったんです。自殺だけじゃありません。解雇されてからうつを発症した人も少なからずいます」

「……深刻ですね」

我ながら間の抜けた返事だと思ったが、悦三は構わず話を続けてくれる。

「残ったのは〈本城製材〉一社だけですが、ここだけで五十人の従業員を抱えています。言ってみれば〈本城製材〉だけで本城グループを支えているようなものですが、そこに父の急死です。兄たちは割に無頓着《むとんちゃく》ですが、父親という経営者を失って従業員たちはとても不安がっているんです」

先に兄二人と顔を合わせたので、三津木には従業員の気持ちが理解できる気がした。

「〈本城製材〉のここ二年の決算は惨憺《さんたん》たるものです。更地や余剰の山林を売却し、その代金で補塡《ほてん》しないと今期も危ないんです」

「悦三さんは二年ほど前から経営の勉強を始められましてね」

柊が合いの手を入れる。

「今はご兄弟の誰よりも危機感を抱いていらっしゃいます」

「自殺した従業員は全員、同級生の父親だったんですよ。葬儀の席ではひどく責められました。お前の父ちゃんや兄ちゃんがしっかりしてないから、こんなに自殺者が出たんだって。それで一念発起して勉強し始めたんです。それまではただのぶら下がり重役でしたから」

真摯《しんし》な物言いが好印象だったこともあり、三津木は悦三に同情心が湧《わ》いてきた。

「お気持ちはお察ししますよ」

「それならお願いします。何とか〈本城製材〉が立ち行くよう、資産価値を上げてもらえませんか」

「いや、それとこれとは」

「前々から柊先生にもお願いしていることなんです。〈本城製材〉および本城グループを救えるのはわたししかいません。お二人の力で、何とかわたしをグループの後継者に」

「いや、悦三さん。それは他のご兄弟と協議していただく事項であって、いくらわたしが当家の顧問弁護士であってもですね」

「柊先生から強く推薦していただいたら兄弟たちだってそうそう文句は言いませんよ。第一、グループが存続することよりも、自分の懐にどれだけカネが入ってくるのかしか興味がないんですよ」

「まあまあ、落ち着いてくださいよ、悦三さん」

柊は困惑顔を見せるが、どことなく慣れた感じがした。悦三の言う通り、何度も同じ頼みごとをされたのだろう。

「個人的に、個人的にですよ。わたしも悦三さんが跡を継いだらと考える時があります」

「だったら」

「しかし顧問弁護士の立場で言えば、特定の相続人に肩入れすることは到底許されることではありません。事情は三津木さんだって同様です。どんな事情であれ、私情に流されないからこそ成立する資格があるんです。悦三さんなら重々ご承知いただけるでしょう」

一本気なところはあるが、常識も備わっているらしい。柊から窘《たしな》められると、悦三はみるみるうちに消沈した。

「すみません。つい気が逸《はや》ってしまって……こうしているうちにも会社の負債が膨らみ続けていくのを想像すると、居ても立ってもいられなくなるんです」

三男坊というのは人当たりがいい分、依存心の強い者が多い印象がある。悦三に依存心が見受けられないのは、それだけグループの危機が迫っている証左なのかもしれない。

「お役に立てるかどうかは分かりませんが、評価できる要因は見逃さずに鑑定します。僕にはそれが精一杯なもので」

「こちらこそ先走り過ぎたようで申し訳ありません。とにかく身の回りのことは久瑠実に申しつけてもらえれば結構ですので、三津木先生は存分にお仕事をなさってください」

これ以上話を続けると都合の悪いことが露見すると思ったのか、柊は挨拶《あいさつ》もそこそこに部屋を退出する。

「今のが本城家の良心、悦三さんですよ」

「良心というのは、すごくよく分かります」

「本人の前ではああ言いましたが」

柊はまた声を潜める。

「もし遺産分割協議にわたしが参加できたら、それとなく悦三さんを支持するつもりでいるんです。これは秘密ですからね」

ああ、ここにも良心がいるのだと、三津木は不思議に安心する。

「さて次が最後のお相手です」

三津木は柊に誘《いざな》われて更に廊下を進む。

しばらく行くとやっと行き止まりに突き当たった。正面には裏口らしき戸があり、先導する柊が開けると、その先に洋風の廊下が延びていた。

「沙夜子さんが崇裕くんを連れてきた際、増築したんですよ。言ってみれば離れですな」

「しかしどうしてこっちは洋風なんですか。見た目がいいようには思えませんけど。それに母屋の方にまだ余裕があったようですが」

「崇裕くんが異常に和室を怖がりましてね。それで蔵之助氏がこんなかたちで増築したんです」

「崇裕くん一人のために家一軒ですか。やっぱりお孫さんは可愛いんでしょうね」

それには答えず、柊は奥に向かって声を上げる。

「沙夜子さん。弁護士の柊です。相続鑑定士の三津木さんをお連れしました」

間もなく、廊下の向こう側から女性が姿を現した。目鼻立ちは整っているが、どこか幸薄《さちうす》そうな佇《たたず》まいだった。

「ようこそ。長女の沙夜子です」

深々と頭を下げると、長い髪がさらりと前に落ちる。

「では先生方、こちらへ。大したおもてなしはできませんが」

誘われるまま、二人は居間に通される。こんな辺鄙な場所にも拘わらず、離れの造りは郊外の中流の戸建て住宅と比べても遜色《そんしょく》ない。母子が住むにはいささか広すぎるようだが、子供が成長すればすぐ手狭になる。

「遠いところをありがとうございます」

改めて頭を下げられ、三津木も慌ててお辞儀をする。早計にも、この家の中では沙夜子が一番常識人なのかもしれないと思い始める。

「話は柊先生から伺っております。なにぶん田舎なもので色々と不調法ですが、できるだけのことはさせていただきますので」

「あ、いや、そんな、お構いなく」

「もう兄弟たちには会われたのですね」

「はあ」

「父が亡くなったばかりだというのに、ずいぶん酷薄な子供たちとお思いでしょう」

「相続が絡めばどこも似たようなものですよ」

口に出してから己の軽率さに後悔した。沙夜子の口調に乗せられたかたちだが、この場で言っていいことではない。

「生前はそれほどとも思っていなかったのですが、いざ亡くなってみると父の存在の大きさに圧倒されます。嫁いでいたわたしですらそうですから、ずっと同居していた兄弟たちは尚更《なおさら》だったでしょう。そういう重しが取れたので、今まで抑えていたものが一気に噴き出たのかもしれません」

「蔵之助氏はその……かなり強圧的な方だったんですか」

「ウチに限らず、この辺の家庭は大なり小なり家父長制ですよ。主軸産業が林業で働き手が男だけになると、どうしたってそうなってしまうんです」

それはそうかもしれないと三津木は思う。女性の発言力が大きくなったのが社会進出と時を同じくしてのことなら、女性が家事以外の仕事を持たない佐久間町では、家父長制がしぶとく残っていたとしても不思議ではない。

「中でもウチはその傾向が強かったと思います。何しろ父親の許可なしにはクルマ一台買えなかったくらいですから」

家父長制の下なら、さぞかし沙夜子も虐げられたのだろうと想像した。

沙夜子は三津木の想像を見透かしたように話を続ける。

「母親が死んでから女はわたし一人だけでしたから、蔑《ないがし》ろにされたことも多々ありました。嫁いでからは、やっと実家の理不尽さから解放されたんですが、それも二年前に離縁されてしまって」

何故、離縁されたのか。

下衆《げす》な疑問が頭に浮かんだ時、突然奇声が上がった。

「今の声は？」

柊は困惑気味に頭を掻《か》く。

「ちょっと失礼します」

ひと言断ってから、沙夜子は立ち上がって隣室に赴く。再び現れた沙夜子の腕には幼い男の子が抱かれていた。

「一人きりにされるとぐずるもので……」

この子供が崇裕だろう。泣き止《や》んだ崇裕は床に下ろされても、しっかりと沙夜子の上着の裾《すそ》を掴《つか》んで放さない。

笑い掛けようと前に出た時、三津木は崇裕の表情がどこか虚ろなことに気づいた。虚空に向かい合い、三津木たちの方を見ようともしない。視線は定まらず、薄笑いを浮かべているようでもある。

妙に思って振り返ると、柊は切なそうに頷いてみせた。

「この子、知的障害があるんです」

沙夜子は崇裕の頭を撫《な》でながら、呟《つぶや》くように言う。

「離縁された理由がこの子の症状でした。自分の子供だけど愛情が持てない、と別れた夫は言いました」

ひどい父親ですね、とも言えなかった。

「それで父の勧めもあって、実家に戻ってきたんです」

「よっぽど崇裕くんが可愛かったんでしょうね」

「それもあるでしょうけど、崇裕のような子を佐久間では喜んで受け容《い》れてくれるんです。そういう風習がありますから」

「風習、ですか？」

鸚鵡返《おうむがえ》しに尋ねると、柊が説明を買って出た。

「〈福子《ふくこ》〉といいましてね。生まれついて精神的な障害のある子供は、その家に富をもたらす神的な存在だという考えがあるんです。他所《よそ》ではともかく、ここでは崇裕くんのような子供は歓迎され、祝福されます。事業が思わしくなかった蔵之助氏にとって、崇裕くんは起死回生の一手を象徴するものだったんです」

蔵之助が崇裕一人のために、わざわざ離れを増築した理由はそれだったか――三津木は不意に合点した。

「三津木先生には是非ともお願いがあります」

沙夜子は神妙な面持ちで三津木を見る。憂いを含んだ視線に絡まれ、三津木は身じろぎもできなかった。

「父親と違い、悦三を除いた兄弟はわたしと崇裕を邪魔者と考えているようなんです。今回の遺産分割の話が起きると、それがますます透けて見えるようになりました」

家父長制の下、生産に参加しない女子供は権利を主張できない。障害児を持つ母親は尚更という訳だろう。

「分割協議の結果がどうなるかは見当もつきません。だけど、わたしと崇裕が誰の世話にもならずに生活していけるよう、何とか便宜を図っていただけないでしょうか」

沙夜子はもう一度、頭を深々と下げる。

三津木はどう返事していいものか思案に暮れていた。

「お膳《ぜん》は後で下げにきますから」

久瑠実はそう言って、夕食の載った膳を置いて部屋から出ていった。

近辺に宿もないので滞在中は空き部屋に寝泊まりしてくれと、この一室を与えられた。久瑠実の掃除が行き届いているのか、新しくはないものの小奇麗に片づいた部屋だった。ちょっとした書き物ができるよう文机《ふづくえ》も設《しつら》えられている。

住み込みの料理人が腕を振るったという夕食も風情のあるものだった。山菜おこわに赤魚の煮つけ、そして山菜のサラダと吸い物。素朴だがどれも滋味があり、ちょっとした旅館の食事を思わせる。

しかし箸《はし》を動かしながら、三津木は味を楽しむ余裕がなかった。父親譲りの強権を発揮しようとする武一郎、厭世的な一方で打算も露《あら》わな孝次、唯一好感の持てる悦三、それに障害児を抱えた沙夜子。

いずれも事情は異なりながら、三津木に求めるものは資産価値の水増しと自身への協力だ。柊ではないが、個人的な思惑があっても調査内容に反映させるのは背任行為でしかない。

遺産を巡る家族間の牽制《けんせい》や紛争は特に珍しくもない。しかし、これほど居心地の悪い思いは初めてだった。単純な遺産分割協議だけでなく、亡き当主の妄執やら障害児に対する蔑視《べっし》やらが絡み合い、家の中に不穏な空気が渦を巻いている。相続鑑定の結果、山林をはじめとする資産に価値がないとなれば、沙夜子母子《おやこ》はますます邪魔者扱いされるだろう。そうかといって予想以上の価値が見出せれば、それはそれで別の紛争を呼び起こす原因になる。

「どっちに転んでも頭痛いよなあ」

独りごちた時、右肩がむずむずし始めた。

そろそろ出番か。

三津木は着ていたシャツのボタンを緩め、右肩を露出させる。現れたのは大小三つの裂け目を持つ瘤《こぶ》だった。

いきなり裂け目が開き、二つの目と長い口の顔になった。

『何、愚痴ってるんだ。この役立たず』

肩にできた顔は三津木をにやにやと詰《なじ》った。

3

「役立たずはひどいよ、ジンさん」

三津木が抗議してもジンさんは一向に意に介する風もなく、嗤《わら》うのをやめようとしない。

「着いたのは今日だよ。まだ仕事もしていないうちに無能呼ばわりされたら堪《たま》らないな」

『仕事はあったじゃないか。たとえばさっきの沙夜子だ。知的障害のある子供を抱えて実家に舞い戻っているんだ。何とか便宜を図ってくれと言われたんだろ？　だったら嘘でもいいから力になります、と言ってやるべきじゃないのか』

「よく言うよ。普段は、無責任なことを口にするなって叱《しか》るじゃないか」

『女相手には、気休めも時には必要なんだ。そういうことが分からないから、お前はいつまで経《た》っても独身なんだよ』

　ジンさんは独身、という部分を強調して言う。もちろん三津木が一番嫌がる言葉だからだ。三津木は大袈裟に溜息《ためいき》を吐《つ》いてみせるが、だからといってジンさんが手心を加えてくれる訳でもない。ジンさんは常識人でありながら、宿主である三津木には殊《こと》の外《ほか》厳しかった。

「あのね、僕が独身なのはジンさんが寄生しているからだろ。どんなに好青年でも、こんな身体していたらマザー・テレサだって逃げ出す」

『ほお、あんな年増《としま》が好みだったのかよ』

「そうじゃなくって」

『心配すんな。俺が取り憑《つ》いていようがいまいが、お前みたいな甲斐性《かいしょう》なしは結婚なんてできねえよ』

　三津木が人面瘡《じんめんそう》――ジンさんに寄生されたのは五歳の時だった。父親の実家がある秩父《ちちぶ》の山中で崖《がけ》から転落し、その際右肩に傷を負った。出血はわずかだったが、野草の汁で化膿《かのう》したのか傷口は盛大に腫《は》れ上がった。

　高熱に苦しんだのはひと晩だけだったが、その代わり後遺症が残った。腫れは引いたものの三ヵ所の傷口がいつまでも塞《ふさ》がらなかったのだ。診せたのが田舎の老医者だったのも災いした。子供の回復力なら大丈夫だろうといい加減な見立てをして、傷口を縫おうともしなかった。

三つの傷口はまるで人が目と口を閉じているような配置だった。痛みが引くと子供心に面白くなり、目のような傷口を上下させたり口を開閉させたりして遊んでいた。するとある日、いきなり口にあたる傷がうっすらと開いた。

『オモチャじゃねえぞ』

三津木少年は驚いて両親に報告したが、傷口は二人の前では沈黙したままだった。

「いくら怪我《けが》をして心細いからって、そんな嘘《うそ》を吐くな」

厳格だった父親は息子の訴えを歯牙《しが》にもかけず、父親に従属していた母親は傷口に絆創膏《ばんそうこう》を貼《は》っただけだった。

三津木少年は一人っ子で、生来の引っ込み思案が災いして友だちも少なかったので、己の肉体に生じた異変にひどく怯《おび》えた。自分以外には誰《だれ》もいない時に限り、不意に肩の傷口が喋り出すからだ。

『本当に友だちがいないんだな』

『他人が寄りつかないのは、自分のせいだと思わないのか』

怖かったが相談する者もおらず、肩にできた傷口は次第に人間の顔に成長していった。笑いもするし怪訝《けげん》そうな顔もする。間もなく三津木少年は、肩にできた顔が人面瘡と呼ばれる怪異であることを知った。ものの本には妖怪・奇病の一種とあり、洋の東西を問わず体験談が溢《あふ》れている。

正体さえ判明すれば恐怖は薄れる。使う言葉は汚いが、寄生しているだけあって三津木少年のことを誰よりも知っている。いつしか三津木少年は人面瘡を〈ジンさん〉と命名し、人目を避けて会話するようになった。

もちろん怪異な事象であり、人面瘡が科学的に証明できている訳ではない。古今東西の目撃譚《もくげきたん》も伝説や怪談の類《たぐ》いばかりだ。幕末には桂川甫賢《かつらがわほけん》という蘭方医が随筆集の中で紹介していて、そこで甫賢は人面瘡をあくまで顔によく似た腫れ物と断じている。彼によれば皺《しわ》の寄った窪《くぼ》みや傷痕が人の目鼻に見え、痙攣《けいれん》する患部があたかも呼吸しているように見えるだけなのだという。

しかしそれなら、現実に自分と会話し、独立した生きものとして思考しているジンさんはいったい何だというのか。

汚い言葉も毎日聞いていれば慣れてくる。濁声も気にならなくなる。加えてジンさんは存外に博識だったので、相談相手にはうってつけだった。自分もずいぶん本を読むものの、内容については読んだ端から忘れていくのに対し、ジンさんはまるで今しがた読破したかのように細部の記述まで記憶しているのだ。

他人には決して紹介できない秘密の、しかし頼れる友人――怪異はやがて相棒へと昇格した。ただし問題もある。この相棒は頼りになるものの、宿主に全く敬意を払わない。むしろ奴隷扱いだ。おまけに寄生しているので、絶交したくてもできない。宿主が落ち込んでいる時もうんざりしている時も、構わず現れて悪口雑言を並べ立てる。

「まあ、僕の結婚についてはともかくさ。この依頼、そんなに難しい案件じゃないよね」

三津木はジンさんの矛先を変えようと、話を元に戻す。

「本城兄弟からは色々と要求や懇願をされたけど、遺産といっても〈本城製材〉と廃業寸前のホテル、後は山林と有価証券と貴金属類。昨今の木材不況は〈本城製材〉に深刻な影響を与えているだろうし、柊さんから聞いた限りじゃ有価証券も貴金属も大した値打ちはない。残るのは広大な山林だけだけど、今日び山林なんて二束三文だからね。屋敷も更地も同様。ひょっとしたら本城グループが背負っている借金が超過している可能性も捨て切れない」

『債務超過になっていたら、本城兄弟全員が相続放棄せざるを得ないという読みか』

「うん。相続財産が少なくて法定相続人が多いと分割協議は荒れるんだけど、債務超過なら問答無用でケリがつくしね」

『ケリがつくから自分は誰の味方もせずに済むか。ヒョーロクらしい成り行き任せで、ネガティヴで、無責任で、頼り甲斐のない、どうしようもなく消極的な考えだな』

「……成り行き任せでネガティヴっていうのは間違っちゃいないけど、無責任で頼り甲斐がないっていうのはどうだろ。相続人に過大な期待を持たせないのは責任ある行動だと思うけど」

『分割協議を円滑にして、相続人全員に何かしらの利益をもたらすのが相続鑑定士の存在意義だろうが。お前はただトラブルや面倒ごとを回避したいがために、安易な結論に飛びつこうとしているだけだ』

「トラブルを回避しようとするのは当然じゃないか」

『だーからお前はいつまでもヒョーロクなんだよ』

「あのさ、いい加減そのヒョーロクってのやめてくれないかな」

『何でだ。お前、六兵だろ。引っ繰り返しゃヒョーロクじゃねえか』

「それなら、ちゃんと六兵と呼べばいいじゃない」

『お前ごとき本名で呼ぶのももったいない。ヒョーロクで充分だ』

宿主を本名で呼ぶのがそんなに大層なことなのかと三津木は不満に思うが、今までジンさんに逆らっても碌《ろく》なことがなかったので黙っているより他にない。全く、これほど大家を蔑ろにする店子《たなこ》なんて聞いたことがない。

『ヒョーロク。自分の呼び名より、他に心配しなきゃならんことがあるだろ』

「何だよ」

『ネガティヴな癖に能天気な頭では当然のリスクさえ考えつかんのかよ、このボンクラ。お前、本城蔵之助の遺産を二束三文だと言っただろ』

「だって、こんなド田舎の山林だよ。マツタケとかが大量に採れるんならいざ知らず、木と下草しか生えていないような場所、不動産価値なんて無きに等しい。念のために固定資産税の評価額調べておいたけど、全部の物件足したところで二十万円に届かないんだよ。二束三文以外の何物でもないじゃないの」

ジンさんの顔が呆《あき》れたように歪む。

『そんなもの、書類上の話ってだけだろ。記載してあることだって寸法と地目と直近の売買事例から勘案した予想値でしかない。実地を見もしないうちから、勝手に値踏みするな』

「でも」

『でももクソもあるか。実物見て判断するのが鑑定士だろうが。それに、お前は想像力が著しく欠乏しているから事の重大さがイマイチ分かってない』

あんまりな言われようだが、ジンさんの言うことはいつも正鵠《せいこく》を射ている。忠告を無視したばかりに、痛い目に遭ったこともある。

『さっき、相続財産が少なくて法定相続人が多いと分割協議は荒れると言ったな。もし相続財産に予想以上の価値があったら、もっと荒れるぞ。カネは少なくても争いのもとになるが、多ければもっと熾烈な争いになる。お前だって実例は嫌になるほど見てきただろうが』

「それはその通りなんだけどさ。ちょっと気の回し過ぎじゃないかしら」

『極楽トンボかよ』

ジンさんは虚ろな目で溜息を吐く。人面瘡ながら表情が妙に豊かなので、言葉以上に刺さる。眉毛こそないものの、喜怒哀楽が嫌になるくらいに分かる。

『これだけ他人様《ひとさま》の相続問題扱っていて、未だに人の欲の恐ろしさが身に沁《し》みてねえのか。カネの関《かか》わる問題は気を回し過ぎてちょうどいいんだ、馬鹿。物識らず。世間知らず。コミュ障』

たかが傷口に過ぎないのに、よくもこれだけ滑らかに悪口雑言が出てくるものだと感心する。だが三津木にも三津木なりの自尊心があるので、反論しようと口を開きかけた。

その時だった。

「あのう……」

部屋の外から久瑠実の声がした。

「もう、お膳を片付けてもよろしいでしょうか」

三津木は大慌てでシャツを着直し、ジンさんを隠す。

「どうぞどうぞ」

部屋に入ってきた久瑠実は訝《いぶか》しげに辺りを見回す。三津木はジンさんの存在が知られはしまいかと、あらぬ方向に顔を背ける。

「どうかしましたか」

「いえ、何でもありません。食事はお口に合いましたか」

「ああ、絶品でした。まるで旅館で出される食事みたいで」

話している最中も、久瑠実の視線が自分の右肩に注がれるのではないかと気が気でない。つい身を捩《よじ》って、左肩を突き出すような不自然な体勢になる。

「料理人に伝えておきます。きっと喜ぶでしょう」

膳を下げて退出する際、久瑠実はもう一度部屋の中を一瞥していく。

彼女の姿が消えてもまだ安心できない。襖を細めに開けて廊下を覗《のぞ》き、人影がないのを確認してようやくひと息吐いた。

「あー、危なかった」

そう呟くと、ジンさんがシャツ越しに詰った。

『何が危なかっただ。あの女が入ってきてからの方が、よっぽど危なかったぞ。誤魔《ごま》化《か》し方が下手過ぎる。あれじゃあ、わざわざ怪しんでくれと言っているようなものじゃねえか』

「ジンさんのこと、知られちゃったかな」

『まさか肩のデキモノと喋るヤツがいるとは誰も想像しやしねえ』

ジンさんは自嘲《じちょう》気味に言う。

『お前がぶつくさ独り言を言ってたぐらいにしか思わねえよ。一人っきりの部屋で、飯を食いながら大声で自問自答を繰り返してたってな』

「……それって、かなりヤバい見方されてるってことじゃない？　少なくとも普通の性癖じゃない」

『肩のデキモノと会話するヤツよりは、はるかにまともな扱いが受けられる。普通の性癖じゃないのと異常者では雲泥の差だぞ』

「五十歩百歩のような気もするけど」

『妙な性癖だから女が寄りつかない程度で済んだんだ。これでデキモノとどつき漫才やってるなんて知れたら、男まで寄りつかなくなるぞ。興味を持って話し掛けてくるのはせいぜい精神科医だけだ』

「それは嫌だな」

『じゃあ変わり者で通すことだな。たとえお前が変態と罵《ののし》られても俺は構わねえからら』

「僕の世間体はどうなるんだよ」

『知るか、そんなもん』

そろそろ一方的に罵倒《ばとう》され続けるのも飽きてきた。とにかく今日一日の仕事の内容と終了を所長の弥生に連絡しようと、スマートフォンを取り出してあっと思った。電波状態は圏外を示していた。

翌日、三津木は朝早くに本城邸を出た。相続財産のほとんどを占める山林を実地調査するためだ。

出掛ける間際、久瑠実から尋ねられた。

「お弁当、持っていきますか」

「弁当なら、そこらのコンビニで調達しますけど」

「そんな気の利いたもの、この町にはありませんよ。ちょっと待っててください」

久瑠実は苦笑いして厨房に姿を消す。しばらくして戻ってきた時には、新聞紙の包みを手にしていた。

「間に合わせですけど、どうぞ」

包みを開けると握り飯が三つ入っていた。料理人が握ったものか久瑠実が握ったものかは分からないが、とにかく有難い。礼を言って包みをリュックの中に収めた。

本城邸から山林までは一キロも離れていないので、徒歩で向かう。見上げれば梅雨どき特有の重たい空で、風もたっぷりと湿り気を帯びている。雨が降る前に調査が終わればいいのだが、三津木は笑ってしまうほどこういう場合の天候に恵まれていない。

普段から出不精だというのに、降ってほしくない時に限って土砂降りに見舞われる。

嫌な予感を覚えながら歩いていると、未舗装の町道がいよいよ山に向かって勾配《こうばい》をきつくしていく。未舗装であるにも拘わらず道路幅があるのは、伐採した木を運搬するための道だからだ。実際、ダンプが何往復もした轍《わだち》で、道には深い凹凸ができている。

山に分け入ると、途端に視界が狭くなる。ただでさえ曇り空なのに、高い樹木に遮られて陽《ひ》の光が届かないのだ。お蔭でまた一段と空気が重くなったような気がする。

だが、三津木の足は不思議に重くならない。初めて入った山なのに、どこか親近感がある。

子供の頃から出不精なのは確かだが、それはジンさんが現れた経緯が多分に影響している。平素はシャツに隠していても、やはりジンさんを乗せた肩で人ごみの中に足を踏み入れるのには不安があるからだ。しかし父親の実家に行った時には決まって山で遊んだ記憶があるので、元々山林に分け入っていくことに抵抗がないのだろう。

坂を上っていくと、途中で道が急に狭くなった。どうやらここが路網《ろもう》の最果てらしい。その先はひと一人がようやく通れるほどの杣道《そまみち》が延びている。

三津木は来る途中で見掛けた樹木の種類を数えてみる。その多くはスギで、次いでマツ、ヒノキの順に植えられていた。

「どうして選《よ》りにも選って、買い叩かれるようなスギばかり植えるんだか。無計画というか、見る目がないというか」

独りごちていると右肩が蠢《うごめ》き始めた。顔を出させろという要求だ。シャツのボタンを緩めると、早速ジンさんが喋り出した。

『本っ当に知恵とか知識とかが右の耳から左の耳に抜けていく男だな。スギの植林がこれだけ多いのは本城家の経営方針というより、当時の農水省が打ち出した政策なんだよ』

「へえ」

『何がへえ、だ。そんな風に何でもかんでも中途半端に聞いているから頭に入らねえんだろ。いいか、この政策ってのは本城グループの盛衰に大きく関わっている。本城グループの景気が一番よかったのは六〇年代だろ。これはな、戦後復興と都市開発で国内の木材需要が急増して農水省が大規模なスギ植林を推奨した時期とぴったり重なるんだ。スギってのは成長が早くて建材としてお誂《あつら》え向きだからな』

「そうか、ところが木造建築が少なくなった上、海外から安価な建材が輸入されるようになったから、本城グループは衰退したんだよな」

『あのな。お前、賢そうに喋ってるが、そいつは日本の林業全体がダメになった理由で一般常識だからな。今更そんなことを大発見したみたいに言うなよ。赤面しちまう』

ジンさんが赤面するというのは、つまり右肩が赤く腫れ上がることだ。そのさまを想像すると何やら笑いが込み上げてくる。

「それにしても相変わらず博学だよね」

『……お前よお、人間の肩に貼りついているだけの生きものが、何で宿主より賢いのか考えたことがないのか』

「単純にジンさんが賢いってだけでしょ。僕みたいに仕事に追いまくられず、絶えず思索に耽《ふけ》る時間があるんだしさ」

『人面瘡の境遇を羨《うらや》ましがる前に、そのニワトリ並みに記憶力の乏しい頭を何とかしろ。いいか、俺の知識は全部お前が見聞きした内容の蓄積に過ぎん。ヒョーロク、子供の頃から友だちがいなかったから本ばかり読んでいただろ。俺はお前が読んだ内容を細大漏らさず記憶している。ところが宿主のお前は読んだ傍《そば》から忘れる。その違いだ』

「そのちっちゃな顔の、どこにそんな脳みそが詰まってんだろ」

『さあな。きっと目に見えないほど小さいんだろうよ。それでもお前のよりはずっと大きくて皺《しわ》も多い』

杣道を更に上っていくと両側から下草が伸びてくるので、いよいよ獣道《けものみち》の様相を呈してきた。湿度はますます高くなり、薄手のシャツでもじっとりと汗が滲《にじ》んでくる。

「ねえ、ジンさん。どこまで行ったってスギとヒノキしか見当たらないよ。もう引き返そう」

『まだ一時間足らずしか見てねえだろ。そんなんで、よく鑑定士なんぞと名乗れるな。もっと隈《くま》なく観察しろよ』

あまり慰めにもならないが、本城家の山林は地続きになっているので全てを踏破するにも、他人の持ち山を跨《また》がずに済む。ともあれ三津木のひ弱な足では、隈なく観察しようとしたら一週間以上かかるだろう。

森の奥へ進むに従って木々が密生してくる。木材需要の低下とともに伐採や間伐を怠ったからだろう。風の通りがどんどん悪くなる。高温多湿、熱帯雨林の環境に近づくようだった。

更に歩いていると、目の前に朽ちかけたバラックを見つけた。施錠はされておらず、中は電動ノコギリや手斧《ておの》といった道具が無造作に置かれている。道具がいずれも錆《さ》びついているので、もう使われなくなった道具小屋なのだろう。ちょうど昼飯どきなので、三津木は小屋の中で食事を摂《と》ることにした。

握り飯は素朴な味がして、食べ続けていても一向に飽きない。森の奥深くというロケーションも手伝って一層美味《おい》しく感じるのかもしれない。

「ホントは、こういう自然が一番の財産なんだよな」

思わず呟いたのは本心だったからだ。三津木が街中に住んでいるから余計にそう考えるのだが、これほど緑が溢れている場所は珍しい。どうせ林業が衰退して伐採も間伐もしないのであれば、いっそのこと国定公園か何かに推薦して、自然そのものを売りにした方が得策なのではないだろうか。

『まーた、この自然を観光資源にしようとか、埒《らち》もないこと妄想してるんだろ』

別の生きものだが、三津木にとっては肉体の一部でもある。図星を指されても今更あまり驚かない。

「妄想ってのはひどいな。この緑豊かな大自然を有効活用するには一番いい方法じゃないか」

『この鬱蒼とした森林の、どこがカネになるってんだよ。お前な、国立公園にしろ国定公園にしろ、一度決めたら管理費が発生するんだぞ。管理費が発生するのに入園者が少なかったら赤字になる。その赤字分、いったいどこから徴収すると思ってるんだ、バカ』

「だって」

『ヒョーロクのはな、ただの部外者が無責任にお花畑の理想論を語っているだけだ。バスも碌に通らない、コンビニ一軒もない、おまけにケータイは圏外ときている。こういう場所に三百六十五日住んでいる人間が自然をカネ以上に貴重だと思うか。山一つ売り払って街中の一軒家に住めるなら、即刻そうするさ。本城兄弟がいい見本じゃねえか。あいつらだって、この広大な山林を持て余している。三男の悦三ですら、持て余しているということでは他の兄弟と一緒なんだ』

「それは分かるけどさ。理想論を目の敵《かたき》みたいに叩かなくってもいいじゃないか。世の中には冷たい現実を受け容れられない人間も少なくないんだからさ」

『だが相続鑑定士のお前が口にしていいことじゃねえだろ。鑑定対象だったら尚《なお》のこと現実的な目で値踏みしなきゃ駄目だろうが、このタコ』

「ジンさん、自然が好きじゃないのかよ」

『人面瘡が自然な生きものだとでも思ってんのか』

ジンさんの憎まれ口は一向にやまない。人面瘡との会話を報告した文献など見たこともないが、ジンさんが食い物を要求したことは一度もない。考えてみれば、宿主の三津木から栄養分を摂取しているので食事が不要なのも頷ける。いっそ三津木が絶食を続ければジンさんの悪態も少しは和らぐかもしれないが、三津木の体力が消耗するだけのような気もするので、試したことは一度もない。

握り飯を食べ終えると、三津木は重い腰を上げた。地積測量図を見ながら次のルートを確認する。

「でもさ、この一帯、生えている木はみんな一緒だよ。これ以上歩いてもあんまり意味が」

『口より足を動かせ』

「そりゃあジンさんはいいよ。動かす足がないんだからさ」

『代わりにお前の十倍は頭を働かせている』

ジンさんに叱咤《しった》されながら尾根に出る。ここから真直《まっす》ぐに登れば頂まで最短距離だ。

ところが途中、否応なく足を止めざるを得ない光景に出くわした。

地滑りで、斜面が奇麗に高さ数十メートルに亘って断層面を晒していたのだ。地層は上からオレンジ・赤・黒の三色に分かれている。

「すごいな、あれ」

見れば崖の上部は見事に伐採されている。

『伐採した分だけ保水力が弱くなったんだろ。それで他の部分よりも雨を吸って、地滑りが起こりやすくなったんだ』

ジンさんはしばらく断層面を眺めていたかと思うと、三津木の方を睨んだ。

『あの斜面の下まで、いったん下りろ』

「ええっ。折角ここまで上がったのに」

『いいから下りろ。化粧が剝《は》げて地肌が見えてるんだ。山の価値を知るのにこれ以上恰好《かっこう》の材料があるかよ』

口は悪いが、ジンさんが気紛れに命令することはあまりない。経験則で知っているので、三津木はぶつくさ言いながら斜面の下まで下りていく。

『各地層のサンプルを採取しておけ』

「どうして、そんな必要が」

『土地家屋調査士と宝石鑑定士の資格で、地質の分析ができるのか、うん？』

「石油でも出るっていうのかよ」

『出なきゃ、それに越したこたあない。だが出たら、相続財産の大きな見直しが必要になるぞ。ほれ、さっさと採取しろ』

かくて、三津木は指先を土まみれにして土掘りをする羽目となった。採取した土は厚手のビンに封入し、土壌分析の施設に送るようにも命令された。

4

採取した土の分析を依頼した二日後、三津木は柊同席の上で本城家一族に集まってもらった。

招集は決して三津木の本意ではなかった。まだ全ての相続財産の鑑定が終了しないうちに報告するのは、いかにも気が進まない。そもそも途中報告には何の意味もないと考えている。

ところが相続人たちの意思は別だった。三津木が佐久間町に足を踏み入れてもう丸三日、そろそろ相続財産の概要が見えてきたのではないかと、痺《しび》れを切らしたのだ。言い換えれば、彼らにそれだけ精神的あるいは金銭的な余裕がないことを証明していた。

三津木と柊、そして相続人に妃美子と料理人の沢崎《さわざき》という男を加えた本城家の住人が大広間に集められた。久瑠実は和室を怖がる崇裕のお守りをするため、この場にはいない。祝言や葬儀に使用するのか三十畳もある部屋で、八人いても空隙《くうげき》を埋められない。

使用人の沢崎はともかく、相続人たちは一様に緊張を隠せないでいた。カネに目が眩《くら》むという言い方は陰険に過ぎるが、彼らの目の色が変わっているのは否定できない。彼らの緊張が伝染したのか、そういう目に慣れたはずの三津木も心臓が高鳴っていた。

「まず申し上げておきます」

報告は柊の挨拶で始まった。

「ご兄弟たっての希望で相続鑑定の報告をすることに相成りましたが、あくまでこれは途中報告でしかありません。詳細は追って三津木先生の方からしてもらいますが、不動産鑑定については未だ確定できない要因があるためです。加えて〈本城製材〉と〈佐久間ホテル〉の収支についても決算からはまだ隔たりがあるため発表段階ではありません」

「会社とホテルが債務超過になるのは分かっとるよ」

説明の途中で武一郎が割り込んできた。

「決算報告を見るまでもない。昨年度で両社合わせて八千万円の債務超過だった。今年度も横ばいか、下手すりゃもっと超過分が大きくなる。そのくらいは経営の一端を担ってたんだから知っている」

「〈本城製材〉に関してなら、現時点での損益だって言えますよ」

悦三が半ば恨みがましい声を被《かぶ》せてくる。

「わたしたちの興味はその損失分を他の財産で補塡できるかどうかにあるんです」

「長々と説明聞くのは苦手なんだよな」

孝次までが悪乗りして茶々を入れ出した。まるで落ち着きのない子供のような振る舞いだが、三人とも似たような反応を示しているのが兄弟たる所以《ゆえん》だ。平素の立ち居振る舞いに差異があっても、こういう場面で素が出てくる。

「じゃあ、三津木先生。よろしく」

柊はこちらに振ってから、さっさと退いてしまう。いかにも面倒臭そうな素振りに文句を言いたくなるが、相続人たちの視線が痛いほど感じられるので逃げる訳にもいかない。

ええいままよ、とばかり三津木は彼らの方に向き直る。

「では、鑑定の確定している分から発表します。まず有価証券類ですが、その多くは

〈本城製材〉の株式です。他にも資産株が混じっており、先週末の終値で総額は百五十万円。貴金属が四十二万円相当。そしてこの屋敷ですが、土地が八十万円、建物は残念ながら評価の対象外になります」

「ちょっと待ってくれ。こんな立派な日本家屋が評価の対象外だって」

武一郎が抗議の声を上げる。自分の生まれ育った家が評価ゼロと言われたら、誰でも文句の一つも言いたくなるだろう。だが、これに対する回答はちゃんと用意してある。

「日本建築の贅《ぜい》を尽くした、立派なお屋敷だと僕も思います。しかし、木造家屋の法定耐用年数は二十二年ですから、それを過ぎれば評価の対象外になります。豪奢な家屋ではありますが、いざ売買するとなれば買い主の趣味嗜好《しこう》に価格が左右されるので、個性的であるほど値がつきにくいという短所になってしまいます。離れの洋風建築はまだ新しいのですが、増築部分である点を考慮するとやはり評価対象外になります」

「しかし土地だけの評価だとしても八十万円というのは安過ぎはしないか」

「公示価格を参考に出した金額です。もちろん実勢価格との乖離《かいり》を疑う方がいるかもしれませんが、交通の便も含め住環境を考慮するといきおいこの価格になってしまうのです。加えて別に存在する三ヵ所の更地は合算しても三百四十八万円です」

「三百四十八万円」

武一郎は訴えるような声になった。

「まさか。三つ合わせたら半町歩（約千五百坪）ほどあるんだぞ。それがどうしてそんなはした金にしかならんのだ」

「更地といっても地目上は農地になっていますからね。最大の要因はいずれの土地も市街化調整区域であり、許可なく新しい住宅を建築できないことにあります」

鑑定は徹頭徹尾、客観性の結実だ。由来や所有者の愛着を除外し、ひたすら市場価格に寄り添って算出される。主観的にしかなれない所有者にしてみれば業腹にもなる。

三津木の経験則では、取り分けそうした傾向は辺鄙な土地に住まう者に顕著だった。田舎になればなるほど資産と呼べるものは不動産しかなくなるので、どうしても土地に固執する。その価値を低く評価されると、まるで己の人格まで貶《おとし》められたように錯覚してしまうのだ。

案の定、居並ぶ本城家の相続人たちは予想外の低評価に鼻白《はなじろ》んでいる様子だった。

ここまでの合計金額が六百二十万円、四人で等分すれば一人あたり百五十五万円。相続財産としては可もなく不可もなくといったところだが、仮にも〈グループ〉などと冠している企業体の相続人たちとすればさぞかし納得がいかないのだろう。

「〈本城製材〉や〈佐久間ホテル〉の債務超過を考慮すると、相続自体がリスキーな案件ですね」

悦三が自嘲気味に漏らす。もっとも彼の場合は〈本城製材〉の代表権を手に入れる目論見《もくろみ》があるので、今の台詞《せりふ》は他の兄弟に対する牽制《けんせい》と考えた方がいい。

「なあに。別に会社を継がなかったら、分け前分がそのままもらえるんだろ。一人あたま百五十万円そこそこにしかならないってのはショックだけど、まあゼロよりマシか」

孝次は視線を天井にさまよわせ、おまけに言葉も投げやりになっている。沙夜子に至っては、こちらを見ようともしていない。沢崎は初めから興味がないらしく、ずっと無表情のままでいる。

この状況下で新事実を告げていいものかと三津木は一瞬考え込む。だが事前に柊と打ち合わせた際にも、無用な隠し立てはすまいと決めたばかりだ。意を決して発表することにした。

「最後に七つの山林ですが、純粋に不動産本体の価値を申し上げればそれこそひと山いくらといった価格になってしまいます。これには植林されている木の木材価格は含まれていませんが、現在の木材市況では本体価格よりも伐採・運搬に関わる費用が高騰してしまっているので算入させない方がより正確な数値になるでしょう」

「結局、山はいくらになるんだ。ごちゃごちゃとした説明はいい。端的に言ってくれ」

「まだ鑑定中なんです」

すると武一郎はわずかに気色《けしき》ばんだ。相続財産を安く見積もられて、相当頭にきているようだ。

「今の口ぶりだと、不動産本体の価格は分かっているようじゃないか。それなのに鑑定中とはどういう理由だ」

「地下資源の鑑定が済んでいないんです」

武一郎以下、兄弟たちの表情は狐《きつね》につままれたようになる。

「いったい何のことだ」

「先日、実地調査をしようと一番近くの山に登りました。その時、地滑りで地層が三層下まで丸見えになっていたところに出くわしたんです」

「ああ、五体山《ごたいさん》か。あそこは地盤が緩んでいたからな」

「ちょっと思いついたことがあって、各地層のサンプルを民間の分析施設に送ったんです。それで今朝になって結果が届きました」

三津木は傍らに置いたカバンの中からファイルを取り出した。土壌分析の報告書で計十枚から成る専門用語満載の文書だ。おそらく見たところで、全てを理解できるのは地質の専門家だけだろう。かく言う三津木でも三割程度しか頭に入らなかった。

ただし硬質な文章ながら、内容からは分析担当者の並々ならぬ昂奮《こうふん》が伝わってくる。屋敷の内外はどこも電波が圏外になるので、本城家に配線されていたネット回線を借りて回答を待っていたのだが、届いたのが午前四時三十分。日にちから考えると、サンプルが到着した直後に分析を開始し、結果が出るなり内容を送信してきたらしい。その性急さも昂奮の度合いを示す証左だった。

「実は表層から三つ下の堆積層からモリブデンの含有が認められました」

「モリブデン？」

兄弟の中では一番聡明そうな悦三が、鸚鵡返しに尋ねてきた。ということは兄弟全員が初耳の単語だったと考えていい。もっとも三津木も偉そうなことは言えない。報告書を読むまではそんな大層な代物《しろもの》だとは想像すらしていなかったのだ。

「僕も地質調査や土壌分析については素人《しろうと》なので、報告書に記載された概要をそのまま読み上げます。疑問点が生じたのなら後で言ってください。僕の方で取りまとめて、先方に確認しますので」

断りを入れてから、三津木は説明を始める。

モリブデン——元素記号Mo、クロム族元素の一つ。銀白色の硬い金属で比重は10・28、融点2620℃、沸点4650℃の高融点金属。高温で急激に酸素やハロゲンと反応する。資源としては北南米で世界の過半数を産出している。人体にとっては必須のミネラルであり、尿酸の生成や造血作用に関わっている。

だが一番の関わりは生体よりもむしろ産業の方だろう。酸化モリブデンとして各種合金鋼の添加元素に利用されるほか、硫化モリブデンは潤滑油やエンジンオイルの添加剤として幅広い用途に重宝されている。

「特殊鋼として自動車・航空機のエンジンやタービンの部品、最近ですとハイブリッドカーやロケットの電子基板、ケータイとかの液晶パネルなんかにも使われているそうです。ただ、これだけ重要な鉱物資源であるにも拘わらず日本国内では地殻存在度が低いため、輸入に頼っているのが現状です。要は非常に希少価値のある資源ということですね」

話の途中から皆の目の色が露骨に変わってきたのが分かる。

「少し調べたんですが、佐久間町はお隣岐阜《ぎふ》県との県境ですよね。実は戦時中、軍需省がレーダー他の電子機器増産のため、岐阜県でモリブデン鉱山を採掘していたらしいんです。その史実を考え併せると佐久間町の真下、本城家の持ち山の下にモリブデン鉱が眠っていることはとても納得できるんです」

「そのモリブデンだが」

武一郎の声は心なしか乾いているように聞こえた。

「いったい、どれくらいの価値があるものなんだ」

「まだ全体の含有率も鉱床面積も判明していないので、正確なところは僕も言いかねます。ただし分析報告書を読む限りでは、近年稀《まれ》に見るほど含有量が期待できるとの所見が入っています。さっきも申しあげましたけど、日本国内ではまず採掘の見込めない鉱物資源です。輸入に頼ることなく産出できるとなれば、山自体を売却してしまうより、モリブデン鉱山として稼働させれば波及効果も期待できるかもしれません」

「それはたとえば、林業に取って代わる産業を興せるということか」

「僕は起業に携わったことがないので断言はできません。でも否定する材料もありません。いずれにしても、もっと広範で緻密《ちみつ》な調査が必要になるでしょうから、最終的な鑑定結果を報告するのはまだまだ先になります」

「それは構わん」

武一郎は傲然《ごうぜん》と言い放つ。他の兄弟が沈黙したままでいるのは、長男が全員の気持ちを代弁しているからに違いない。

「そういう事情であれば、ひと月かかっても文句は言わんさ」

「ボーリング調査を行う必要があるかもしれません」

「それも構わん。調査に必要だったら、費用くらいは捻出してやる」

数分間で対応が猫の目のように変わる。内心呆れたが、もちろん顔に出さないよう努める。

「いやあ、正直言って素性も分からん相続鑑定士とかに依頼するのは、若干躊躇《ちゅうちょ》する部分もあったんだが、三津木先生にお願いして大正解だった訳だ」

「いや、まだ最終の鑑定結果が出た訳ではないので……」

「あー、それでも七つの山が二束三文ということはなくなった訳だろう。懸案事項が一遍に吹っ飛んだ」

喋るほどに武一郎は上機嫌になっていく。未だに居丈高な印象は拭《ぬぐ》いきれないが、根は案外単純でお人よしなのかもしれない。

「どうだい、三津木先生。前祝いにぱあっといかないかね、ぱあっと」

「ああ、それはいいかもな。このところ事業の左前に親父の死と碌でもないことが続いたからな」

武一郎の提案に孝次が賛同すると、そのまま小宴会になだれ込むような雰囲気になった。上の兄弟二人の意見が合致すれば下の二人は従わざるを得ないのか、悦三も沙夜子も反対しようとしない。いや、よくよく見れば下の二人も重荷を下ろしたように弛緩《しかん》した顔をしている。

「沢崎、今から宴の支度せえ」

武一郎のいきなりの注文にも拘わらず、寡黙な料理人は一礼して厨房へと消えていく。

沢崎の手際がいいのか、それとも急な注文に応じる用意がしてあったのか、小宴会は一時間後に始められた。三津木が見ている前で次々と膳が並べられていく。

「まままま、三津木先生。まあ一杯」

武一郎の機嫌も上がりっぱなしだが、今までひと言も発しなかった妃美子も負けず劣らず声の調子を艶《つや》めかせてきた。

「やっぱり街の先生は目のつけどころが違いますのね。山に生えている木だけじゃなくて、その下の地層まで鑑定していたなんて。本当にやり手なんだから」

先日はヘビのような目をしていたが、今は同じくヘビのように絡んでくる。

「いや、あの、地層を見たのもほとんど偶然みたいなもので」

「あらあらあら、そうやって謙遜《けんそん》するところなんか、やっぱり素敵よねえ」

熟練の商売女という印象はいよいよ強くなる。化粧の濃い匂いと相俟《あいま》って、三津木はまるで場末のバーにでも紛れ込んだような気になる。

「お願いしますよっ、先生」

お願いされている内容の見当がうっすらとつくだけに、首が強張《こわば》ってなかなか動かない。何とか妃美子をやり過ごすと、今度は孝次が身を寄せてきた。

「ぶっちゃけさ。初めて見た時からタダ者じゃないとは思ってたんだよね、先生のこと。大したもんだよ」

おたく・あんたから先生に格上げか。孝次もまた、機を見るに敏という点では兄譲りらしい。

「確かに新たな鉱物資源が採掘できるんなら、はした金よりは事業展開だよな。実は俺、こう見えて経営センスは結構あるんだぜ」

思わず自分の耳を疑った。まじまじと孝次の顔を見たが、どうやら冗談のつもりで言ったのではないらしい。初顔合わせの際、毛利元就の逸話に被せて自分には経営のセンスはないと明言したのを、もう忘れたのだろうか。忘れたのなら絶望的に記憶力が悪いし、忘れていないのなら厚顔極まりない。

せめて悦三ならまともな反応をしてくれるだろうと期待したのだが、彼もまた平静ではいられなかったらしい。ひどく熱のこもった目で三津木を見つめ、何やら勝手に合点している。

「やっぱりわたしの人を見る目に狂いはありませんでした。お願いするや否や、即座に山林の資産価値を高めてくれました」

「いえ、だからあれはホントに偶然の発見で」

「偶然だろうと何だろうと、調査の過程で鉱物資源の知識がなければ思いつきもしないでしょう。そういう備えがさすがだと思います」

断層面を見るなり鉱物資源の可能性に着目したのは偏《ひとえ》にジンさんの手柄だ。どんなに称賛を重ねられても皮肉にしか聞こえない。宿主と寄生生物は一体だという考え方もあるだろうが、あんな毒舌家と一緒くたにされてもあまり嬉《うれ》しくない。

「例の件も、よろしくお願いします」

柊と結託して悦三をグループの後継者に推すという件だろうが、これも今となっては状況が一変している。ついさっきまでは経営権などには見向きもしなかった孝次まで秋波を送ってきたのだ。ほとんど無風状態だった経営権の行方は、突如混沌《こんとん》としてきた。下手をすれば経営権を誰に委《ゆだ》ねるかが、分割協議の紛争原因になる危険性すら孕《はら》んでいる。

助けを求めるように沙夜子の方を見れば、彼女は彼女で訴えるような視線を投げ返してきた。物を言わずとも沙夜子の願いが崇裕の身を案じてのものであるのが分かっているだけに、殊更刺さる。

わたしたち母子を見捨てないで。

この家から自立させて。

視線に重さを感じたのは久しぶりだった。

結局その場にいる本城家の全員から杯を受け、馬鹿真面目に付き合い続けたものだから、食事を半分も摂る前にすっかり酔いが回ってしまった。ところが武一郎と孝次は酒に強く、折あらば三津木の杯に注《つ》ごうとする。しかも呑んでいる二人は至って素面《しらふ》のまま「そもそもモリブデンとは何ぞや」などと今更なことを質問してくる。

そろそろ自制心と認識能力が薄れかけたところで、柊が助け船を出してくれた。

「三津木先生、ピッチが早過ぎて、もうできあがったようですな。部屋に戻って休憩されてはいかがですか」

「そ、そうさせてもらいます」

「じゃあ、部屋まで送りますよ」

ちょうど呂律《ろれつ》も回らなくなっていたので、これ幸いと従うことにした。情けない話だが、足元が覚束《おぼつか》ないので送ってもらうのは渡りに船でもあった。

肩を貸してもらい自室に戻る。すると柊はすぐに退出しようとせず、物憂げにこちらを見た。

「雲行きがおかしくなった」

「そうですねえ。あ、朝から降りだしそうなのになかなか降らなくて。梅雨どきだっていうのに」

「そっちの雲じゃなくて、遺産分割協議の行方ですよ」

柊は目線を合わせたいのか、三津木と同様、畳の上に座る。

「いきなりモリブデン鉱の話を聞かされた時には、三津木さんが福の神に見えたものだ。不況と経営難に喘《あえ》ぐ本城グループを窮地から救い出してくれる神様に」

「それはど、どうも」

「しかしさっきの説明を聞いていたら、段々と疫病神のようにも思えてきた」

「福の神から疫病神って、どんな大逆転ですか」

「逆転というよりは捉え方の問題だろうね。福を授けてくれても、受け取る側の心掛け次第で吉にも凶にもなる。モリブデンが採掘可能になれば、二束三文のお荷物でしかなかった山林が一気に宝の山だ。いきおい相続人の目の色も変わってくる」

「目の色が変わっているのは、僕にも分かりましたけどね」

「色の種類にまで観察が及んだかね。今までは自分に一円でも多くの現金が入ればくらいの欲だった。それがお宝を掘り当てたみたいな話に膨れ上がったものだから、経営権やら主導権やらの争奪戦になりかけている」

「あの、まさかモリブデン採掘の会社を興すという争奪戦ですか」

「まさかも何も、男兄弟たちは全員その気だよ。死に体でいつ倒産してもおかしくない会社が装いも新たに生まれ変わる。伐採技術が採掘のそれにどれだけ応用できるかは不明だが、当面は社員の首を切らずに済む。いやいや、それより何より将来性の見込める新事業の代表として権勢を振るえる。名誉欲の塊と享楽主義の権化みたいな人間にとって、これほど魅力的な話もない。真面目に社員の生活を考えている善人にしたって状況は似たようなもので、彼らの生活を維持させるためなら多少は手段を選ばないような危うさがある」

　柊の立場では誰のことを指しているのか明言できないのだろうが、兄弟たちの人となりを垣間見ている三津木にはこれほど明白な話もない。

「山が二束三文の価値で済んでおれば、相続人たちの落胆の声を聞くだけでよかった。しかし、なまじ莫大な価値を見出したがために、本来は起こり得なかった無用な争いを誘発するかもしれん。あなたを疫病神と言ったのは、そういう理由だ」

「つまりその、分割協議が予想以上に荒れるってことですか」

「莫大な財産を目の前にして、あの兄弟たちがどこまで謙譲の美徳を発揮できると思うかね。カネはなければ欲しい。あれば、もっともっと欲しくなる。人間の欲とはそういうものだ。遺産相続に関わってきたあなたが、知らないはずはないだろう」

血で血を洗う相続争い、などと手垢《てあか》のついたような言葉が脳裏を過る。しかし柊の言うことにも一理あり、分割協議が波瀾《はらん》に満ちるのは容易に想像できる。おそらくは柊や三津木を己が陣営に取り込もうとする動きも活発になってくるだろう。

雇われの身とすれば、誰にも肩入れせず公正中立を貫くのが最善の策に相違ない。いざとなれば顧問弁護士の柊に丸投げすれば済む話ではないかと、つい三津木は無責任な方向へ逃げる。

「とにかく本城家は火薬庫になってしまった」

三津木が逃げ腰になっているのを知ってか知らずか、柊はとびきり物騒なことを言い出す。

「あなたは人間の欲深さをまだまだ知らない。田舎者の執念深さについては未体験ですらあるらしい。わたしはね、最前から怖くて仕方がないんだ。気づいておったかどうか知らんが、さっきの説明の席は互いが互いを牽制するどころか、はっきり邪魔者扱いしておる空気が充満していた。あれが剣呑でなくて何だというんだ」

三津木は柊の繰り言を半睡半醒《はんすいはんせい》で聞いていた。

呆気《あっけ》なく酔い潰れた三津木が目を覚ましたのは、身体を乱暴に揺さぶられていたからだった。

「起きて、三津木さん。起きてくださいっ」

目を開けると、頭上に久瑠実の顔があった。

「あ。いつの間にか寝ちゃって」

「早く起きてくださいっ。火事です」

「へっ？」

我ながら情けない声が出た。だが久瑠実は構うことなく三津木の腕を摑んで、強引に引っ張り上げる。

「火事って、どこが」

「ここじゃありません。蔵から出火しているんです」

朦朧《もうろう》とした頭で蔵の位置を思い出す。

「確か母屋から数十メートルは離れていたはずでしょ。距離があるからあまり類焼の危険は」

「それでも避難するのが当たり前ですっ」

未だ回復しない判断力を駆使した結果、久瑠実に従うのが最良と思えた。

久瑠実に付き添われて屋敷を出ると、蔵のある方がひどく明るい。寝惚《ねぼ》け眼《まなこ》を擦《こす》るまでもなく、蔵は赫々《あかあか》と燃え上がっていた。採光窓からちろちろと赤い舌が覗き、夜空を黒煙で染め上げる。熱風がこちらに吹きつけ、炎の勢いを誇示している。

見れば孝次と悦三、それに沙夜子母子は遠巻きに蔵が炎上するのを眺めていた。蔵といっても値打ちのある骨董品《こっとうひん》の類いは置いていないはずで、それは相続財産調査の過程で三津木本人も確認している。全焼したとしても被害は最小限で済むはずだった。

やがて遠くからサイレンの音が聞こえてきたので、三津木はほっと安堵《あんど》した。

翌日、蔵の焼け跡から武一郎と妃美子の焼死体が発見された。

二　最初のタヌキは焼け死んで

I

本城家の蔵は母屋から三十メートルほど離れた場所に建っている。従って類焼の危険は少なかったものの地元消防団の到着が遅れた上、狭い道路に大型の消防車が進入できなかったため、結局蔵は全焼に近い有様となった。

漆喰造《しっくいづく》りではあっても収蔵されていたのは古い家具や文書、古着であり、燃えやすさに拍車を掛けることになった。夜が明け現場の様子が克明になると、蔵は壁の一部を残すのみで屋根と内部はほぼ炭化してしまっていた。

未《いま》だ立ち込める白煙と黒煙、それに消火剤の臭《にお》いが混然一体となり、目や鼻の粘膜を刺激する。

三津木は不意に吐き気を催した。刺激臭の中に嗅《か》いではいけない臭いが混じっているような気がした。

「四方の壁が熱を逃がさない、しかも採光窓や換気口から絶えず酸素を供給されるので、中が徹底的に焼き尽くされる。体《てい》のいい焼却炉になったという格好ですな」

年配の消防団員はそう説明したが、その徹底的に焼き尽くされた中にとんでもない代物《しろもの》が含まれていた。

三津木は肝っ玉が小さい癖に野次馬根性は人一倍なので、よせばいいのに現場を覗《のぞ》き込んだ。自分の家でない限り、破壊や焼失の痕跡《こんせき》は心が騒ぐ。また警察も到着しておらず、誰《だれ》も蔵の中に人が取り残されているとは想像もしていなかったのだ。

「誰か死んでるぞ」

消防団員の声で、遠巻きにしていた野次馬たちの中から不穏なざわめきが起きる。

三津木は反射的に身を乗り出して声のした方向に視線を向け、全貌を確認してから猛烈に後悔した。

辛《かろ》うじて人のかたちをした黒焦げの物体が二つ、まるで迫りくる炎と闘おうとするかのようにファイティング・ポーズを取っていた。性別も年齢も判別できず、もちろん誰なのかも分からない。

さっき嗅いだのは人の焼ける臭いだったのか――思い出した瞬間、本格的な嘔吐感《おうとかん》が胃袋を刺激し、三津木は慌てて野次馬の集団から飛び出した。

しかし間に合わなかった。竹藪《たけやぶ》に辿《たど》り着く寸前、三津木は本城家の庭で盛大に吐いた。

『今更言うのも馬鹿らしいけどよ』

ジンさんはすっかり呆《あき》れていた。

『あの臭い嗅いだ時点でヤバいとか思わなかったのかよ』

「思った」

『手前ェ《てめ》が昔っからグロ耐性ないのは分かってるよな。ついでに君子危うきに近寄らずって諺《ことわざ》も知ってるよな』

「どうせ君子じゃない」

『君子どころかガキ以下だな。五歳児でも、もうちっとは学習能力あるぞ』

「あれ、誰と誰の死体なんだろ」

ふう、と肩の裂け目から息が洩《も》れる。言うまでもなくジンさんの吐《つ》いた溜息《ためいき》だった。

『お前さっき集まっていたメンツ、確認しなかったのか。武一郎と妃美子の夫婦がいなかっただろ』

「じゃあ、あの二人が」

『……あのな、本城家の敷地内にある蔵だぞ。本城家の誰かが閉じ込められたと考えるのが普通だろ』

今まで相続に絡んだ揉《も》め事は山ほど見聞きしてきたが、まだ人死《ひとじ》にには遭遇したことがない。

「無理心中なのかな」

『どうして一番有り得ない可能性に飛びつくのかね、このアホは』

「殺人なんて縁起でもない」

『縁起もクソもあるかい。昨夜《ゆうべ》、お前がモリブデン含有量についてひとくさり喋《しゃべ》ってから、相続人たちの財産に対する執着は大きく変化した。上手《うま》くすれば大金が懐に転がり込んでくる。そういう状況下で進んで霞《かすみ》を食《は》む仙人みたいな人間が、あの中にいると思うか』

「まあ、いないよね」

『いないどころの話か。遺産は被相続人の遺言がない限り、あの兄弟に等分に相続される。言い換えれば相続人の数が少なくなればなるほど自分の取り分が増える。それは不動産である持ち山にしても同様なんだろ』

そこから先は説明されなくても分かる。武一郎夫婦が殺されたとするなら、その動機は間違いなく遺産目当てだ。

「じゃあ、あの二人を蔵に閉じ込めた上で放火したっていうのかい」

『とは限らん』

ジンさんは落ち着き払って言う。

『閉じ込めるならそれなりに計略を練る必要があるし、蔵の存在を知っている夫婦がみすみす閉じ込められるのに、無抵抗でいたはずもない』

「睡眠薬で眠らせるとか、身動きできないクスリを打つとか縛っておくとか」

『睡眠薬なんて気の利いたモノが手元にあるなら別だが、まあ面倒だよな。自由を奪うためにクスリを打つとかふん縛るとかも手間暇が掛かる。一番楽なのは、息の根を止めてから蔵に火を点《つ》ける方法だろう』

「だって殴りかかるような姿勢になっていたじゃないか。あれって焼け死ぬ寸前まで生きてた証拠でしょ」

『お前、スルメ焼いたことがないのか。生きものっていうのは焼かれるとタンパク質が変性するから、反ったり縮んだりするだろ。焼死だろうが他の死因だろうが焼けると筋肉が熱凝固して、まず関節部が屈曲する。だからあんな風になる。ボクサー姿勢といって焼死体に見られる顕著な例だ。そんな基本も忘れたのか、この唐変木《とうへんぼく》』

ジンさんが知っているのなら自分もいつかどこかで文献を読んでいるはずなのだが、どうにも思い出せない。もう一人の自分が優秀なのだと思えばいいのだが、いつも口汚く罵《ののし》られるので劣等感ばかりが蓄積していく。

「殺してから蔵に放火するなんて、どんな意味があるのさ。相続人を減らすのが目的なら殺すだけでいいじゃないか」

ふう、とこの日二度目の溜息。

『お前ってホント、頭使わないのな。火を点けたのは何かの証拠を消すために決まってるじゃねえか』

「証拠って」

『刺し殺したのなら刺し傷で凶器が特定される。紐《ひも》か何かで首を絞めたのなら索条《さくじょう》痕《こん》で、これも凶器が特定される。凶器の特定は容疑者の特定に繋《つな》がるだろ。犯人はそれを嫌がったんだよ』

「でもそれって、あくまでジンさんの推測だよね」

『こんなド田舎の警察でも不審死なら司法解剖に回す。遅かれ早かれ結果は出るさ』

やがて地元の作久《さく》警察がおっとり刀で駆けつけてきた。地方の名士宅で発生した火災というだけでも田舎の警察を動かす要因になっただろうが、全焼した蔵の中から焼死体が二つも出てきたら駆けつけざるを得ない。だからということなのだろうか、作久警察到着の直後には長野県警のパトカーがやってきた。

その後はジンさんが予想した通りの流れになった。所轄警察官の手で現場には立入禁止の黄色いテープが張り巡らされ、ブルーシートでテントが設営され、本城家の関係者と三津木は家に足止めを食らった。取り調べが済むまでは、勝手に移動するなという趣旨らしい。

一番遅れてやってきたのは柊だった。

「だから言わんこっちゃない」

顔を合わすなり、柊は三津木を責め立てた。

「あなたがモリブデンの話を持ち出したものだから、早速相続争いが最悪の結果を招いてしまった」

「ちょ、ちょっと待ってくださいよ」

殺人事件まで自分のせいにされては堪《たま》らない。

「僕は相続鑑定士として当然のことをしたまでで……」

「しかし、いかにもタイミングが悪かった。あなたを疫病神と称したのは言い過ぎかと思ったが、昨日の今日でこの有様だ」

柊はまるで三津木が犯人であるかのような物言いで責め立てる。

「あのですね、柊先生。僕も県警の聴取が済むまでは外出するなと言われてるんです。被害者の一人ですよ。柊先生なんて、僕以上に本城家の関係者だっていうのに」

「確かに顧問弁護士ではあるが、事件とは無関係だ。蔵から出火した頃《ころ》には、街はずれの自宅にいたからね」

柊の自宅兼事務所は本城家からクルマで一時間超の場所にある。自宅にいたのが証明できれば、確かに堅牢《けんろう》なアリバイといえるだろう。

「もう出火の時刻とか判明したんですか」

「消防団長とは懇意でね。通報があったのは六月十日、つまり本日の午前一時過ぎだったらしい。県警もその事実を受けて、その時間帯にアリバイのない関係者に事情を訊《き》くらしい」

「焼死したのは本当に武一郎夫婦なんですか。ひょっとして別人だったりして」

「二人とも部屋にはいないし、近所にも見当たらないそうです」

柊は眉間に皺《しわ》を寄せたまま、こちらを睨《にら》む。

「死体はあんな風に炭化しているが、DNA鑑定や歯型の照合で本人たちかどうかはすぐに判別できる。県警の方でも検視が済み次第、医大の法医学教室へ死体を搬送すると聞きました」

あの黒焦げ死体を、今度は解剖するのか――その光景を想像するだけで、再び嘔吐しそうになる。

「三津木さん。警察の捜査が始まる前に確認しておきたいが」

「はい」

「まさか、あなたがやったんじゃあるまいね」

「勘弁してくださいよ」

冗談めかして答えたものの、柊の目は笑っていなかった。三津木は慌てて頭を振る。

「あ、あのですね。関係者と言っているのは警察であって、僕自身は無関係ですよ。

相続人でもない僕が武一郎夫婦を殺して、いったい何の得があるっていうんですか」

「直接の利益はないだろうけど、相続人の誰かに依頼されたとなれば話は別でしょう。たとえば長女の沙夜子母子《おやこ》。あなたは彼女たちにひどく同情的に見えたが、沙夜子さんから礼金込みで他の相続人を排除してくれと頼まれたら……」

「冗談でもやめてくださいよ、ホントに。刑事さんとかが聞いていたら本気にするかもしれないじゃないですか」

「聞かなくても、当然その可能性は考えていると思いますよ。田舎といっても警察官は警察官です。決して無能じゃない」

無能でないことと三津木を容疑者に加えることにどんな関連があるのか。反論したいと思ったものの、己の弁舌では上手く反駁《はんばく》できないと思って気が萎《な》えた。

「信じてくださいよ。僕が縁もゆかりもない人間を殺してから放火するような男に見えますか」

「残虐には見えないが、優柔不断で女の色香に弱い男には見える」

「そんな」

「わたしにそう見えるくらいだから、疑うのが商売の警察官には尚更《なおさら》そう見えるかもしれない」

「そんな」

「わたしの立場では三津木さんを信用するしかない。女の誘惑に流されそうではあるが、かといって人を殺せるような度胸があるようにも見えない。ただですね、警察にしつこく付きまとわれたら、分割協議に支障を来《きた》す惧《おそ》れがあるので、疑われるような振る舞いは厳に慎んでくださいよ」

どうして自分が疑われないような努力をしなければいけないのか分からないが、依頼人である柊の命には逆らえない。三津木は不本意ながらも、頷《うなず》かざるを得なかった。

柊から離れると、早速シャツをずらしてジンさんに話し掛ける。

「何か僕が疑われて当然、みたいな話になってるんだけど」

『遺産相続の関係者で当日のアリバイがなきゃ、そりゃあ容疑者リストには入れられるだろうさ。動機云々《うんぬん》にしても、ヒョーロクだったらあの女に籠絡《ろうらく》されてもおかしくない。柊のオッサン、人を見る目は確かだよな』

「ジンさんまでそういうこと言う」

『それもみんな、お前が風見鶏《かざみどり》みたいで、頼りなくて、何考えているか分からなくて、ついでに童貞臭いのが悪い』

「最後のは何だよ」

『付け加えるなら、カネが絡む仕事をしてるってのに人を信じすぎる。人を信じて褒められるのは神父か牧師くらいのもんだ。あ、あと詐欺師から見たカモ』

「どういう意味さ。僕が人を信じすぎるって」

『お前、柊のオッサンを露ほども疑ってねえだろ。最初っから嫌疑外に置いているだろ』

「だってクルマで一時間以上かかる場所に住んでるんだよ」

『出火した時間が死亡推定時刻と同じとは限らない。昨夜の状況くらいは、そのネズミ程度の脳みそでも記憶しているか』

昨夜は、相続財産が思いのほか大きくなる見込みに気をよくして、武一郎たちは小宴会を始めた。彼らは宴が進むにつれて正体をなくし始め、やがてすっかりご機嫌の様子で各々《おのおの》の部屋に戻っていった。運転しなければならない柊も相当呑《の》まされていた記憶がある。聞けば、彼はタクシーを呼んで帰宅したとのことだった。

『みんなが自分の部屋に引っ込んでいたから、武一郎夫婦や柊のオッサンがどこで何をしていたか証言できるヤツがいるかどうか。武一郎夫婦を蔵の中で殺しておいて、放火は時限発火装置に任せる手だってないこたあない』

「時限発火装置？」

『装置を準備して、自分が蔵から出て何時間後かに出火させる。その時、自分は遠く離れた場所にいる。アリバイ作りには古典的で簡単な方法だよな』

「それってどんな仕組みで」

『そんなもん、分かる訳ねえだろ』

ジンさんはまた呆れたように言う。

『大事なのは装置云々じゃなくて、武一郎夫婦がいつ、どんな風に殺害されたかだ。その内容いかんで求められる情報が違ってくるし、お前が主張しなきゃならんことも変わってくる』

「でも、警察が関係者に捜査情報を教えてはくれないでしょ」

三津木は不安に駆られる。いくら痛くない腹でも探られて気持ちのいいものではないし、下手なことを喋ってますます容疑者扱いされる可能性もある。そもそも弁舌や世渡りで自分を護《まも》る自信がないからモノを鑑定する仕事を選んだのだ。

「捜査情報なんて、どうやって仕入れるっていうのさ」

『情けない声、出すなよ。それについては少し考えがある』

「……悪巧みじゃないだろうね」

『お前の身を護るための方策だ。いいか、今から俺の言うことを一つも聞き洩らすんじゃねえぞ。このクソボケ』

与えられた部屋で待機すること二時間、ようやく現れたのは二人組の刑事だった。

「相続鑑定士というのは変わったご職業ですな」

最初に話し掛けてきたのは長野県警刑事部捜査一課の藤代《ふじしろ》という刑事だった。渡された名刺には巡査部長とある。齢《とし》の頃は三津木と同じくらいだが、既に目つきが悪い。人を疑うのが商売だとしてもあからさま過ぎるのではないか。

もう一人は二十代半ばと思《おぼ》しき男で、岩間《いわま》と名乗った。見ている限りでは藤代のサポート役に徹しているが猜疑心《さいぎしん》に凝り固まったような視線は同様で、二人から睨まれていると自分が指名手配の犯人になったような錯覚に陥る。

「ええっと、相続鑑定士というのはですね……」

三津木の説明を聞き終えた藤代は納得顔で頷いてみせたが、猜疑心を隠そうとしないのはそのままだった。

「昨夜のやり取りについて大体のところは顧問弁護士の柊先生から伺っています。何でも本城家の持ち山に有望な資源が埋蔵されていると、あなたが発表した途端に座の雰囲気が一変したそうですな。そして宴会がお開きになった直後に事件が起きた」

まるで三津木のせいで殺人が起きたと言わんばかりの口ぶりだった。

「あの、蔵の中で焼け死んでいたのは、やっぱり武一郎さんと妃美子さんだったんですか」

「そろそろ司法解剖が始まった頃だから、追って結果は教えますよ。しかし現在に至っても夫婦の姿が見えないことから、まず間違いないでしょう」

間違いない、のひと言に力がこもっていた。

「これで相続人が一人減れば、その分他の人間に相続財産が多く入る。殺人の動機として、これ以上強力なものはない。全く罪作りなものを見つけてくれたものだ」

暗に、どころか明確に三津木の仕事を非難してきた。

冗談ではない。元々モリブデンの発見はジンさんが地質調査を思いついたことに端を発する。どうして自分だけが理不尽に責められなければならないのか。

「相続財産の価値を鑑定するのが仕事なので、僕のせいにしないでください。それに僕は捜査の進展に寄与できるかもしれませんよ」

二人の刑事はおや、という顔をする。

「一つお伺いしたいのですが、藤代さんたちは僕を容疑者にカウントしてますか」

「……現時点では昨夜、家の中にいた者は全員参考人です。専属料理人の沢崎と家政婦の鈴原久瑠実も同様。特定の人物を疑っている訳ではありません」

「でも、今しがた遺産相続以上に強力な動機はないって言ったじゃないですか」

「それはまあ」

「この際申し上げておきますけど、僕が相続人の誰かから依頼されて二人を殺害したとかいう推理は、現実性が極めて乏しいですよ」

「ほう。理由は？」

「嘱託殺人というのは自動的に共犯者を作ってしまうことですから、せっかく遺産を多めに相続したとしても共犯者に一生強請《ゆす》られる危険性を帯びています。甚《はなは》だしい場合には自分の取り分全てを奪われかねません。本当に欲の皮が突っ張った人間なら、そんな不利な方法は選ばないと思いませんか」

「一理ありますね」

余裕綽々《しゃくしゃく》を装いながら、内心はひやひやものだ。藤代に吐いた言葉は一から十までジンさんの指示通りだが、どこまで通用するかは三津木の弁舌にかかっている。

「いったん僕への容疑が薄らいだところでお願いがあるのですが、僕あるいは柊先生に捜査情報を流してもらいたいんです」

藤代が口を開きかけたのを、三津木は素早く遮る。

「ちゃんとした理由なんです。僕は柊先生の依頼で相続鑑定しているんですが、業務の中には相続人に最適なアドバイスをする他、相続発生後の手続きや遺産分割協議を支援するのも含まれています。従ってですね、早く事件が解決してくれないと、遺産分割協議の進行にも支障を来すんです。柊先生も僕も本城家の相続問題のみに時間を取られるのは甚だ不本意でして」

「ずいぶんと都合のいい申し出ですね。あなたも柊先生から依頼されているのなら守秘義務という言葉はご存じでしょう」

「もちろんです。だから捜査上、秘匿しなければならない情報とかじゃなくて報道しても構わない範囲、たとえば司法解剖の報告書だとか鑑識の報告書とか」

「そんなもの、立派な漏洩《ろうえい》じゃないか」

「でもですね、万一相続人の誰かが容疑者として逮捕されたら、本城家の顧問である柊先生が弁護人になるんですよ？　公判に入れば捜査資料は弁護側にも筒抜けになっちゃうんでしょ。だったら公判前に教えてくれても同じことじゃないですか」

藤代は不快そうに顔を顰《しか》めたが、気を取り直したように三津木を覗き込む。

「さっき、捜査の進展に寄与できると言いましたね」

「そちらの情報提供が交換条件と考えてください」

「昨夜のことで何か重要なものを見聞きしたとか？」

「いやあ、それは全然。呆気《あっけ》なく酔い潰《つぶ》れちゃって、久瑠実さんに起こされた時には、もう火の手が上がっていましたから」

「じゃあ、わたしらに何を提供できるってんですか」

「本城家の持ち山にどれだけの量のモリブデンが埋蔵されているか、資産価値はトータルでいくらになるのか。鑑定には更なる調査が必要で、相続人の皆さんは結果が出るまで気が気じゃないと思います」

「まあ、そうでしょうな」

「僕は結果をいち早く知れる立場にあります。相続財産が気になる人間は僕に接近しようとするでしょう。現に昨夜の宴の席でも、そうした動きが顕著でしたから」

「接近してきた相続人が有益な情報をあなたに洩らすというんですか」

「人間というのは、なかなかおカネの絡む話をしたがらないものです。特にお巡りさんの前では」

藤代は不快そうな顔のまま黙り込む。この場合の沈黙は期待が持てる。拒否するなら即答で済むからだ。

「よく考えてください。藤代さんたちから聞かされるのは遅かれ早かれ法廷で公開される情報です。でも僕が提供するのは僕にしか提供できない情報です」

ひどく傲慢《ごうまん》な物言いだが、これもジンさんの入れ知恵だ。交渉する態度は居丈高なくらいがちょうどいい——そうジンさんに吹き込まれた。

藤代の品定めをするような目がふっと外れる。

「これまで何百人と取り調べてきて、少しは人を見る目が養われたと思っていたが、まだまだだった。あなた、おぼこい顔をして結構えぐい取引をするんだな」

「褒められているんでしょうか」

「さあ、どっちかな。いずれにしてもまた話を訊きにきますので、その際はよろしく」

藤代と岩間が部屋を出た後も、三津木は襖《ふすま》の間から顔だけ出して様子を窺《うかが》う。二人の姿が遠ざかると、やっと襖を閉めて安堵《あんど》の溜息を洩らす。

「ふーっ、緊張したー」

『あれしきの会話で緊張って、お前どれだけチキンなんだ。これから先、ずっと相手しなきゃならないってのに』

「そりゃあジンさんはいいよ。いつも隠れているだけで、喋るのは僕なんだからさ」

『ほう。じゃあ人前で喋ろうか。少なくともお前よりは弁が立つぞ』

「……前言撤回。でもさ、ホントにあれでよかったのかな。相互協力の取り決めまでには至らなかった訳だけど」

『下手したら服務規程に抵触しそうな話だぞ。即断即決できるもんか。何考えてんだ』

「だって」

『まあ様子を見てろ。あの返事は、飛んできた球を見逃す言い方じゃなかった。十中八九、打ち返してくる。それがどこに返ってくるかは知らんけどな』

2

危惧《きぐ》したほどは疑われていなかったのか、それとも交渉が功を奏したのか、佐久間町から出ないのであれば仕事を継続して構わないと藤代から言われた。出火した蔵以外ならどこに足を踏み入れてもいいと許可もされた。

事件の推移はともかく、鑑定の仕事は進めておきたい。三津木は〈古畑相続鑑定〉を介して更に詳しい地質調査を民間の会社に依頼しておいた。報告では三日後に調査費用の見積もりを出してくれるらしい。三津木としては、それまでにできるだけの山林調査は進めておきたい。

予報では降水確率六〇パーセント。レインコートをリュックに忍ばせ、宛《あて》がわれた部屋を出る。

「あ、もうお出掛けですか」

玄関に向かう途中で久瑠実に見つかった。

「今日も山を見にいくんですか。じゃあお弁当、持っていってください」

「毎度、すみません」

「いいえ、お客さん滞在中の三食は全部面倒見ろって言われてますから」

「捜査関係者もお客のうちですか」

「お巡りさんは、その、招かれざるナントカで」

久瑠実は声を潜めて言う。

「孝次さんなんかは塩撒《ま》いとけ、なんて騒いでるくらいですから。お巡りさんたちには悪いんですけど、隣町のコンビニまで遠征してもらってます。あたしや沢崎さんは全然構わないんですけどね」

「でも、久瑠実さんにしろ沢崎さんにしろ大変じゃないですか。日々のお仕事に加えて、警察の事情聴取もある訳でしょう」

事情聴取と聞き、久瑠実は顔を曇らせた。反応がいちいち素直なので話していても心が和む。たとえそれが身近に起きた犯罪捜査のことであっても、いや、悲惨な出来事が起きている最中だからこそ潤いが欲しい。

「昨夜は皆さんが痛飲して部屋に戻られました。最後の火の始末や戸締りはあたしの役目なので、昨日はどうだったんだと根掘り葉掘り訊かれました」

「ああ、そう言えば僕を叩き起こしてくれたのも久瑠実さんでしたよね」

「どうだったと訊かれても、皆さん就寝中で……例外は沢崎さんだけでした」

「彼は起きていたんですか」

「あたしと沢崎さんは呑んでなかったので酔い潰れることもありませんでしたから。蔵から火が出ているのを最初に見つけて消防に通報してくれたのも沢崎さんです。あたしも沢崎さんに起こされましたし」

「第一発見者ですか。それなら警察や消防から、ずいぶん質問責めに遭ったでしょうね」

「全然、解放してくれませんでした。だから今朝から食事の支度が遅れに遅れて」

申し訳なさそうに言われるが、当主を亡くした直後に長男夫婦まで失った混乱のさ中、食事を用意してくれるだけでも大したものだと感心する。

「警察の事情聴取って初めてだったけど、ホントに同じ質問を何度も何度も……あたし、皆さんを起こしに回っただけなのに、やれ何時にはどこの部屋にいったのかとか、各人の酒量はどれだけだったかとか、専属の看護師でもないのにそんなことまで憶《おぼ》えているはず、ないじゃないですか」

藤代と岩間の猜疑心丸出しの視線を思い出す。あれが三津木だけに向けられたものでなかったのなら、彼らの公正さだけは褒めておくべきだろう。

ふと見れば、久瑠実は顔を隠すように俯《うつむ》いている。それで、ようやく彼女が怯《おび》えていることに気づいた。

だから自分は気が利かないのだと反省する。殺人事件らしきものが起こり、しかも一つ屋根の下に犯人のいる可能性が高いのだ。これで怖がらない娘は少数派だろう。

「宴会があったのはまだ昨日のことなのに、未だに信じられないんです。武一郎さん夫婦があんな風に亡くなるなんて」

「……ひょっとして火事の現場、覗いちゃいました？」

「死体があるなんて想像もしてなかったから……ダメですね。忘れようとしてもすぐに思い出しちゃって。三津木さんはどうでしたか」

「僕はまあ、何とか」

「すごいですね。なよっとしていてもやっぱりオトコの人……あっ、ゴメンなさい」

焼死体を見るなり盛大に吐いたとは白状できない状況になった。二の句が継げずにいると、久瑠実が言葉を続けた。

「ああいうの、ホントにダメなんです。慣れないっていうかトラウマっていうか」

「まさか、前にも同じことがあったんですか」

「猫だったんですけどね。小学生の頃、可愛《かわい》がってた猫がいたんですけど、学校から帰ってくると姿を消してて。暗くなるまでずいぶん捜したんだけど、それでも見つけられなくて」

「猫なんて気紛れな生きものですからね」

「あたしの猫、焼かれてたんです」

ひどく抑揚のない声だった。

「朝、玄関先に置かれてたんです。黒焦げになった猫。ご丁寧に外した首輪も一緒にして」

「誰がそんなことを」

「さあ。自分がやったなんて名乗り出る人、いませんでしたから。でも噂《うわさ》じゃ、本城家の次男か三男だろうって」

「え。孝次さんか悦三さん？」

「当時は二人とも、そういう噂の絶えない人たちだったんです」

孝次はともかく、あの実直そうな悦三までがそんな悪さをしていたとは想像しにくかった。

だが一瞬の後、三津木は思い直す。小学校や中学校の時分、自分の身の回りにも悪ガキは両手に余るほどいた。ところが二十年もしてから再会してみれば、皆真っ当で良識を備えた大人に成長している。幼い頃の悪さというのは、事によると麻疹《はしか》のようなものかもしれない。そう考えると、少年時代の悦三が悪かったというのも頷けない話ではない。

「未だに忘れられません。あたしの猫、灯油を掛けられていたらしくって、黒焦げでもすごく油臭かった。それで、身体が変なかたちに歪《ゆが》んでるんです。だから二人の死体を見た時、生きものってみんなおんなじなんだなあって馬鹿なこと考えちゃって」

久瑠実は寒気を感じたように自分で両肩を抱いた。

しまったと思った時には遅かった。

悪い癖だ。目の前にいる人間の気持ちも考えず思ったままに話し、相手の語るままに任せている。愁嘆場や切ない方向に向かうのを予想できても、止めようとしない。そういう部分が、気が利かないと評される所以《ゆえん》だろうし、特定の友だちが作れない理由になっている。

「あたし、本城家に雇われてから長いんです。高校卒業してしばらくしてからだから、足かけ六年。もうだいぶんご家族にも慣れて、居心地も悪くなかったんですけどね。それが、こんな事件が起きちゃうと、ちょっと」

どんどん暗くなっていくので、三津木は話を逸《そ》らそうとした。

「柊さんから叱《しか》られましたよ。僕がモリブデンなんてものを見つけなければ、相続争いもこれほど過熱しなかったって。的外れで勘弁してくれと思いますよ」

「ちっとも的外れじゃないです」

久瑠実は少し恨めしそうだった。

「金額が多くなればなるほど、争いも激しくなっていきます。あの持ち山がただの山林だったら、こんな血腥《ちなまぐさ》い事件にはならなかったと思います」

「久瑠実さんまでそんなこと言うんですか」

「何も三津木さんが悪いとは言ってません。ただきっかけを作ったのは、間違いなく三津木さんなんです」

久瑠実から握り飯を受け取って本城家を後にする。山道に入った頃に、またぞろ右肩が蠢《うごめ》き始めた。ジンさんが憎まれ口を叩く前兆だった。

「何か言いたそうだね」

シャツを捲《めく》ると、早速ジンさんが三白眼でこちらを睨んでくる。

『まだ言いたくねえ』

「まだって何だよ」

『相変わらず勘の鈍い。だからいつまで経《た》っても独り身なんだ』

「どうしてそういう話になるのさ」

『さっきの久瑠実との話さ。色々と興味深い情報を提供してくれたってのに、お前ときたら何も突っ込みやしない』

「だって気の毒な話じゃないか。小学生の頃のトラウマ話だよ。思い出すだけであんなに怯えてたんだよ。それで更に突っ込めって、いったいどんだけ非情なんだよ」

『もっと非情になってるヤツがいるのを忘れるなよ。猫どころか人二人を殺しているんだぞ。しかもそいつは相続人の中にいる可能性が大』

「でも、突っ込むって何をどう突っ込むのさ」

『そういう臨機応変さをお前に期待するのは野暮か。本っ当に使えない野郎だな』

ジンさんの小言はそれから十二分間に亘《わた》って延々と続いた。八割が三津木への罵倒《ばとう》、後の二割が過去に発生した放火殺人の事例検討だったが、どちらにせよ気分のいい話ではない。いい加減鬱陶《うっとう》しくなってきた頃、目的地である山林の境界が不明になってきた。

　地積測量図というのは白紙に所有物件の形状と面積、隣接地との位置関係を示した図面だが、通常の土地とは異なり、山林は建造物もなく草木が生い茂っているので度々境目が不明瞭《ふめいりょう》になる。一応目安として境界標と呼ばれる杭《くい》を境界の折れ点に設置し、この境界標と境界標を結んだものが境界線となるのだ。

　三津木が当惑したのは、目安となる境界標が見当たらないからだ。風雪に耐えるため、境界標は金属やプラスチックといった頑丈なものを使うのが主流なのだが、本城家の持ち山を示すそれは木片でできており、長年の使用によって朽ちたか埋まっているかでどこにあるかが分からない。

　困っていると杣道《そまみち》を下ってくる男の姿が目に入った。農作業の途中なのか野良仕事の格好《かっこう》をしている。地元のことは地元住人に訊くのが一番だ。三津木は愛想笑いを浮かべながら男に近づいていく。

「すみません、山の境界線がどこなのか教えていただきたいんですけど」

　三津木のなりを爪先《つまさき》から舐《な》めるように見た男は胡散臭《うさんくさ》げな表情を隠そうともしない。

「ここらじゃ見掛けない顔だな」

「僕は、この辺りの山林を調査している者で……」

「ああ、蔵之助さんの山を値踏みしているよそ者というのは、あんたか」

どうやら本城家の遺産分割協議の件は普《あまね》く知られているらしい。男の口ぶりからあまり好意的に思われていないのは分かったが、途中で話を中断する訳にもいかない。

「値踏みと言われたら、まあその通りです。本城家の持ち山を確認したいんですけど、杭がどこにも見当たらなくって」

男はしばらくこちらを睨んでいたが、やがて鼻を鳴らすと手にしていた鎌《かま》の先端を杣道の上に向けた。

「あそこに祠《ほこら》があるのが見えるか」

指し示された場所にそれらしきものはない。だが目を凝らして見ると、潰れた犬小屋のような跡が確認できた。

「祠の前に古い杭が差してある。その杭の向こう側が本城家の持ち山だ」

「あれが祠ですか」

「元はちゃんとした祠だった。武一郎さんが本城家の持ち山にこんなものを作るなと、踏み潰した跡があれだ」

「踏み潰したって……祠をですか」

「いくら畏《おそ》れ多いモンでも、不信心な手合いの目には小屋にしか映らんのだろ」

憎々しげに吐き捨てるような物言いだった。

「武一郎夫婦が焼け死んだんだってな」

「あ。いや、まだ武一郎さんたちと決まった訳ではないのですが」

「あの男なら焼かれて当然、いい気味だ」

「あのい、ですね。そういうことはあまり大っぴらに言わない方が」

「うん？　何だ、雇われの身では気になるのか」

「死んだら、みんなホトケ様じゃないんですか」

「例外もある。武一郎がそうだ。アレの葬式はいつだ」

「警察から遺体が戻ってからと聞いています」

「本城家の仕事にぶら下がっとるヤツが少なくないから葬儀は派手になるだろうが、心底神妙にしておる参列者は片手で余るんじゃないかな。許されるなら棺桶《かんおけ》に小便を引っ掛けるヤツがいてもおかしくない」

聞くだに不穏さが募ってくる。男が辺りを気にすることなく放言しているのは、誰に聞かれても構わないと考えているからに違いない。

「あのクソはな。若い時分から、自分は本城家の跡取りだちゅうてそりゃあ好き勝手なことをしたもんさ。ここらの人間が本城の会社に雇われているのをいいことに、年端《としは》もいかない娘に手をつけるわ、他人のカミさんに懸想《けそう》するわ、下半身に脳みそがあるような男だった。アレの前の女房が別れたのもな、半分は女好きの亭主にほとほと愛想が尽きたからだ」

「後の半分は」

「妃美子が毎日のように嫌がらせをしたからな」

「毎日のようにって……まさか前の奥さんと妃美子さんが同居していたっていうんですか」

「何だ、知らなかったのか。まだ正妻の比和《ひわ》さんがおるのに、武一郎は妾《めかけ》として堂々と妃美子を家ん中に引っ張り込んだ。生来おとなしかった比和さんが、あの性悪女に勝てるわけがない。傍《はた》から見りゃ武一郎と妃美子二人がかりで比和さんをいびり倒しているようだった。それで堪らず比和さんは本城家を飛び出していったんだ。ああ、付け加えとくとな。武一郎の悪行は女子供相手に限ったこっちゃない」

「まだあるんですか」

「おうさ。武一郎というのは悪行のデパートだったからな。元々、本城の家は辺り一帯の山林の持ち主で、住んどる人間のほとんどは雇われ人だ。つまり殿さまとその家来だ。手前ェの起こした交通事故の責任を社員に肩代わりさせる、酔いに任せた落花《らっか》狼藉《ろうぜき》はしょっちゅう、それを蔵之助さんが黙認するもんだから、ますます増長しやがった。あいつに辛酸を嘗《な》めさせられた人間の数は両手両足使っても、まだ足りん」

「でも、佐久間町というのは本城家のビジネスで経済が成り立っていたんですよね」

「だから本城家の商売が左前になった時分から雲行きが怪しくなったのよ。大抵の不平不満は、景気が悪くなってから表に出てくる」

男は下卑《げび》た笑いを浮かべると、三津木の肩に馴《な》れ馴れしく手を置いた。

「町の者があんたの噂をしている。どんな噂か知っているか」

「いえ」

「遺産の値踏みにあんたが来た途端、すぐに武一郎がおっ死《ち》んだ。あんたはさしずめ福の神だっちゅうてな」

男はこれ以上愉快なことはないという顔で立ち去っていく。

疫病神から福の神に再び格上げされた三津木は、気まずい思いを噛《か》み締める。自分では部外者のつもりでいたのだが、柊や町民にとってはそうでなかったらしい。

『よう、福の神』

そして、こういう時に限って囃《はや》し立てるのがジンさんのジンさんたる所以だった。

『喜べ。お前、一躍町のヒーローだぞ』

「……楽しそうだね」

『そりゃあ他人事《ひとごと》だからな』

「一心同体じゃなかったのかよ」

『二心同体だ』

山林調査の途中から、案の定雨が降ってきた。レインコートに着替えてからはぱらぱらと水滴を肌に感じる程度だったが、見上げればいかにも重そうな雲が低く垂れこめている。

山の天気は変化が早い。本降りになる前に帰った方が得策だと下山にかかった。

雨足は急速に勢いを増し、直《す》ぐに土砂降りとなった。レインコート越しでも雨が痛く感じる。ところが慣れない山道なので、思うように足が動かない。道の窪《くぼ》みや下草が行く手を阻む。まごまごしているうちにコートの隙間《すきま》から生温《なまぬる》い雨が浸入してくる。このままでは本城家に辿り着く前にずぶ濡《ぬ》れになってしまう。

往生しかけていた時、雨のカーテンの向こう側から一台のクルマがやってきた。

パトカーだった。

杣道の上り口に停車し、ライトをパッシングさせている。近づいて運転席を見ると、ハンドルを握っているのは藤代だった。

乗れ、と指で合図された。

助手席のドアを開けると、藤代は一人きりだった。岩間も誰も同乗者はいない。

「僕が乗るとシートが濡れちゃいますよ」

「構わない。ドアを開けたままだと余計に雨が入る。早く閉めてくれないかね」

言われた通り助手席に身体《からだ》を滑り込ませると、そそくさとレインコートを脱いだ。

「助かりましたよ。こんな降りになって、どうやって帰ろうと思ってたんです……あの、本城家まで乗っけてくれるんですよね」

「無論だ。第一、あなたをピックアップするためにここまでクルマを走らせてきた」

「それはどうも」

「ピックアップしたのはそちらからの申し出に応《こた》えるためだ。決してお迎えにきた訳じゃない」

「……でしょうね」

「まず返事をしておこう。イエスだ。あなたからもたらされる情報と引き換えに、わたしも許される範囲で捜査情報を開示する」

それで藤代が単独で来た理由に察しがついた。クルマの中は密室だ。余人を交えずに話をするのに、これほど好都合の場所はない。

「岩間さんには内密ということですか」

「服務規程に抵触するからね。もしもの時に泥を被《かぶ》るヤツは少ないほどいい」

「なるほど」

「もちろん、この取引については他言無用だ」

「結構です」

「それじゃあ早速あなたの方から話してもらおう。本城家について何か耳寄りな情報は得られたのか」

「ええと、武一郎さんという人はあまりいい評判ではなかったみたいですね」

三津木は野良仕事帰りの男から聞いた、武一郎の風評をそのまま伝える。被害者と目される男の悪評なので、さぞかし有用と思っていたのだが、案に相違して藤代の表情は硬い。

「武一郎の評判が悪いのは、こちらの訊き込みでも分かっている。女癖が悪い上に、本城家の長男という立場を笠《かさ》に着て、色々と無茶をしていたらしいな。蔵之助の威光で口を噤《つぐ》んでいた連中も、蔵之助の急逝とともに溜《た》まっていた鬱憤を晴らしにかかっている。まあ、あれだけ悪行を重ねれば、先代の忠臣だって離れていく」

「その前に藤代さん。焼け跡から発見されたのは、やっぱり武一郎夫婦だったんですか」

「自室に残っていた毛髪と、死体の焼け残っていた毛髪がそれぞれ一致した。念のために詳細なDNA鑑定も行われるが、まず間違いないでしょうな」

「生きながら焼き殺されたんですか」

「死因は焼死ではなく窒息死。それも煙を吸い込んだんじゃなく、二人とも首を絞められての殺害だ。気道内に煤片《ばいへん》は見当たらず、また熱傷の痕跡もなかったから、死亡後に焼かれたに違いない」

生きながら焼き殺されたのではないと知り、少しだけ安堵した。

「問題は窒息させるのに扼殺《やくさつ》したのか絞殺したのか。つまり手で絞めたのか紐のようなもので絞めたのかが分からない。手で絞めても紐で絞めても頸部《けいぶ》には必ず痕が残る。その痕を見ればどちらかが判明するが、あれだけ焼けてしまったのでは判別もつかない」

「二人続けて絞め殺せるものですか。どちらかが騒ぎ出したらアウトでしょう」

「二人とも宴席で痛飲していたというから、酔って寝ている間に殺害されたんでしょう」

「殺されたのは何時くらいだったんですか」

「六月九日の深夜十一時から翌日午前一時にかけて。出火が目撃されたのが一時過ぎだから、殺害された直後に放火されたと見るのが妥当でしょう」

「自分たちの部屋で殺されたんですか。それとも蔵で」

「現段階で提供できる情報はここまでですな」

藤代はアクセルを踏み込む。ざりざりと砂利を蹴《け》る音を立てながら、クルマが動き出す。

「会社の従業員と周辺住民から蛇蝎《だかつ》のごとく嫌われていた男が女房ともども殺害され、犯行の痕跡を消すために蔵ごと焼かれた。非常に単純な事件と見ることもできる。しかし一方、遺産相続に絡む謀殺の線も依然として残る」

「蔵の鍵《かぎ》は開いていたんですか」

「開いていました。元々、碌《ろく》なものを収蔵していなかったから、普段から施錠はされなかったみたいですな」

つまり二人が蔵の中におびき入れられ、そこで殺害された可能性もあるということだ。

「強盗という線はどうですか」

「武一郎夫婦の部屋から現金や貴金属の類《たぐ》いが盗まれた形跡はない。可能性もなくはないが、限りなく薄いですな」

「蔵は内側から燃えていたと聞きました。ガソリンか何かを撒いたのでしょうか」

「灯油ですよ。冬に使用する石油ストーブのために、ポリタンクの灯油が蔵に備蓄されていたらしい」

三津木なりに考察してみる。

首を絞めた痕を消すために死体を焼いたのだとしたら、その時点で死体がどこにあったかが重要になってくる。自室で殺したのなら蔵から灯油を運び出し、部屋に火を点ければいい。強盗なら手っ取り早くそうするだろう。

しかし内部の犯行なら、痕跡を消すためだけに屋敷を丸ごと焼いてしまうのは躊躇《ちゅうちょ》するはずだ。

一方、蔵で殺害したのなら蔵だけ焼いてしまえばいい。わざわざ灯油を運ぶ手間も省ける。だがその仮定に立てば、犯人は蔵に灯油の備蓄があるのを知っていたことになる。

一周回って同じ結論に辿り着く。

やはり犯人は本城家の中に潜んでいる可能性が極めて高いのだ。

3

三津木は町民の何人かと言葉を交わしたが、武一郎夫婦が亡くなって悲しむ声は遂に聞くことができなかった。死んでしまえば皆ホトケという訳ではないらしく、哀悼よりは怨嗟《えんさ》の声の方が大きい。むしろ本人たちの死によって、封印されていた呪詛《じゅそ》が表に出たといったところか。

本城家に対する不平不満は相当溜まっていたらしい。蔵之助急逝の際に噴出しなかったのは、曲りなりにも武一郎の睨みが利いていたからだろう。言い方を変えれば次男の孝次以下には武一郎ほどの威光が備わっていないということになる。

死者に鞭打《むちう》つのは褒められたことではないが、今まで本城一族が散々悪名を轟《とどろ》かせていた分、反発は大きく根深い。本城家周辺住民からだけでも、三津木の耳にはこんな声が届いたものだ。

「あの惣領《そうりょう》の甚六《じんろく》ときた日にはよ、正妻も妾も同居させてる時分から他人の女房に色目使ってやがった」

「経営者としてちゃんとやってくれりゃあ、下半身の性格までは問わんけどよ。親父《おやじ》さんの会社、ニキビより簡単に潰したクチだからな」

「昔っから威張ることとヤルことしか得意なもんがなかったからなあ。だから先代さんに頭がよう上がらんかった」

「妃美子さんも大概さ。亭主の至らんところなんざ一番見える場所におるのに、窘《たしな》めるどころか虎《とら》の威を借る狐《きつね》やったからな。道端でわしらと会《お》うてもつんと澄ましてたものよ。若さと色香だけで本城に入ったくせして、もう女主人面してけつかった。ありゃあ淀君《よどぎみ》のとんだ劣化版やな」

「大体よ、自分の放漫経営のせいで会社潰しておいて、役員報酬を受け取った直後に倒産、従業員には雀《すずめ》の涙程度の退職金だったんだぜ。人の恨みで殺されたって文句言えるような筋合いじゃねえよ」

人の価値は棺《ひつぎ》に蓋《ふた》をした後に定まるというが、その伝《でん》でいけば武一郎夫婦というのはやはり徳には恵まれなかったものとみえる。

ただし三津木が部外者である事実を差し引いても、同情できる点がある。二人の死が、町民のみならず兄弟にまで悼まれていないことだ。一応DNA鑑定も済み、二人の遺体が返還されて行われた通夜祭の席で、広間に集まった兄弟たちは一切悔やみの言葉を口にしなかった。

妃美子という女性は天涯孤独の身の上だったのか、駆けつける親族は一人としていなかった。つまり弔いに集まったのは本城家の人間だけであり、他家の者のいない気安さが兄弟たちの口を軽くした。

長男夫婦を蔑《さげす》む権利を最も有しているのは自分だとでもいうような口ぶりで、まず孝次が狼煙《のろし》を上げる。

「犯人が誰かは知らんが、殺すだけでは飽き足らず蔵まで燃やすことはないだろう。いい迷惑だ」

まるで武一郎夫婦の死よりも蔵の全焼の方が災難だという物言いだった。

「大した値打ちのものが所蔵されてた訳じゃないが、あれだって資産のうちだ。犯人が逮捕されたら絶対に賠償請求してやる」

「だけど孝次兄」

すぐに悦三が疑義を差し挟む。

「いくら民事訴訟で勝ったところで相手に支払い能力がなかったら、判決文なんてただの紙切れだぜ。訴訟する意味がない」

「ああ、それなら大丈夫だ。犯人がこのうちの誰かなら相続人が一人減ることになる。民事訴訟云々《うんぬん》よりも、そっちの方が有意義だ」

「聞き捨てならないな」

「別に無視する必要はないだろ。蔵の中に灯油を仕舞い込んでいたのは家の者なら誰だって知っている。逆に家の者以外の人間は誰も知らない。どう考えても身内の犯行だろ」

自分と同じ推理だったので、部屋の隅にいた三津木は少し驚いた。だが悦三の方は織り込み済みだったらしく顔色一つ変えずにいる。

「もっともらしい理屈だけど、県警の刑事には通用しても所轄の作久署には通じないぞ」

「何だと」

「この辺りはまだ木造住宅が圧倒的だ。みんな馬鹿じゃないから灯油や引火性の塗料、ボンベの類いは道具小屋か母屋の外に保管している。つまりさ、本城家の人間でなくたって燃料を母屋以外に置いているのは周知の事実だ。本城家に蔵があるんなら、灯油だってそこに保管していると考えるのが当然だ。秘密でも何でもない。だから本城家以外の人間が犯人である可能性は十二分にある」

「外部の人間は遺産相続に関係ないだろうが」

「カネ目当て、遺産目当てだと決めつけるなよ。孝次兄だって武一郎兄たちがどれだけ恨まれていたかは知ってるだろ。時期が時期だ。今、武一郎兄たちが殺されたら、疑いは真っ先に俺たち兄弟に掛かってくる。それを見越しての犯行とも考えられるじゃないか」

そういう考え方もあるのかと、三津木は感心する。しかも悦三の指摘が的を射ていたのか、孝次は敢《あ》えて否定しようとはしない。

「武一郎兄は社員からも町民からも忌み嫌われてたからな。妃美子さんも同様にな。それはお前の言う通りだ。だがな、恨みだけで人を二人も殺せるかとなると俺の考えは少し違う。人を動かすのは、やっぱりカネの力だ。それに俺たち兄弟の誰も武一郎兄や妃美子さんを慕ってたりはしなかったろう？」

「あなたたちと一緒にしないで」

すかさず沙夜子が異議を申し立てる。

「わたしは武一郎兄に普通に接していたわよ。妃美子さんに対しても小姑《こじゅうとめ》じみたことはしていないし」

「そりゃあよ、普通に接してたっていうんじゃない。猫を被ってたっていうんだ。お前だってあの夫婦が何かと疎ましかったに違いない。出戻ってからは武一郎兄に色々言われたのを、俺が知らないとでも思ったのか？」

「知っていたのなら、どうして止めてくれなかったのよ」

「そりゃ次男坊だからな。俺の権限でどうにかなるもんじゃなし」

「わたしが武一郎兄たちから悪口言われるのを愉《たの》しんでいたんでしょう」

すわ兄弟喧嘩《げんか》勃発《ぼっぱつ》かと身を竦《すく》めると、思いがけない方向から制止の声が上がった。

「御霊《みたま》の前じゃ。そういうことは祭詞が終わってからしてくださらんか」

祭壇前で祭詞を唱え続けていた宮司が、孝次たちを咎《とが》めるような目で見る。祭詞の最中であるにも拘《かか》わらず平然と内輪揉《も》めを演じる兄弟も兄弟だが、それを今まで我慢していた宮司も大概だと三津木は思う。おそらく本城兄弟の仲の悪さは全町民の知るところなのだろう。宮司の落ち着きようからは、本城一族に対する諦念《ていねん》と侮蔑《ぶべつ》が見てとれる。

今更ながら、通夜祭は本城家の住人だけで執り行おうと提案した柊の配慮に頷かざるを得ない。その柊は危惧が的中したのに、三津木の横でひたすら苦虫を嚙み潰している。この場に崇裕の姿が見えないのはせめてもの救いで、いればますます座が乱れたことだろう。別室でお守りをしてくれている久瑠実には申し訳ないが、やはり葬儀の場に崇裕の存在はそぐわない。

崇裕がこの場に姿を見せないのには、もう一つ別の理由もある。いつぞや柊が口にした〈福子〉という風習に絡んだ話だ。その家に富をもたらす福子はなるほど珍重すべき存在だが、慶事の象徴であるがゆえに弔事に参加させるのはタブーだというのだ。説明されれば頷ける話でもあり、そもそも葬儀の席に崇裕が顔を見せることはないらしい。つまり崇裕のお守りを仰せつかった久瑠実も同様ということになる。

久瑠実がいない代わりに、料理人の沢崎が末席に連なっている。屋敷に足を踏み入れてから顔を見るのはまだ二度目だが、寡黙を身上としているのか発言から人となりが読み取れない。もっとも沢崎がそこそこ喋ったところで、三津木の人物評価などジンさんからこっぴどくこき下ろされるに決まっているのだが。

通夜祭の席で畏《かしこ》まっているものの、沢崎の体格のよさは誤魔化しようがない。料理人と聞くと、三津木はつい線の細い男を連想しがちだが、沢崎本人は身長百八十センチを優に超える偉丈夫《いじょうぶ》で、服の上からでも筋肉質であるのが分かる。二の腕は三津木の倍ほどもあり、指先も格闘家のようにごつい。事前に料理人と紹介されなかったら、ボディガードか何かと勘違いしていただろう。

不意に疑念が湧《わ》き起こる。

武一郎夫婦は蔵の中で殺された。藤代の話によれば気道に煤片が残存していなかったということだから、生きたまま火災に巻き込まれたのではないらしい。

問題なのは二人が蔵に出向いたのが自発的だったのか、それとも拉致《らち》同然に連れ去られたのかだ。屋敷の中で殺人を決行しようとすれば物音も聞こえるし、目撃される惧《おそ》れもある。自《おの》ずと犯行現場は屋敷以外の場所が選ばれる。だから二人の死体が蔵から発見されたという事実は、理に適《かな》っている。

どんな理由があるにせよ、武一郎夫婦が進んで蔵に出向いたとは考え難《にく》い。三津木も資産評価のために内見したが、蔵というのは名ばかりで実質は物置小屋のような状態だった。少なくとも夫婦して夜中に出向くような場所ではない。

そうなれば残る可能性は何らかの方法で拉致されたということだ。武一郎夫婦がどんな状態であったにしろ、大人二人を蔵まで運ぶには相当の労力を必要とする。だが孝次も悦三も体格は三津木と似たようなもので、沙夜子に至っては論外だ。

だが沢崎ならどうだろう。彼の体格なら武一郎夫婦を同時に担ぎ上げるのも可能なように思える。その場合、動機は何かという問題が生じるが、こと武一郎たちに関しては予想がつかないこともない。何しろ死んだ後でもこれだけ蔑まれているのだ。生きているうちは使用人にも辛《つら》く当たったのは容易に想像できる――。

つらつらそんなことを考えていると、柊から肘《ひじ》で小突かれた。

「悪かったね、三津木先生。何だか半ば強引に参列させてしまって」

「いえ、僕は一向に構いません。まあ、枯れ木も山の賑《にぎ》わいでしょうけれど」

俄《にわか》に柊は声を潜め、三津木の耳元に口を寄せる。

「それで充分」

「はい？」

「ここに本城グループの役員でも呼べば、次期当主を誰に選ぶかで必ず揉める」

「えっ。でも長男の武一郎さんが亡くなったのなら、次は次男の孝次さんが後継者じゃないんですか」

「こんな田舎の斜陽の企業にも派閥が存在する。蔵之助氏がワンマン経営で権勢を振るっていた時には目立たなかったが、急逝後に顕在化した。遺産相続と会社の代表権は別物で、それぞれ武一郎さんを推す一派、孝次さんを推す一派、そして悦三さんを推す一派に分かれている」

「でも武一郎さんもこうして亡くなってしまって……」

「この辺りはまだまだ家父長制度が健在で、父親亡き後長男が会社の事業を継ぐというのは自然な流れになっている。ところが一番手の継承者がこういうかたちで亡くなってしまうと、武一郎一派が他の二つに吸収され、以前より反目し合うようになる。いや、もう実際なっておる。顧問弁護士として役員会にも参加したが、まあ目も当てられん状況だった」

「でもですよ、柊先生。事業を維持することを第一義に考えれば、誰が見たって次期当主は悦三さんの方が相応《ふさわ》しいでしょうに」

「誰もが優れた殿さまを欲しがる訳じゃない」

柊は皮肉に笑いながら、仕方ないという風に首を振る。

「確かに悦三さんは真面目だし、グループの行く末も考えている。経営の何たるかを勉強もしている。しかし経験不足の若殿さまに不安を抱く者や、積極的に孝次さんを推す者も厳然と存在する。神輿《みこし》に乗る人間が空っぽだったら、担ぐ者はずっと楽だろう？」

「体《てい》のいい傀儡《かいらい》って訳ですか」

「場合によっちゃあ、傀儡の方がいい時だってある。現状、今の本城グループを支えているのは蔵之助さんの懐刀たちだ。皆それぞれに思惑は違えど、グループを存続させたいという一点では共通している。下手に小利口で融通の利かない悦三さんに掻《か》き乱されるよりも、経営に無関心と思われている孝次さんを神輿に担いだ方が、グループの利益になる。そう考えているんだ」

説明を聞いてようやく合点がいった。確かにそんな情勢で会社の役員が参列したら、霊前であってもいざこざが起こりそうだ。

「さすが顧問弁護士ですね。打つ手が早い」

「それも通夜祭までです」

柊は空《むな》しそうに嘆息してみせる。

「明日の葬場祭ではそうもいかない。家族だけの密葬も提案したが、これは役員会から拒否された。次期当主と目されていた人間の葬儀だから会社関係者が参列しないのは世間体もよくないという理屈は確かにその通りで、反駁《はんばく》することができなかった」

「じゃあ明日は」

「さすがに祭壇の前で摑《つか》み合いの喧嘩になることはないと思うが……いや、安心しない方がいい。何が起きても不思議じゃない」

「脅かさないでくださいよ」

「脅しじゃない」

　そう言いながら、柊は三津木を責め立てるように顔を近づけてくる。

「前にも言ったが、あなたは田舎の人間を知らない。田舎の無作法さを知らない。作法を知らない人間というのは、考えや罪悪感もなしに本音を口にする時がままある。正直であるのが美徳だと思い込んでいる。たわけた話だ。友人関係でも憚《はばか》られるような本音を、職場で発散したらどうなると思う。そんなものは共同体の破壊にしかならん。しかし平地に住んでいる者には全体が見通せない。だから不用意な発言を不用意な場所で発し、取り返しのつかない事態を引き起こす」

「考え過ぎじゃないんですか」

「顧問弁護士としては、考え過ぎくらいでちょうどいい」

自らに言い聞かせるように話すと、柊はそれきり黙り込んでしまった。

翌日、本城家の敷地内で葬場祭が執り行われた。参列者の多くはグループ企業の役員と従業員で、更には佐久間町の名士と呼ばれる人々が一堂に会することになったが、本城家の広大な敷地は彼ら全員を収容しても、尚《なお》余裕があった。

「田舎の家が庭や間取りを馬鹿らしいほど広くとってあるのは、こういう冠婚葬祭を自宅で執り行うのを前提としているからでね」

通夜祭に参列して充分な睡眠を取っていないにも拘わらず、柊は微塵《みじん》も疲れを見せていない。この頑健さは、問題の多い本城家の顧問弁護士として必要な条件なのだろうと、三津木は勝手に解釈する。

「ところが核家族化と少子高齢化はこんな田舎にも及んでいる。かくして屋敷はだだっ広いのに住まう者は少なく、部屋の掃除も手に余る有様でね。屋敷の広さが活きるのは数十年に一度の冠婚葬祭の日しかない。屋敷の広大さは権勢の大きさを誇示するものでもあったが、今では逆に零落ぶりの象徴になりかねない。これも皮肉といえば皮肉な話だ」

「でも壮観ですよ。自宅で葬場祭だなんて、ちょっと憧れる部分があります」

「自分の葬式を派手にしたいのは、権力者の性《さが》みたいなものだからね。憧れるのも間違いではないかもしれない。わたしは御免こうむるけれどね」

　三津木は参列者の人波を眺める。ざっと二百人はいるだろうか。いかに斜陽産業次期当主候補の葬儀とはいえ、斎場の規模と参列者の多さを見る限りは厳か且《か》つ盛大なものだ。柊は斎場での小競《こぜ》り合いを危惧するが、葬儀にはそぐわない。腹に一物《いちもつ》ある参列者たちも、この空気の中では牙《きば》を隠しておくのではないかと、三津木は楽観する。

　だが、ここでも柊の指摘は正しかった。三津木は彼らの無作法を甘く見ていたのだ。参列者たちの記帳が進み式次第が消化されていくに従い、開始時の緊張感は弛緩《しかん》し、私語がぽつぽつと出始めた。

「こんな場所で何だが、武一郎さんが死んじまった今、早いところ後継者を決めなきゃならん」

　最初に声を上げたのは、おそらく〈本城製材〉の役員か誰かだろう。葬儀の厳粛さをたちまち生臭くするひと言だけに、口火を切る機会を待ち構えていたフシがある。実際、彼の言葉を皮切りに、参列者の何人かが口々に次期当主に相応しい者の名を挙げ始めた。

「死んだ人間の悪口を言いたかないが、武一郎さんはなあ、先代の経営手腕は受け継がずに他のどうでもいいところばっかり似ちまったからなあ」

「ああ、そうだそうだ。英雄色を好むっちゅうが、英雄でも何でもないモンが色を好んだってタダの色ボケやしな。色ボケに会社任す訳にはいかん」

「全くだ。故人には悪いが、一番穏当な方法で経営者の座を下りてくれた。これでグループの寿命が少し延びたちゅうもんだ」

三津木のいる場所から十メートルは離れているというのに、会話が丸聞こえになっている。死んだ人間の悪口を、葬儀の場で平然と口にする感覚に眩暈《めまい》を覚えた。

「そうなるとやっぱり次期当主は悦三さんということになるなあ。あの人なら傾きかけた本城王国を立て直してくれるやろ」

「おう、ちょっと待ってくれや。そいつはいかにも早計じゃないかね。そら悦三さんは真面目だが、言い換えればそれだけだ。先代のようなカリスマ性がない。当主として担ぐことに異存はないが、本人が経験値を上げるのを待つのも一手だ」

「そうさな。それまでは孝次さんをワンポイントリリーフということにして」

「孝次さんなんかに任せておいたら、悦三さんの経験値が上がる前にグループは潰れちまうよ。渡辺《わたなべ》さん、あんたは孝次さんを好きなように操るつもりなんだろうが」

「いやいや諸見沢《もろみざわ》さんよ。あんたこそ右も左も分からん悦三さんを好きに扱うつもりなんじゃろう。見え透いた真似はせん方がええぞ」

最初のうちこそ小声だったものが、あっという間に怒鳴り声に近くなる。祭壇近くにいた本城兄弟たちにも聞こえているらしく、本人たちもどこか居心地悪そうな顔をしている。

「見え透いとるのは、そっちの方だろうが。昔ええ気になって買い集めたゴルフ権が紙くず同然になって、首も回らんそうじゃないか」

「あんたの方こそ。長年〈本城製材〉の金庫番を気取っちゃいるが、最近は決算時期が近づくとそわそわしとるそうじゃないか。ひょっとして数字に細工でもしたんか」

「言わせておけば」

「言ったがどうしたよ」

いくら何でも不謹慎の謗《そし》りを免れるものではなく、常識を持った関係者が止めに入ると思ったが一向にその気配はない。三津木が唯一常識人と信じる柊はと見れば、武一郎夫婦の遺影の前で弔問客たちの小競り合いを傍観している。

三津木にこの騒ぎを収める力はない。できるとしたら柊くらいのものだろう。

じっと柊に視線を送っていると、向こうも気づいたらしく弁解じみた目を返してきた。三津木のような鈍い男にも、嫌気がさした者の表情は分かる。顧問弁護士という立場上、蔵之助の死後は幾度も同じような光景を目にしてきたのだろう。

しばらくすると柊は首を横に振り、とっておきの靴を履いたまま泥濘《ぬかるみ》に踏み込んでいくような顔で弔問客の中に割って入った。

「渡辺さんに諸見沢さん、それから他の方々。会社の新人事については明日以降の役員会で討議してください。仮にも葬儀の席です。そういう生々しい話は控えてもらえませんか」

「いや柊先生。あんたは相続手続きが支障なく進めばそれでええんやろうけど、わしらはそういう訳にいかん」

「ああ。会社の事業は葬式があろうと何があろうと継続中だからな。役員としてはこれ以上、代表者空席のまま放置しておけんよ」

「少なくとも葬儀の席で話し合うことじゃない」

「いやいや柊先生。武一郎さんの亡骸《なきがら》の前だから腹を割って話せることもある。幸い本城グループの主だった者が一堂に会しておるのだから、都合がいいといえば都合がいい」

「それはあなた方にすれば都合がいいでしょうけど」

「わしらだけじゃない。前に並んでおるご遺族にとっても都合がいいのではないかな」

「そうだ。いっそこの場で後継者を決めてしまえば、後腐れなかろう。誰が誰を推し何を言ったのか、この場なら大勢証人も残る」

「ここは故人を偲《しの》ぶ場所ですよ」

「お言葉を返すようだけどね、先生。あのご夫婦を本心から偲ぼうなんて人間が、いったいどれだけいると思う」

「本心云々より作法の問題です」

「作法。ふん、作法ね。作法で事業が継続できるなら、こんな有難いこたぁないがな」

「ご遺族の前で故人の悪口など。いくらグループが大変な時だといっても」

「しかしな、柊先生。口じゃあ立派なことを言ってるが、あんただって本心じゃ武一郎さんを快くは思っていなかったんじゃないのか」

遠目からでも柊の顔の強張《こわば》りが見てとれた。つまり図星を指されたということなのか。

「わたしは、そんな」

「役員連中が気づかないとでも思っていたのか。先代が亡くなってからこっち、正式な手続きさえ踏んでいないのに当主面して、あんたをまるで下僕扱いだった。長らく顧問弁護士を務めているのも、先代あってこその使命感なのだろう。それを本城家への忠義か何かだと勘違いしてあんたを秘書の代わりくらいにしか思っていなかった。わしらも同じような扱われ方だったからな。よおく分かるよ」

「ここに来ている参列者だって、先代の長男だから足を運んでいるだけの話だ。武一郎さんや妃美子さんの人柄に惹《ひ》かれての話じゃない。そういや、あんたは妃美子さんにも顎《あご》で使われておったよな」

「そうそう、いつだったか役員会に気紛れで現れた際も、柊先生にお茶を持ってこさせたり、ありゃあ傍から見ていても不愉快だった。あんな、どこの馬の骨とも分からん女に傅《かしず》いて、あんたも嫌だっただろ。あんたにしてみりゃ先妻だった比和さんを追い出した仇《かたき》みたいなもんだからな。憎くて当然の女に命令されたら頭にもくる」

「比和さんのことは関係ないでしょうっ」

珍しく柊の語尾が跳ねた。

「もう、本城家からは抜けた人です」

「そう仕向けたのは妃美子さんだ。柊先生も比和さんとは気安かったじゃろ。比和さんがおるうちから家の中に妃美子さんを連れ込んだ際も、あんたずいぶん武一郎さんに食ってかかっておったじゃないか」

「あれは本城家にとって、あまりにも世間体が悪かったから……」

「別に隠さんでもええ。何せ妃美子さんとは正反対の性格で、楚々《そそ》とした奥方じゃったし。柊先生が味方したくなるのも、よう分かる」

「何が分かるものですか。これ以上、不躾《ぶしつけ》な話を続けられるようなら、退席してもらいますからね」

よほど腹に据えかねたのか、柊は一方的に会話を切り上げて戻ってきた。

「見苦しいところをお見せしました」

「いえ」

「公衆の面前、しかも葬儀の席でアレだ。おまけに地声が大きい。だから田舎者というのは困るんだ」

「今の話に出てきた比和さんについて詳しくお聞きしたいのですが……」

「あなたには関係のないことです」

深入りを許さない口調に三津木の質問も粉砕される。

だが放っておくことはできない。さっきの話が本当なら、柊には妃美子を嫌う理由がある。柊本人から確認できなくても、他の人間から事情を訊《き》かなければならないだろう。

顧問弁護士の一喝が効いたのか、参列者からの不謹慎な発言はぱったりと止《や》んだ。葬場祭も玉串奉奠《たまぐしほうてん》から宮司の退場までつつがなく進み、最後は孝次が挨拶する段となった。

「えっと」

マイクを手にした孝次は遺族代表という立場でありながら、冷笑気味の顔を参列者に向ける。

「思い起こせばつい先頃も親父の葬式があったばかりで、このところ本城の家には凶事が立て続けに起こっているようです。これも今まで一族が為《な》してきた悪事や非道の数々の報いと考えれば納得のいくものでして」

明け透けな物言いに三津木は仰天するが、参列者は孝次の人となりを知悉《ちしつ》しているらしく、眉を顰《ひそ》める者はいても目を丸くする者は一人としていなかった。

「それでも死んでしまえば、こんな風に人並みに弔ってもらえるのでさぞかし兄貴夫婦も本望だろうと思います。式の最中、会場からは色んな雑音といおうか聞こえよがしの悪口といおうか派閥争いの声も盛大に洩れていましたが、これも故人の葬儀には相応しいものといえましょう。何しろ他人の不幸や争いごとが三度の飯より好きな兄貴でしたから。まあそんなこんなで、私利私欲の垣間見られる葬儀にご参列いただきまことに有難うございました。本城家遺族を代表いたしまして不肖わたしの挨拶に代えさせていただきます」

いかにも人を食った挨拶だったが、不思議にこの葬儀の雰囲気には合致していた。

武一郎夫婦の遺体は町外れの火葬場に搬送された。火葬場の待合室に集うのは遺族と宮司と柊、そして三津木だけとなる。

遺体が完全に焼き上がるまで一時間四十分かかるらしい。その間、三津木は座っていることしかできず何とも居心地が悪い。今までにも何度か葬式には参列したことがあるが、これほど身の置き場がないのも珍しい。針の莚《むしろ》に座らされるとはなるほどこういうことかと合点がいった。

孝次も悦三も、沙夜子も虚空を眺めるばかりで互いに口を利こうとしない。故人への哀悼として口を噤んでいるのではなく、口を開けば罵倒《ばとう》合戦になるのが分かっているからだろう。死者を弔うどころか互いの腹を探り合うような緊張感で、無関係であるはずの三津木も胃に穴が開きそうになる。

永遠に続くかと思われた一時間四十分を何とかやり過ごし、一同は収骨に呼び出される。本来なら相応に湿っぽくなるはずの骨上げが、こうもぎすぎすした空気になるとは思ってもみなかった。

武一郎の遺骨は真っ白で、しかも骨盤から大腿骨《だいたいこつ》にかけてはしっかり残っていた。

これには職員も感嘆の声を上げた。

「生前に病気をされると、その部分の骨は焼けても赤く残るんです。しかし故人はとても健康体だったようですねえ。おまけに腰から下がすごく頑丈だった」

「そりゃあ、あれだけ腰を振ってたら頑丈にもなるわさ」

孝次の飛ばした冗談に笑う者は一人もいなかった。

厄介だったのは遺骨を納めた白木の箱を誰が抱えるかだった。三人の兄弟は互いにその役を押し付け合い、結果的に妃美子の骨壺《こつつぼ》は沙夜子が、武一郎の骨壺は何と柊が運ぶことで決着した。長男の遺骨が顧問弁護士の手に携えられるなどそうそうあることではないが、度々見たいものでもない。実際、白木の箱を抱いた柊はひどく情けない顔をしており、三津木には声なき抗議にも見てとれた。

やがて一族と二人分の遺骨を乗せたクルマは佐久間町の共同墓地に到着、本城家代々の墓に遺骨を納めて弔いは全て終了した。

「よかったじゃないの、妃美子さん。本城家代々の墓に入れてもらえて」

最後の沙夜子の言葉が慰めだったのか、それとも嘲《あざけ》りだったのか、三津木にはその判断すらできなかった。

屋敷に戻ると久瑠実が出迎えてくれた。

「皆さん、お疲れさまでございました」

家の中に入る前に手水《ちょうず》で身を清め、塩を振りかけられて宮司のお祓《はら》いを受ける。ただの慣習に過ぎないのは分かっていても、何故か心が和んだ。通夜祭から火葬まで気が落ち着く場面がなかったせいだろうと三津木は解釈した。

夕食はいつも通り自室に運んでもらうことにした。大広間では兄弟たちと柊が直会《なおらい》の最中にいるが、疲れているからと言い訳して外してもらったのだ。それでも食事だけ運んでもらうように頼んだのは、別に理由があるからだった。

「お待たせしました」

久瑠実が運んでくれた膳《ぜん》は直会を兼ねたもので寿司《すし》を主体としたものだった。沢崎は寿司職人ではないと聞いていたが、それでもスーパーのパック寿司よりは見掛けもずいぶんマシだ。

「三津木さんも大変でしたね。一日中葬儀に付き合って」

付き合ったのではなく付き合わされたのだ。

「久瑠実さんこそ。二日も崇裕くんを預かっていたんでしょ」

「崇裕ちゃんのお守りなんて楽なものですよ」

言葉の後には、『あの兄弟たちと顔を突き合わせているよりは』と続くに違いなかった。

「さっき柊さんから聞きました。葬場祭にちょっと無作法な参列者がいたって」

あの状況を『ちょっと』と形容したのは柊らしい言い回しだと思った。

「親戚でもないから、きっと退屈だったでしょ」

「退屈どころか緊張しっぱなしで、気の休まる暇もありませんでした」

「……三津木さんの感覚では、それほど無作法だったんですね」

「僕の感覚っていうか、この辺りでは葬式で故人の悪口を言うのが当然なんですか」

「故人と参列者によりけりだと思います、いくら何でも」

「そ、それはそうでしょうね。失礼しました」

「まあ、予想はしてたんですけどね」

久瑠実は短く嘆息する。その仕草が柊そっくりだったので、本城家に仕える者は溜息を吐くのが習い性になっているのかもしれない。

「僕なんかより柊先生の方が数段大変でしたよ」

「でも慣れっこですよ」

「いや、無責任な発言の矛先が柊先生自身に向けられましたからね」

久瑠実が意外そうな顔をしたので、葬場祭の模様を報告してやる。

「そんな風に、先妻の比和さんとの仲をからかわれたんです」

「ひどい、とばっちり」

とばっちりということは、全くの噂ではないという意味か。

本城兄弟や柊自身に訊けないことでも、久瑠実になら訊けそうな気がする。わざわざ食事を運んでもらったのは、それが目的だった。

「久瑠実さんが本城家で働き出した時分、まだ比和さんはこの屋敷に住んでたんですよね」

「ええ」

「どんな方だったんですか。何でも妃美子さんとは正反対だったと聞きましたけど」

「妃美子さんは色々と派手なことがお好きでしたから。お仕えした期間は短かったんですけど、比和さんの方は何かと控えめな印象でした」

「あの、大変答え難いことを訊くんですが」

「それでも訊くのは、無理にでも答えろってことですか」

「職業倫理の許す範囲で」

「持って回った言い方は苦手です。この家の人は婉曲的《えんきょくてき》な言い方を一切しませんから」

「困ったな……」

どうやら自分は本当に困惑顔だったらしく、しばらくしてから久瑠実が破顔した。

「ホントに三津木さんて素直なんですね」

この齢《とし》で女の子から素直と言われても、何も嬉《うれ》しくない。

「知りたいのは、比和さんが本城家を出ていった理由ですか」

「二号さんが同居するのは珍しいケースですけれど、それなら本妻である比和さんに主導権があるはずでしょう。戸籍上の妻なんだし。それなのに比和さんの方が出ていくのは理屈に合いませんよ」

「三津木さん、この辺りはまだまだ家父長制度が幅を利かせているのは知ってますよね」

「今回の後継者問題がまさにその象徴みたいなものだし」

「家父長制度の中で嫁が存在を許されるのは跡継ぎを産めるからだと思いませんか」

久瑠実の口調がわずかに尖《とが》る。

「逆に言えば、子供を産めない女に居場所なんてないんです」

「それじゃあ、比和さんは……」

「ウマズメだったんですよ」

「ウマズメ？」

「石の女と書いてウマズメ。ひと昔前は、結婚して三年経っても子供ができないと離縁されちゃったらしいです。ひどい差別」

「そんな。結婚後三年で子供のいない夫婦なんて、どこにでも普通にいるじゃないですか」

「佐久間町は三津木さんの住んでいる世界と時間がずれているんですよ。ケータイやパソコンがあったって、住んでいるのは昭和三十年代の人間ばっかり」

「跡継ぎが産めないから比和さんは嫁失格。でも妃美子さんだって、まだ子供はいなかったじゃないですか」

「あれだけ若かったら、まだ可能性があるって話なんでしょうね。比和さん、よく気の付く善い奥さんだったのに」

「柊先生は彼女に同情していたんですね」

「女性の人権には詳しいお仕事ですしね。本城家の中では一番まともな人だったから、武一郎さんが離縁を切り出した際も必死に止めてくれたんです。でも当時はまだ先代が存命中で」

「ははあ、蔵之助氏も離縁を勧めたんですね」

「勧めたというか命令に近いですね。武一郎さんの方は渡りに船って感じで即決。比和さんには拒否権もありませんでした。だから尚更柊先生は怒ったんです」

どこか達観した風の柊が怒る光景は、なかなか想像しづらかった。

「武一郎さんだけでなく先代にも食ってかかったんです。でも、弁護士の分際で生意気だって一喝されて」

「女性の人権問題はともかく、あの柊先生が顧問先にそれだけ意見するのって珍しくないですか。今の柊先生を見ていると、とてもそんな熱血漢には思えないんですけど」

すると久瑠実は好奇心を交えた顔を近づけてきた。

「柊先生の気持ちをあたしが知るはずはないんですけど、やっぱり個人的な思いはあったと思います。比和さんが実家に戻ってからも、しばらくは連絡を取っていたみたいですから」

「あの、今更なんですが柊先生に奥さんはいらっしゃるんですよね」

「いらっしゃいますよ。でも……」

言いかけて久瑠実は口を噤む。妻帯者であろうが独身であろうが、同情することに違いはないというのか。それとも不倫を否定しないというのか。

「とにかく、比和さんが実家に温かく迎え入れられたことを喜んでいました。そこから先の話は知りません」

「比和さんの境遇に同情したのなら、同じ境遇の沙夜子さんにも同情したんでしょうね」

てっきり肯定されると思ったが、意外にも久瑠実は言葉を濁した。

「何から何まで同じ境遇だとは限りません」

「でも二人の相違といえば子供がいることくらいですよ」

「崇裕ちゃんが福子というだけで全然違います。先代は遺書も残さずに亡くなられたから、公《おおやけ》にはなっていないんですけど、下手をしたら遺産の一切合財は崇裕ちゃんが相続する可能性もあったんです」

「そんな馬鹿な。だって、あの子は」

「もちろん後見人というかたちで沙夜子さんなり誰かなりを立てる前提なんでしょうけど、崇裕ちゃんを猫可愛がりしていた先代なら有り得ない話じゃないんです」

「その話が現実となったら沙夜子さんが実質上の本城グループの後継者。なるほど確かに同じ境遇じゃないですよね」

「だから柊先生の対応には差があると思います。あくまであたしの勘なんですけど」

柊本人に確認していないので、勘と言われればその通りだ。しかし三津木が考えるに、久瑠実の勘は中《あた》らずといえども遠からずという気がする。

不意に久瑠実は眉を顰めた。

「ひょっとして三津木さん。柊先生が武一郎さんたちを殺したと疑ってるんですか」

「まさかまさか」

三津木は慌てて首を振る。

「二人が殺された時間、柊先生は自宅にいましたからね。犯行は不可能です」

「疑ってないんですね」

「はい、天地神明にかけて」

「それならいいです」

納得したように頷くと、久瑠実は部屋から出ていった。三津木はいったん閉じられた襖《ふすま》を開け、彼女の姿が廊下の向こうに消えるのを確かめてから再度閉める。

「ああーっ、疲れたあ」

天井に向かって声を上げてみる。本城兄弟のいる広間からは離れているので、彼らの耳に届く心配はない。

いや、違う。

本城兄弟よりもタチの悪いヤツには丸聞こえだった。

『アホか、お前は』

予想通り、早速ジンさんが動き出した。三津木は仕方なくシャツをずらして、ジンさんを露出させる。

『なあにが疲れただ。通夜祭から葬場祭まで、ただぼおっと座ってただけじゃないか。ダルマかよ』

「ジンさんだって知ってるでしょ。あの重苦しくってぎすぎすした空気、耐えられたもんじゃなかった」

『繊細っていうほど周りに気がつく訳でもなく、大胆っていうほど肝が据わっている訳でもない。何から何まで中途半端で使えない野郎だな、お前は』

「ひどい言われようだなあ」

『これでもコンドーム五枚重ねくらいソフトにしている』

「しかも下品だ」

『ふん。葬儀の席で死んだヤツを罵倒するよりはよっぽど上品だ』

それは否定できなかった。ジンさんの物言いは下品だが、品性は下劣ではない。人面瘡《じんめんそう》なりに徳の高い相手は尊重するし、人を見掛けだけで判断しない。そして一番重要なことだが、性格以外で人を差別しない。全てに消極的な三津木がジンさんから見下される理由こそがその性格だが、自分自身が納得しているので理不尽だとは思わない。

「でもさ。ジンさんの指示通り情報は収集したよ。グループの内紛だとか、柊さんと比和さんの経緯とか。ああいう話を聞いちゃうと、柊さんも疑わざるを得ないよね」

『あのな。二人の死亡推定時刻が午後十一時から午前一時だってのは聞いているよな。それも焼け死んだんじゃなく、首を絞められてだ。その時間、柊は自宅にいたことになっている。そのアリバイはどう崩すつもりだ』

「それは……」

『思いがけず現れた動機に目が眩《くら》んで、アリバイのことなんざすっかり忘れてたんだろ。脳みそに皺《しわ》がねえのか』

「でも老いらくの恋は執着しやすいって聞くし」

『どこからの情報だよ、それは。よしんば柊のオッサンが比和に横恋慕していたとしてもな、蔵之助・武一郎親子から冷たい仕打ちを受けたくらいの動機で二人も殺したりするか？』

「いや、老いらくの恋というのは」

『いい加減、そこから離れろ』

「それにしてもさ、子どもが生めないから簡単に離縁するなんて異常だよ」

『常識なんざ、住む場所でころころ変わる。少なくともここら辺りじゃ、それが正義だったんだ。石女の話が出る前に、その名残があるのをヒョーロクだって見ただろ』

「そんなもの、どこにあったの」

ジンさんは聞こえよがしに大きく嘆息する。

『どこに目ェつけていやがる。持ち山を鑑定しに行った時、祠のあった跡を見たじゃねえか。あれはな、子授け祈願の祠だ』

「へえ、そうなの」

『子授け祈願の祠があったということは、石女を嫌う風習が存在していた証拠だ。石女が嫌われる理由は子供を産めないことだけじゃない。古い迷信だと石女には穢《けが》れがあるとされ、道端で小便をすると草木が枯れるとか、結婚相手の男は衰弱死するとか、住んでいる村は絶えるとか、まあクソみそに言われてる』

「ひどいな」

『言い換えれば、それだけ家が絶えるのを怖《おそ》れていたということだ。少子化やら限界集落やらの問題は、別に新しい話じゃない』

「じゃあ比和さんが離縁されたのは佐久間町の常識という、久瑠実さんの意見は正しいんだ」

『大抵の差別は無知に起因している。予備知識さえあれば、久瑠実の話をすんなり理解できるはずなんだ。少しは恥じろ、物識《ものし》らず。第一、柊のオッサンより動機が濃厚な容疑者が現れただろ』

「沙夜子さんか」

『石女の迷信が色濃く残っている土地なら、同様に福子の風習も根強く残っていると思って差し支えない。出戻りの理由が崇裕にあったとしても、佐久間町の風習と蔵之助の性格を知る沙夜子にしてみれば凱旋《がいせん》帰国みたいなものだったんじゃないのか。ところが遺書を残す前に蔵之助が死んじまったものだから、すっかり目算が狂った』

「でも沙夜子さん一人で武一郎夫婦を蔵まで運搬するのは無理だよ。その辺はどう推理するのさ」

『動機が濃厚な容疑者と言っただけじゃねえか。ちっとは自分で考えろ。いつもいつも人面瘡なんか頼りにするない』

「自分で言う？」

『お前の一部だろが』

都合のいい時だけ同体を主張するのだから始末が悪い。

「悦三さんが外部犯人説を唱えたのはどう思う？　蔵の中に灯油が保管されているのを知っているのは家族に限らないって話。カネや遺産目当てでなくても、色んな人から憎まれていたみたいだし」

『そいつを殺さなきゃならないほどの動機かどうか、だな。基本的に犯罪ってのは経済効率だ。そいつを殺してまで得ようという対価は、労力に対して大きいのか小さいのか。多少頭を使うヤツならコストパフォーマンスを考慮するだろうさ』

「武一郎さんの経営失敗で職を失った人や、普段から足蹴《あしげ》にされていた人は恨み骨髄だと思うよ」

『だからよお、ただ思うんじゃなくて、ちゃんとした根拠を基に考えろと言ってんだ。再就職に苦労すると、前に勤めていた会社の代表者を殺したくなるのか。人格はともかく、一応の肩書きは会社経営者の男に無礼な振る舞いをされたくらいで殺さなきゃならないのか』

「じゃあ、何を根拠に考えればいいんだよ」

『犯罪が発生する要素は大きく分けて三つ。一が動機、二が方法、三がチャンス。この三つ全てに当て嵌《は》まる人間を探すのさ。犯人はその条件内に必ず潜んでいる。だが、今はあまりにも情報が少な過ぎる』

「あのさ。再確認なんだけど、僕たちが探偵の真似事しなきゃならない理由は何なのかな。兄弟の中に犯人がいればそれだけ相続人の数が減るから、その分遺産分割協議は楽になるだろうけど、手続き自体が簡素化される訳じゃないよね」

『そんなことも分からずに嗅ぎ回っていたのかよ』

「最初に教えてくれなかったじゃないか」

『趣味だ』

「へっ」

『年がら年中お前の肩にへばりついて、へいこらしながらの事務的な書類仕事の繰り返しばかり見せられていると退屈で死にそうになる。たまにはこういう刺激的な事件がないと俺の灰色の脳細胞がダメになっちまう』

「僕にメリットがないじゃん」

『大ありさ。俺が機嫌いいのと悪いのと、宿主のお前はどっちが都合いいのよ』

三津木は返事に窮して黙り込む。ジンさんというのはひどいヤツで、機嫌のいい時は三津木を揶揄《やゆ》するだけだが、悪い時にはほぼ休みなく罵倒し続ける。似たようなものだと軽んじてはいけない。小一時間も罵られ続けると人は精神の均衡を失う。更にジンさんは三津木の劣等感を正確無比に突いてくるので手に負えない。

『宿主は寄生生物に栄養分を供給するのが義務だ。それくらい肝に銘じとけ、このスットコドッコイ』

「ジンさんが事件に興味を持つのは構わないけどさ。現状では情報不足なんだろ。葬儀の席で入手した情報を元手に、また藤代さんと意見交換しようっていうのかい」

『鑑識作業も司法解剖もひと通り終わっている。ヒョーロクよ。死体発見現場のあらました、まだ憶《おぼ》えているか』

「死体発見の直前まで消火活動が続いていた」

『ああ。敷地内を大勢の消防団員が走り回り、しかも消火剤やら水やらで現場は泥濘状態だ。仮に犯人の足跡が残っていたとしても、直後に展開された消火活動で掻き消されている。藤代を突ついても新しい情報を引き出すのは難しいだろう。この上は新しい情報が発生するのを待つさ』

「新しい情報って」

『決まってるだろ。第二の事件さ』

「殺人が続くっていうのか」

『犯人の動機が遺産狙いなら当然続くさ。相続人が少ないに越したことはないからな』

「……絶対この状況、楽しんでいるよね？」

『さっきからそう言ってるじゃないか。何度同じこと言わせりゃ気が済む』

「あの参列者たちに負けず劣らず不謹慎だと思わない？」

『「粗にして野だが卑ではない」』

「何だよ、それ」

『これしきの言葉もいちいち説明しなきゃならんのか。自分で読んだ本くらい思い出せ。ただでさえ物識らずの馬鹿が、他人やスマホ頼りにしてたら土星馬鹿になるぞ』

「何だよ、その土星馬鹿って」

『輪をかけた馬鹿のことさ』

まさかこんな事件が続いて起こるはずもない――三津木は単純にそう思い込んでいた。何しろまだ武一郎夫婦が殺されて三日ほどしか経っておらず、周辺には引き続き警察官がうろついているのだ。仮にジンさんの予言が的中するとしても、もう少し先になるだろうという読みがあった。

しかし三津木は失念していた。

ものの見方や状況判断において、ジンさんは常に自分の二歩先をいく。そして三津木の見方というのは多くの場合希望的観測に過ぎず、往々にして外れてしまうのだ。

この夜、三津木は疲れも手伝って入浴を済ませた午後十一時には床に就いた。

翌日、今度は屋敷から離れた水車小屋で孝次の死体が発見された。

三　二番目のタヌキは首を吊り

I

三津木が事件を知らされたのは、警察が現場に到着してしばらくしてからのことだった。朝食を終え、自室で一服している時に久瑠実が飛び込んできたのだ。

「ついさっき、孝次さんが死体で発見されたそうです」

いきなり告げられ、三津木はだらしなく口を半開きにした。

「武一郎さんたちの葬儀が終わったばかりじゃないですか」

「あたしに言われても知りませんよっ」

半ば自棄《やけ》になったように返されたが、久瑠実の気持ちを考えれば当然かもしれない。

三津木とは違い、被害者たちと同居していたのだ。寄せ来る驚きと動揺は部外者の比ではない。

「やっぱり殺されたんですか、孝次さん」

「あたしも聞いたばかりで、詳しいことはまだ知らされてないんです」

佐久間町の主幹産業は林業だが、それだけで町民全員が食っていける訳ではない。殊《こと》に製材が斜陽産業に堕している現在、林業に携わる者のほとんどが半農半林なのだという。そのため町内には大小の水車小屋が存在しているのだが、その中で一番大きなものはやはり本城家所有のものだった。孝次の死体が発見された水車小屋がそれだ。本城家の敷地から百メートルほど離れた場所にあり、主に精米用に使われている。

六月十三日早朝。水車小屋を管理している男が孝次の死体を発見して駐在所に通報、即座に作久署の捜査員たちが現場に急行したという次第だった。

「それなら自殺という可能性もあるんだ」

「自殺？」

久瑠実は有り得ないというように、首を横に振る。

「孝次さんに限ってそれはないと思います。後悔したり落ち込んだりということには無縁の人ですよ」

「そうなの」

「あんなに自分が好きな人が、自殺なんてしませんよ」

まだ孝次と知り合って間もないが、言われてみればそんな気もする。自分本位で享楽的なら反省も鬱屈《うっくつ》もないだろう。

その時、右肩がもぞもぞと蠢《うごめ》き出した。ジンさんが現場に出たがっている合図だ。

「ちょっと見てきます」

そう言って三津木は部屋を出る。久瑠実の非難めいた視線は承知の上だ。

「これで久瑠実さんに僕も野次馬だって嫌われちゃったじゃないか」

人目がない場所で愚痴ると、早速ジンさんが顔を出した。

『まさか好かれているとでも思ってたのかよ』

「そうじゃないけどさ。ほら、好青年ってイメージがあるじゃない。そういうの大事にしたいんだよ」

『心配しなくてもお前のイメージはヘタレで野次馬根性旺盛《おうせい》な社会不適合者だ。それ以外のイメージはない』

件《くだん》の水車小屋は歩いているとすぐに分かった。小屋全体がブルーシートで覆われ、その周辺に警察官たちが屯《たむろ》している。

「ああ、あなたか」

三津木を見つけた藤代が近づいてくる。見ればブルーシートの傍らでは悦三が岩間から事情を訊《き》かれている最中だった。

「本城家から駆けつけた人間は悦三さんだけですか」

「ええ、あなたで二人目です。他の方々もこちらに向かっているんですか？ それなら途中で引き返してもらわないと」

迷惑だというのが顔つきだけで分かった。

「孝次さんの生死を確かめたいのは分かるが、現場を荒らされちゃ元も子もない」

藤代は三津木と現場の間に立ち塞《ふさ》がる。一応協定関係にあるとはいえ、捜査関係者ではないのだから当然の対応だろう。

引っ込んでいたジンさんが、またぞろ暴れ出す。死体や現場を見たいとせがんでいるのだが、藤代が待ったをかけている以上近づく術《すべ》はない。

「あのう、死体っていうか現場を見せてもらえませんか」

「何を言うかと思えば。駄目ですよ。まだ検視が終わったばかりなのに。それでなくても一般の立ち入りは禁止です」

「状況だけでも。捜査情報の範囲内で」

藤代は迷惑顔のままブルーシートの方を見やる。岩間は相変わらず悦三の相手に手間取り、三津木たちには気づいていない。

「今の段階で話せること自体が少ないのですけどね」

藤代は小声で語り始める。

「死体の発見者が誰なのかは聞いていますか」

「水車小屋の管理人、でしたよね」

「本城家に雇われている祖父江《そぶえ》健吉《けんきち》という男です。動いているはずの水車が止まっているので、修理しようと小屋の中に入っていった。そこで死体発見ですよ」

「へえ、水車って二十四時間回ってるんですね」

「いいえ、本城家の場合、水車は精米用に貸し出していただけなんです。農業主体ならともかく、この辺りは半農半林なのでしょっちゅう精米している訳じゃない。ほら、小屋の横に川が流れているでしょう」

藤代の指す方向に川幅二メートルほどの小川がある。山の上から流れているらしく、緩やかな勾配《こうばい》も手伝って流れが遅い。

「あの川は生活用水も兼ねていて、朝五時から昼過ぎの三時までは流れを堰《せ》き止めて水車の横の農水路から田圃《たんぼ》に水を送っている。三時になったら流れを元に戻すらしい。だから水車が回っているのは五時から三時までの十時間という訳です」

「川を堰き止めるのが祖父江さんの仕事なんですね」

「自動でやるにはカネがかかるでしょうからね。貧乏くさい話ですが、この辺では機械より人力の方が安い」

一日に一度、小川を堰き止めるだけなら確かに人力の方が安上がりなのだろう。

「祖父江はいつも通り、朝五時に川を堰き止めて、自分の田圃を見に行きました。帰ってきたのが午前八時過ぎ。すると水はちゃんと流れているのに水車が止まっていた」

「やっぱり故障だったんですか」

「いや、それが……」

藤代が先を続けようとした時だった。

「道、空けてくれえ」

ブルーシートの中から担架を持った数人が出てくる。担架の上でシーツを被《かぶ》せられているのは孝次の死体だろう。死体を見るのは武一郎夫婦の時に懲りている。今でも夢に見るほどだ。ジンさんは興味深いと言うが、三津木には恐怖の対象でしかない。藤代に促されるまでもなく、警官たちに道を譲る。

ところが三津木はとことんついていなかった。

担架が三津木の目前を通り過ぎる際、警官の一人が畦《あぜ》に足を取られて体勢を崩してしまった。担架は大きく傾き、その勢いでシーツが捲《めく》れ上がる。

三津木の目の前に孝次の死体が露出した。

顔面は真っ白でまるで血の気がない。それだけではない。頸部《けいぶ》が異常なほどに締め上げられ、今にも千切れそうな有様だった。眼球はこぼれんばかりに飛び出し、厚ぼったい舌がでろりと顎《あご》まで垂れている。頸部からの出血も夥《おびただ》しく、首から下は血で斑《まだら》に染まっている。

畦の泥臭さと血の臭《にお》い、そして死体から噴出したであろう糞尿《ふんにょう》の臭いが瞬時に混ざる。

途端に猛烈な嘔吐感《おうとかん》に襲われた。我慢できず、三津木は畦道の上に屈《かが》み込んで盛大に吐き散らかす。朝食べたばかりの焼き魚と味噌汁《みそしる》が、ほぼ未消化のままでぶち撒《ま》けられた。

「あーあ、やっちまった」

担架を持っていた警官が聞こえよがしに愚痴る。

「こういうのを遺留物から除外するの、誰の仕事だと思ってんだよ」

「悪いな」

「藤代さん、その人、参考人か何かですか。あまり現場に近づけないでください。これで犯人と疑われても責任持てませんよ」

「すまん、すまん。すぐに遠ざけとくから」

哀れ三津木は藤代に付き添われるように、現場から遠のく。

「何なんですか、あの死体」

我知らず抗議口調になるが、もちろん藤代のせいではない。藤代は一層迷惑そうな顔をする。

「何って、あれは絞殺ですよ。ただし絞殺というより縊死《いし》に近い。被害者が窒息死しても、ずっと絞め続ける。やがて縄が頸部に食い込み、組織を潰《つぶ》してああなる」

「あの。お話の途中なんですけど、絞殺と縊死では何か違いがあるのでしょうか」

ジンさんならこのテの知識も豊富だろうが、生憎《あいにく》呼び出せる状況にない。

「絞殺というのは体重以外の力で頸部を絞めることです。人間の力ではなかなか頸動脈と椎骨《ついこつ》動脈を同時に閉鎖することができないので、頭部には一方的に血が送られて顔面は鬱血《うっけつ》します。対して縊死というのは大半が首吊《くび》り自殺で自重を利用するため、頸動脈と椎骨動脈両方が閉まるので顔面は蒼白《そうはく》になる。絞殺でありながら縊死に近いというのは、そういう意味です」

「犯人はどんな力持ちなんですか」

「それで水車が止まったんですよ」

藤代は舌の上に不味《まず》いものを乗せたように顔を顰《しか》める。

「被害者の首に縄を巻き、端を水車の軸に繋《つな》げておく。午前五時、祖父江が農水路に水を流すと水車が回り始め、同時に縄を引っ張る」

後は説明しなくても分かる。孝次を窒息させた後も水力で水車は回り、縄はじわじわと首に食い込み、やがて骨まで達する。

「水の流れが急だったら、おそらく首は千切れていた。水車も再び動き出すから祖父江も気づかなかったでしょうな」

「縄ってどのくらいの長さだったんですか」

「ざっと十メートルほどですか。水車はひどくゆっくり回るし、縄が結わえられている軸は細いものだから、全部巻き取るのに数十分は要するでしょうね」

「数十分も余裕があるなら救《たす》けを呼べばいいのに。自分ちの所有物なら、祖父江さんが朝五時に農水路を開くことも知っていたでしょうに」

「救けも呼べず、抵抗もできない状態だった……そう言えば想像つきますか」

これも大して想像力を必要としない。猿轡《さるぐつわ》を嚙《か》ませ、四肢を拘束すれば叫ぶことも物音を立てることもできなくなる。

「縄は小屋の梁《はり》を跨《また》いでいました。だから水車が縄を巻き取っていくと、終《しま》いに身体《からだ》は梁に吊り上げられ、梁と天井の間にはわずかな隙間《すきま》しかないので天井近くで固定されて首だけが絞まっていく」

十メートルというのは結構な長さだ。水車の軸が巻き取るまでに数十分。もし意識が鮮明だったとしたら、孝次は生きながらにして縄が巻き取られ、自分の首が絞まっていくのをただ見ているしかない。苦痛と恐怖が同時に、そして緩慢に襲い掛かる。

地獄ではないか。

「わたしも警察官を拝命してから相当経《た》ちますが、これほど残虐な殺し方に遭遇したのは初めてです」

藤代の言葉は低くなっている。

「先の放火殺人と同一犯と仮定した場合、犯人は尋常ならざる憎悪を抱いているように思えます」

「そういう風に見せかけている可能性はありませんか。真の動機はカネ目的というように、もっと即物的なのかも」

「却《かえ》ってそっちの方が怖い。被害者が憎くもないのに、あんな殺し方ができるなんておよそ人とは思えない。それこそ鬼か悪魔の所業ですよ」

藤代は値踏みするような目で、こちらを覗《のぞ》き込む。

「念のために伺いますけどね、三津木さん。あなたの昨夜の行動、お聞かせいただけませんか」

「僕を疑っているんですか。孝次さんを、そんな風に殺した犯人だと」

「決まり文句で申し訳ないが、関係者には同じ質問をしているもので」

「葬儀の後、ひどく疲れていたので、風呂《ふろ》に入ってからすぐに寝ました。十一時過ぎだったと思います」

「今朝は」

「八時半頃《ごろ》に目を覚まして朝食。事件のことを知ったのはその直後です」

「そのアリバイを証言してくれる人はいますか」

「いませんよ。一人部屋に泊まっているんですからね」

藤代は短く嘆息する。

「普通、親族や同居人の証言が証拠として採用されないのは被疑者を庇《かば》っていやしないかと疑われるからです。ところが今度の事件では、別の理由で家族や同居人の証言が役に立たない。お互いに無関心が過ぎる。とにかくですね、三津木さん。いったん本城邸に戻ってください。皆さんに改めて話を訊かなきゃなりません」

藤代の指示に従って現場から離れる。するとさっきまで岩間と話していた悦三が、合流してきた。

「災難でしたね、三津木先生」

やはり見られていたらしい。

「すいません。見苦しいところを」

「いやあ、あれは無理ないです。遠目で見ていたわたしでさえ吐きそうになりましたから。実の兄弟なのにですよ」

悦三は痛みに耐えるように顔を顰める。それだけではなく、肩を小刻みに震わせて唇を噛んでいる。無残な死体に対する嫌悪感だけではないようだった。

「悦三さんこそ。あれは、その、ちょっと」

「実の兄ながら、尊敬するところの少ない人間でした」

まるで独り言のように聞こえた。

「自分本位で享楽主義で、本城グループや従業員のことなど歯牙《しが》にもかけない。人当たりも悪く、孝次をよく言う人間はあまりいません。でも、やっぱり血を分けた兄弟なんです」

「悦三さんは、孝次さんが好きだったんですか」

「さあ、それはどうでしょう」

悦三は泣き笑いの顔になったが、すぐに両手で覆い隠してしまう。

「わたしは、尊敬できない人間には好意を抱けない狭量なヤツでしてね。孝次のことも全然好きじゃなかったはずなんです。でも、あんな有様になってしまうと、不思議に犯人が憎くなります」

「だったら好きだったんですよ」

「いや……好きでなくても、知らず知らず気にかけてしまうようなところがあるんでしょうね。色んな意味で鬱陶《うっとう》しいですよ。兄弟というのは」

「さっき、岩間さんから事情を訊かれてましたね」

「孝次が死体で発見されたと聞き、矢も盾も堪《たま》らなくなったんです。ところがあの刑事ときたら近づいちゃいかんの一点張りで、水車小屋の中に入ることさえ許してくれない」

「小屋の中にある犯人の遺留物と紛れるのを嫌がっているんですよ」

「それにしたって孝次本人かどうか、肉親に確認させてもいいじゃないですか」

「本城家に縁のある祖父江さんが、孝次さんを見間違えるはずはないと考えたんでしょうね」

「おまけにアリバイまで訊かれました。三津木先生もそうですか」

「はい。僕は風呂から出るとすぐに寝入ってしまったんですけど、それを証言してくれる者はいるかって。無理ですよね」

「わたしも似たようなものです。墓地から帰ってきたら、考えることが山ほどあって。相続のことやらグループのことやらで全然眠れなくなったんです」

本城グループと従業員の行く末を懸念する悦三らしい。自分のように心配事があっても、体調如何《いかん》で熟睡できる者とは大違いだ。

「じゃあ朝までずっと寝なかったんですか」

「酒の力を借りました」

そう言って苦笑した。

「久瑠実さんにお願いしてブランデーをたっぷりいただきました。普段呑《の》み慣れていないせいですかね、あっという間にバタンでした」

「よかったじゃないですか。家の中の夜回りは久瑠実さんがしているんでしょ。だったら彼女がアリバイを証明してくれますよ」

「どうでしょう。久瑠実さんの夜回りが終わるのを待ってから行動するのも可能ですからね。少なくともわたしが警察なら、そこまで疑いますね。何といっても孝次を殺す動機が一番濃厚な容疑者の一人です」

苦笑が自嘲《じちょう》に変わっていた。まさか自分が藤代と協定を結んでいるのを打ち明けられるはずもなく、三津木は殊勝顔で聞き入るしかない。

それから本城邸までの道程《みちのり》、悦三は二度と口を開こうとしなかった。

「昨夜も最後の見回りをしたんですよね」

本城邸に戻ってから、すぐに久瑠実を捕まえて問い質《ただ》す。

「孝次さん、何時から姿を消したんですかね」

問われた久瑠実は困惑したように小首を傾《かし》げる。

「大体、夜の零時を過ぎる頃に見回るんですけど、まだ孝次さんの部屋からは明かりが洩《も》れていました。今朝、お部屋に行ってみると電気は点《つ》けっ放しだったので、実際何時に外出されたのかは、あたしにも分からないんです」

「悦三さんはどうでしたか」

「悦三さんはもう零時にはおやすみのようでしたよ。いつもなら聞こえないような鼾《いびき》が部屋から聞こえましたから」

「ああ、普段は呑まない人だからブランデー数杯で潰れちゃったんですね」

「違いますよ」

久瑠実は手をひらひら振って否定する。

「え。だってブランデーをたっぷり呑んだって」

「タンブラーにこれだけ」

人差し指を真横にした。

「指一本だからシングルですよね。ナイトキャップ程度だけど、悦三さんにはボトル半分空けたくらいの量なんでしょうね」

「もし孝次さんが殺されたのが零時以降だったのなら立派なアリバイになる。下戸《げこ》が役に立つこともあるんですね」

「この辺じゃお酒が呑めないのは子供扱いですからね。アルコールに強いとか弱いとかは体質の問題なのに、田舎では男らしさ大人らしさの必要条件みたいになってるんです」

話している本人も疎ましい慣習だと考えているのだろう。久瑠実は唇をへの字に曲げていた。

「悦三さん、会社経営に興味を持ち出してからグループの役員さんたちとよく話すようになったんです。それはいいことなんですけど、会合が夜まで続くと、どうしてもお酒が出るじゃないですか。悦三さんはあの通りの下戸なものだから、それまで折角いい雰囲気で役員さんたちも一目置くようになっても、悦三さんが呑めないと分かると、途端に白けたみたいな態度を取るんです。毎回そうなるものだから、悦三さんも結構気にしていたようです」

酒量がステータスになるのは田舎の特殊事情なのだろう。悦三ほどではないにせよ、自身も下戸気味の三津木は同情を禁じ得ない。

「沙夜子さんはどうでしたか」

「崇裕ちゃんを寝かしつけないと沙夜子さんも寝られませんからね。崇裕ちゃん、結構目が堅くて。あたしもお守りしている時に難儀しましたもん」

「早くは寝られないってことですね」

「沙夜子さんの部屋の明かりが消えたのは十一時半過ぎだったと思います。それにしても三津木さん、相変わらず刑事さんみたいなことしてるんですね」

わずかに非難めいた響きが聞き取れる。本城家に仕える者の目には、家族のアリバイを根掘り葉掘り訊き回る者は胡散臭《うさんくさ》い存在に映るに違いない。

「遺産相続手続を遂行する者としては警察任せにできないんですよ」

苦し紛れの弁解がどこまで通用するか心許《こころもと》なかったが、一応久瑠実は納得してくれた様子だった。

「相続鑑定士さんって大変なんですね」

そう言って、廊下の向こうへと去っていった。

自室に戻ると、早速シャツの襟をくつろげる。

「今までの事情聴取、聞いてたかい。ジンさん」

『ああ、聞いてた。聞いてて涙が出た』

「悦三さんのエピソードに涙を誘われたのかい」

『アホウ。お前の馬鹿さ加減に、寄生している者として情けなくて涙が出そうになったんだ』

ジンさんはほとほと愛想が尽きたというように口を全開にした。

「何が馬鹿だよ。怖いのを我慢して孝次さんの死体を検分しにいった。残った家族のアリバイ聴取までやった。獅子奮迅《ししふんじん》の活躍とまではいかないけど、褒めてくれたってバチは当たらないと思うけど」

『あのなあ、お前のは獅子奮迅じゃなくて蟷螂《とうろう》の斧《おの》っていうんだ。怖いのを我慢して死体を検分しただと？　嘘《うそ》っ吐け。俺が要求したのをいいことに根っからの野次馬根性で出掛けただけじゃないか。しかも死体を見るなり大嘔吐。何度も警告したってのに、学習能力の欠片《かけら》もない。ホントに骨の髄までニワトリなのな、お前って』

「もどしたのは面目ないけど、アリバイ調べは的確だったと思う」

『それもペケ。お前が久瑠実から聞いたのは、あくまで家人が寝入ったと思《おぼ》しき時間だ。本当に寝たのが何時なのかは証明できない。久瑠実が見回った後で床を出なかったという証拠はないだろ。そんなもの聞くだけ無駄、まだしも家族の靴を調べた方が有意義ってもんだ』

「どうして靴なのさ」

『どんな理由で水車を回しているのか聞いただろ。精米だ。精米すると大量の糠《ぬか》が発生する。小屋の中なんか毎日掃除する暇もないだろうから、床の上には粉末が散乱している。犯行現場に行った人間なら靴の底に粉末が付着していておかしくない』

「あっ、だったら早く藤代さんに教えてあげないと」

『警察はそのくらい、とっくに考えてるよ。だから関係者が小屋の中に入るのを嫌がったんだ。現場の遺留物じゃなく、持ち去られたものに注意を向けてるんだ。屋敷に来たらいの一番に全員の靴を調べるさ』

ジンさんの説明はいつもながらに明快で、聞いているこちらはふむふむと頷《うなず》くしかない。

『そうやって水飲み鳥みたいに頷いてるけどな、本当に考えなきゃいけないのは殺害方法なんだ』

「水車の力を利用すれば、頸動脈と椎骨動脈を一遍に閉鎖できて確実に殺せるからじゃないの」

『それなら自殺を装って梁からぶら下げたって同じ効果を期待できる。どうして、わざわざ機械仕掛けみたいな方法を採ったかだ』

「そりゃあ、絶命の瞬間まで死の恐怖を味わわせたかったからに決まってる。犯人は孝次さんをとことん憎んでたんだよ」

『縄が水車に巻き取られる間、誰《だれ》かが小屋に入ってくる惧《おそ》れもある。そんなリスクを冒してまで恐怖を与えなきゃいけないのか。水車が回る前に孝次が救出されたら元も子もないんだぞ』

「あー、そう言われればそうかも」

『……繰り返し過ぎて口が疲れたが、お前は宿主なんで親切心で言ってやる。喋《しゃべ》る時はもう少し考えてから喋れ。それだけでニワトリから犬くらいには昇格できる』

　ジンさんの予告通り、藤代たちは屋敷を訪れるなり家人全員から靴底のパターンと付着物の採取を求めた。拒絶すれば疑惑を持たれるのは分かっているので家人や使用人、もちろん三津木も承諾せざるを得なかった。

　アリバイの聴取が不首尾に終わったのは、藤代の表情で分かった。各人が寝入ったと思しき時刻は判明すれど、その後に屋敷を出なかったという証拠もなければ、互いに証明する相手もいない。

孝次が絶命したのは水車が縄を巻き取った直後のはずだが、これも正確な死亡推定時刻は秘匿された。まだ司法解剖が済んでいないという事情もあるだろうが、最大の懸念は容疑者に捜査情報を洩らしたくないということだろう。

警察の事情聴取の最中、慌てて柊が駆けつけてきた。

「あなたは本当に疫病神だ」

柊は不快感も露わにそう告げる。

「この間も聞きましたよ、それ」

「言ってこの惨劇が止まるものなら何度でも言ってあげます」

それを言うのは自分の方だと思ったが、柊の激昂《げっこう》は治まらない。

「しかも葬儀の翌日に二つ目の殺人事件だなんて」

「だから、僕のせいじゃありませんって」

「そんなことは百も承知していますよ。ただ、あなた以外に憤りのぶつけようがない」

「ひどいですよ」

「疫病神は不幸を連れてくるだけで、疫病神自身がとり憑《つ》いた者を不幸にしている訳じゃない。婉曲的《えんきょくてき》に三津木さんは犯人じゃないと言っているんです」

好意で言っているのか悪意で言っているのか判然としなかった。

「柊先生もアリバイを尋ねられましたか」

「例外なしですよ。昨日は葬儀を終えてから宮司への御祭祀料《おさいしりょう》や葬儀会社への支払いで、街中にいたのが幸いしました。宮司とは深夜から呑み始め、そのまま自宅兼事務所に寝泊まり。起きたら、すぐ警察から連絡があった次第です」

つまり人並みに酒が呑めたのが幸いしてアリバイが成立したという訳だ。やはりこの町では、酒を呑めることが何某《なにがし》かのアドバンテージになるらしい。

「急いで来たら、すぐに靴底のパターンと付着物を採取したいと言われました。全く失礼極まる」

「何か、新たな捜査情報が聞けましたか」

「特には。首を絞めるのに使用された縄は、元々水車小屋にあったもののようですね」

「十メートル以上もある縄が精米に必要なんですか」

「水車小屋といっても、実態は物置も兼ねていましたからね。縄ばかりでなく、農機具や肥料も仕舞ってあります。この辺りの水車小屋は全部そうですよ」

「じゃあ、容疑者はこの界隈《かいわい》の住民に限定されますね」

「一概にそうとも言えません。ただ、凶器となった縄が初めから犯行現場にあったのなら、縄の入手ルートを辿《たど》る捜査は無意味になるでしょうね」

柊はまだ文句を言い足りない様子だった。

「第一、素人《しろうと》のわたしにだって分かる。あの長さの縄が水車小屋にあるのを知った上で犯行に及んだのなら、犯人は相当用意周到なヤツということになる。そんな用意周到な犯人が、むざむざ現場に足跡なんて残しておくはずがない。付着物だって処理してあるに決まっています。警察がやっている捜査は現状、何の成果も期待できません」

柊が分かるくらいだからジンさんならとっくの昔に見抜いているだろう、と思った。

「孝次さんの死亡推定時刻は司法解剖の結果待ちですが、これも事実関係から容易に引き出せる。祖父江さんが農水路を開いた午前五時から水車の不調を確認した午前八時までの間です。もっとも犯人はそれ以前に仕掛けを済ましていたでしょうから、孝次さんが屋敷を出てから朝の五時までが犯行時刻になる。後は警察がその空白の時間をどれだけ縮められるかに懸かっています」

時間としてはたったの数時間程度。

だが、手掛かりは呆《あき》れるほど少なかった。

立て続けに殺人事件が起ころうとも、相続鑑定の仕事を中断していい理由にはならない。三津木は翌日から作業を再開した。

2

モリブデンの含有率と埋蔵量に関しては〈古畑相続鑑定〉を通じて土壌分析の研究施設に調査を依頼しているはずだが、まだ三津木の方に連絡はない。進捗《しんちょく》を確認するため本城家の固定電話を借り事務所に電話を掛けると、すぐに受話器から所長蟻野弥生の低い声が流れてきた。

『どうして連絡を寄越さない』

挨拶《あいさつ》も何もかもすっ飛ばしての叱責《しっせき》は相変わらずだった。

「連絡が途絶えたのは申し訳なかったですけど、ケータイの電波が届かない地域でして。しかもこっちでは続けざまに人が死んで」

『誰が死んだのよ。少なくとも三津木くんじゃないだろ』

「相続人が二人も死んで――」

『だから君が死んだ訳でもないのに、どうして連絡が遅れるんだ。列車事故に巻き込まれた訳じゃなし、大体相続人の数が少なくなったら、分割協議が楽になっていいじゃないか』

ああ、また始まったと思った。

弥生は喋らせさえしなければ見目麗しき佳人で通るものを、力士でもあるまいし無理偏にゲンコツのような物言いと人使いの荒さで損をしている。おそらく本人は損とは思っていないだろうが、下で働く者はいい迷惑だ。それでも退職者が少ないのは弥生が徹底した能力評価主義であり、成果を出した者には相応の待遇を図ってくれるからだった。

「あのですね、僕も事件関係者の一人になったものだから、ここ数日は身動き取れなくなって」

『何だ、ひょっとして君が犯人なのか』

「まさか」

冗談だろうと片づけたが、弥生のことだから案外本気かもしれない。仕事以外は万事に無頓着《むとんちゃく》な女なのだ。

「ところで所長。土壌分析を外部に依頼した件、どうなっていますか」

『君が資料として残していた地積測量図を基に、先方が見積もりを出してきた。昨日のことだ。それ以降、気分が悪い』

弥生の気分が悪いのは、大抵カネが絡んだ時だ。果たせるかな、予想通りの文句が聞こえてきた。

『見積額は二百二十四万円だそうだ』

「暴利じゃないですか」

『内訳を眺めると、そうとも言えない。分析には高価な機械を必要とするし、第一、対象となる物件が広過ぎる。七つもの山を掘削するのにボーリングマシンも持ち出さなきゃならない。駆り出される人員は七人を超える。機材の使用料と人件費を考慮すれば暴利とまでは言い難い。まあ、足元を見られているのは確かだが』

「言い値で払うんですか」

『払うのはウチじゃない。山林の相続人だろう。君の直近の報告では相続人から調査費用を捻出《ねんしゅつ》する旨の言質《げんち》を取っているはずだ』

あっと思った。

「ええと、それがですね。言質を取った相手が殺されてしまいまして……」

『何だとお』

途端に弥生の声が跳ね上がった。

『費用の拠出元もはっきりさせないまま、外部への調査を発注させようというのか』

「いや、だから長男の武一郎氏が殺されたのは不測の事態でして」

『どんな事態にも臨機応変に対処するのが〈古畑相続鑑定〉のモットーだ。忘れたとは言わさんぞ』

「忘れてません」

『相続人全員から承諾を取り付けろ。無論、文書にして署名捺印《なついん》させろ。その上で土壌調査を正式に依頼する。どうだ』

「やってみます」

『やってみます、じゃない。やるんだ』

出た。無理偏にゲンコツだ。

「……了解しました。それではまた報告を」

『待て』

電話を切る寸前、弥生が大声で制止をかけた。

『了解したと言ったな。何人の相続人から承諾を得るつもりだ』

「現在、生存しているのは三男の悦三氏と長女の沙夜子さん二人だけです」

『だから君は詰めが甘いというんだ』

電話の向こう側で嘆息している弥生が目に浮かぶようだった。

『本城蔵之助という人物は立志伝中の人物で、郷土史にも何度か名前が出てくる。本人の自伝も残っている。十中八九ゴーストライターの手によるものだろうが、話半分としても興味深い内容だった』

「わざわざ取り寄せたんですか」

『実務を任せる前に、相続の背景くらいは把握しておくのが普通だろう』

経費にはうるさいが、部下の仕事の細部までチェックして遺漏を生じさせない。ワンマン経営でありながら部下の信頼が厚いのは、こうしたきめ細かさに拠《よ》るところが大だ。

『自伝を読む限り、往年の蔵之助氏は大層な艶福家《えんぷくか》だったそうだ』

言われてみれば納得できる。長男武一郎の女好きは蔵之助から受け継いだものに違いない。

『そういう人物が被相続人の場合、留意すべき点は何だった』

「非嫡出子の存在です」

『そうだ。認知されている婚外子の存在が考えられる。そういう人物が遺産分割協議に乱入してきたら面倒だ』

「同感です」

面倒は嫌です、という言葉は呑み込んだ。

『とにかく原戸籍謄本から除籍謄本に至るまで思いつく書類は全部調べ尽くせ。土壌調査の依頼はそれからでも遅くない。どうせ山は逃げないからな』

「今度こそ了解しました」

『期待している』

締めの言葉がこれだから油断ならない。三津木は受話器を戻してから溜息を吐いた。

『いつもながらきっついオバさんだな』

ジンさんが揶揄《やゆ》するように話し掛けてくる。だがジンさんが弥生に一目置いているのは承知している。能力のあるなしについて、ジンさんは公正中立だった。

「きついけど逆らえない」

『もっともな指示だからな』

昭和三十二年と平成六年に法務省令が出された際、新しく戸籍が作り替えられた。作り替える前の戸籍は原戸籍（正式には改製原戸籍）と呼ばれる。除籍謄本というのは、転籍や除籍などで全員がいなくなった状態の戸籍の書面を指す。つまり戸籍謄本（現戸籍の写し）は現在の情報であり、原戸籍謄本と除籍謄本は過去の情報と言い換えることができる。この三種類の戸籍を徹底的に洗えば隠れた非嫡出子が探り出せるのではないかというのが、弥生の考えだった。

戸籍謄本も原戸籍謄本も除籍謄本も、本籍地の役場で取得できる。本城家は先祖代々佐久間町に根付いているので、遡及《そきゅう》調査も容易だろう。

『この際、本城家の歴史を紐解《ひもと》くのも一興かもしれんな』

「興味本位で言わないでくれよ」

『お前には仕事でも、俺にはただの興味でしかない。今更、何言ってやがる』

社内では弥生に管理され、社外ではジンさんに罵倒《ばとう》される。つくづく自分は人、あるいは人面瘡《じんめんそう》に恵まれないのだと思い知らされる。

『ほら、とっとと役場に行ってこい。役場には閉庁時間てのがあるんだ。誰もお前ののろい仕事を待っちゃくれないぞ』

ジンさんの声に押されて、三津木は身支度を始めた。

佐久間町役場に行く旨を告げると、久瑠実はクルマで送りましょうかと申し出てくれた。彼女の好意は有難かったが、例の黒塗りのベンツを役場の玄関前に横付けするのはどうにも気が引けた。

「調べものがいつ終わるか分かりませんよ」

「それならいったんお屋敷に戻ってまた来ます。終わったら連絡してください」

「でも」

「この辺じゃあクルマは足代わりです。まさか徒歩で役場まで行くつもりだったんですか」

久瑠実も言い出したら聞かない性分なのか、三津木は気圧《けお》されるようにベンツに押し込まれた。

「三津木さんに何かあって叱《しか》られるのはあたしなんですからね」

車中、折角なので久瑠実から話を聞くことにした。

「本城家は神道なんですね。先祖代々ですか」

「佐久間町では半分以上が神道ですよ。結婚式も神前が多いくらい」

「産土《うぶすな》神社はどこの神社ですか」

「役場から少し離れた場所にある佐能《さのう》神社です。でも、どうして神社のことなんか」

「いやあ、ちょっとした興味で」

いくら相手が久瑠実でも調査内容をぺらぺら喋る訳にはいかない。それに、これはジンさんから授けられた知恵なので、自分の手柄のように得々と開陳するのも恥ずかしい。

佐久間町役場に到着した三津木は久瑠実と別れ、早速住民課の窓口に直行した。午前の閑散とした役場内、来訪者は三津木一人だけだった。

備えつけの申請用紙に必要事項を記入し、窓口職員に差し出す。

「戸籍謄本と原戸籍謄本、存在するのなら除籍謄本も全《すべ》て取得したいです」

既に悦三の名前で委任状は取得している。窓口職員はさして気に留める様子もなく、三津木に謄本を渡すとそそくさと持ち場に戻っていく。いくら暇でも、申請者一人に張りついている余裕はないということか。

三津木にとっては却って好都合だった。横に人がいては捗《はかど》らない作業だ。

まず戸籍謄本で蔵之助の欄を見る。死亡した証《あかし》として名前に大きく×が被せてある。確認したいのは蔵之助の父母の名前と出自だった。幸い両親とも佐久間町に本籍があるので、遡《さかのぼ》って調査できる。

蔵之助の父親は寅之助《とらのすけ》、母親は絹《きぬ》。寅之助は昭和二十一年八月に没し、寡婦となった絹もその三年後、夫を追うように亡くなっている。寅之助の子供は全部で三人。長男が蔵之助で、あとの二人も男。二人は結婚して別に所帯を持ち、除籍になっている。

今度は寅之助の時代に遡る。

寅之助の父親は巳之吉《みのきち》、母親はてい。二人とも明治の時分に死んでいる。生《な》した子供は男三人女が二人。家督を継いだのが寅之助であり、あとの四人はやはり結婚し除籍している。

現存する本城家の戸籍はそれが最古だった。日本で戸籍法が施行されたのは明治五年二月一日。それ以前のものは役所に存在していない。念のために除籍した一族のその後を追ってみるが、他の自治体に転籍したので調査の足は途中で止まる。

いかにも資料不充分だが、役場でできるのはここまでだろう。まあいい。明治までしか過去を遡れないのは織り込み済みだ。こうなれば弥生の命令通り、徹底的に調べてやる。

三津木は役場を出ると、次に佐能神社を目指した。道往《い》く人に尋ねるまでもない。『佐能神社』と書かれた標識に沿って進むと、はるか向こうに社殿が見えてきた。

鳥居の朱がところどころ剝《は》げかかっている。社殿も相当に古く、壁の一部は罅《ひび》が入っているのに修復さえされていない。

「こんにちは」

社務所の前で声を上げると、しばらくして袴姿《はかますがた》の男がぬっと現れた。齢《とし》は八十を超えているだろう。禿頭《とくとう》に斜視だが、歩く姿は矍鑠《かくしやく》としたものだった。

「どちら様」

「本城家のご依頼で相続鑑定をしている三津木と申します」

名刺を受け取ると、袴姿の男は矯《た》めつ眇《すが》めつしていた。

「こちらの宮司にお会いしたいのですが」

「宮司はわしじゃ」

宮司は鳴島《なるしま》と名乗った。相続鑑定士という肩書きが珍しいのか、名刺の次は三津木の顔を観察し始めた。

「そういえば武一郎夫婦の葬儀の場に、あんたもおったな。あんたが噂《うわさ》の鑑定士さんやったか」

「どんな噂なんですか」

「わざわざ聞きたいかね。よそ者の噂に碌《ろく》なものはありゃせんよ」

「……やっぱり、いいです」

「ところで相続鑑定士さんがわしに何の用かね」

「こちらの神社は大層歴史があると聞きました」

「うん。江戸時代からある由緒正しい神社だ。まあ、このように寂れてしまったがね」

「人別帳《にんべっちょう》は保存されていますか」

人別帳と聞いて、鳴島宮司は訝《いぶか》しげに目を細めた。

「ないこともないが」

「本城家が記載されている人別帳があれば拝見したいんです。これは委任状です」

もう一通持っていた委任状を差し出す。本城悦三の名前を確認した鳴島宮司は、それでも納得していない様子だ。

「本城家からは代々寄進してもらっている関係で、人別帳もちゃんとウチで保管してあるはずだ。しかし今どき人別帳というのは古いなあ」

「明治以前の記録は役場にないんです」

「そりゃそうだろう。戸籍制度は施行されてせいぜい百五十年弱。ウチの歴史の足元にも及ばん」

宗門人別改帳――所謂《いわゆる》人別帳は江戸時代中期以降に存在した古《いにしえ》の戸籍簿だ。慶長十八年、幕府はキリスト教禁止令を出し、民衆がどんな仏教宗派に属しているかを定期的に調査し始め、台帳に記録した。これは宗門改帳と呼ばれ、後に人口調査の記録の人別帳と統合されて宗門人別改帳となった。各戸の家族構成を帳簿に記録するのは租税徴収の面で有益だったからだ。

人別帳には家単位で氏名と年齢、加えて檀徒または氏子として所属する寺社名が記されている。そうした事情で明治五年の戸籍法施行以前は、人別帳はそれぞれの寺社の管理になっている地域が少なくなかった。

「本城家の過去を遡りたいと思いまして」

「それが今度の遺産相続に関係あるのかね」

「調べてみないと何とも言えません。いや、もちろんタダとは言いませんよ」

「……いくら払える」

「諭吉《ゆきち》さんを一枚」

鳴島宮司は値踏みをするように三津木を睨《にら》んでいたが、やがてふっと気を抜いた。

「拝観料としてはちょうどいいな。まあ上がりなさい」

三津木は勧められるまま社務所に足を踏み入れる。

神社というのはどこも似たような空気が流れている。線香臭いのでも供花の匂《にお》いでもない。外部の喧騒《けんそう》とは別世界の静謐《せいひつ》が辺りを支配しているように感じる。

鳴島宮司に連れてこられたのは、社務所の物置部屋だった。古色蒼然《こしょくそうぜん》とした家具と絵馬で溢《あふ》れ返り、木の匂いが鼻を突く。部屋の隅には長持《ながもち》が鎮座していた。使われなくなって相当の年数が経っているらしく、上に積もった埃《ほこり》が層を成《な》している。

「しかし物持ちがいいのも考えものだな。建物は大きくならんのに、物ばかりが増えていきよる」

鳴島宮司が長持の蓋《ふた》にひと息吹きかけると、盛大な埃が宙に舞った。三津木は思わず息を止める。

「確かここにあったはずだが……まあ時間はたんとある。ゆっくり調べりゃいいさ」

手伝ってくれる気は毛頭ないらしい。それならそれで構わない。

「では失礼します」

三津木の声を合図に、鳴島宮司は部屋を出ていった。ここからは孤独で興味深い探索の時間だ。

正体不明の神具を掻《か》き分けていくと、やがて和綴《わと》じの古文書群に突き当たった。中の一冊を開いて確信する。人別帳に相違なかった。

一冊手に取って覗き、無関係の家のものと知れれば床に積んでいく。作業を繰り返すこと半時間あまり、ようやく表題部に〈本城〉の名前を見つけた。

三津木の指がそろそろと頁《ページ》を繰っていく。腫《は》れ物《もの》に触るようにしなければ、たちまち紙が千切れそうだった。

ようやく全部を読み終えると、部屋に入ってから二時間近く経過していた。鳴島宮司に礼金を支払い、三津木は神社を後にした。役場前の公衆電話から久瑠実に連絡を入れ、ベンチに座ってベンツを待つ。

『有意義だったじゃないか』

人目がないのを確かめて、ジンさんが顔を出した。

「どこが有意義なのさ。調べている最中、ひたすら気分が悪かった」

『見解の相違だな。俺の方は知的好奇心で昂揚しっ放しだった』

「下世話な好奇心の間違いでしょ」

『受け取る人間の器によって呼び方は変わる。しかし因果な話には違いない。まさか崇裕みたいな子供が一定周期で誕生していたとはな』

人別帳からは本城家の江戸時代の家族構成と変遷が読み取れた。概して昔に遡れば遡るほど出生数は多く、十人家族という構成もざらにあった。

遡及は十二代前まで及んだ。そして逐一家族の消息を整理していくと、三津木とジンさんはそこにある特徴を見出《みいだ》したのだ。

「本城家は三代ごとに短命の子供が生まれる。それらの子のうち一人として十歳まで生き延びていない。ジンさん、これってどういう意味なんだい」

『飢饉《ききん》や災害、流行《はや》り病の年でもない。子供たちが早死にしたのは別の理由だろうよ』

「たとえば」

『福子は長生きできない。これは文献からも明らかだ。早死にした子供たちは全員福子だった可能性がある』

「でも福子がきちんと三代ごとに現れるなんて、それこそ神がかってる」

『だあから、神様じゃなくって人為が入っているんだって。DNA操作に縁のない時代だって、意図的に障害のある子供を生み出す方法くらいは知ってる』

「まさか」

『そのまさかが一番効率的だった。簡単だ。近親相姦《きんしんそうかん》を繰り返していたら、結構な確率で障害児が誕生する』

「想像だろ」

『今から四百年も前、他にどんな方法があったっていうんだ。憶測の域だが、まるで出鱈目《でたらめ》でもない。本城家の歴史は三代ごとの福子の歴史であり、同時に近親相姦の歴史でもある。そう考えれば少なくとも辻褄《つじつま》は合う』

「非人道的だ」

『現代の尺度で昔を測るな』

「いったい、どうしてそんなことを」

『福子の風習があるからに決まってんだろ。本城家の家長は三代ごとに近親相姦を繰り返して福子の誕生に情熱を燃やした。福子こそが本城家繁栄の象徴であり、拠り所だったからだ。迷信だなんて嗤《わら》うなよ。現代の人間だって多かれ少なかれ、そのテの迷信に縛られている。昔は迷信がれっきとした常識であり、生きる知恵だったんだ。ヒョーロクごときが非難できることっちゃない』

3

久瑠実のクルマを待つ間、三津木は訊かずにはいられなかった。

「あのさ、ジンさん。さっき本城家の歴史は近親相姦の歴史でもあるって言ったよね」

『ああ、言った』

「蔵之助氏もそうだったのかな」

自分で口にしながらおどろおどろしい嫌悪感が纏《まと》わりつく。

「本城家の栄枯盛衰が福子の存在にかかっていると信じていたと思うかい」

『蔵之助は崇裕を殊の外可愛《かわい》がったんだろ。だったら結論は明らかじゃねえか。障害のある子だから余計に可愛いってのはあるかもしれんが崇裕は孫だし、人物評を聞く限り蔵之助が進歩的な人間だったとは考え辛《づら》い。それでも崇裕を寵愛《ちょうあい》したのは、蔵之助自身が福子の言い伝えを信じていたからに決まってるだろ』

「福子を人為的に誕生させる方法が近親相姦だというのなら、福子を欲しがっていた蔵之助は、あの、ひょっとしたら」

『奥歯にものの挟まった言い方するな。崇裕は、蔵之助が娘の沙夜子に手をつけて産ませた子供じゃないかってんだろ』

「うん」

『そんなもん、あったり前だろ。艶福家で、福子の信仰者で、何より一族の栄華を願う総帥《そうすい》としたら、実の娘に手をつけるなんざ使命の一つくらいに考えていたんじゃねえのか』

実の娘を犯すのが家長としての使命。あまりの非常識さに、理解ができても納得できない。

『理解できても納得できないって顔だな』

「……ホント、嫌になるくらい僕のこと分かってるよね」

『お前の身体の一部だろうが。分からなくてどうする。嫌になるのはこっちだ。何でお前は宿主だってのに、そんなに物識《ものし》らずで、鈍くて、常識に凝り固まってるんだ。

俺だけじゃなくて目や耳や手足が情けない情けないって夜泣きしているのを知らないのか』

どうして身体の一部にこうまで罵《ののし》られなければならないのだろうと思うが、自分の不甲斐《ふがい》なさは自分が一番よく知っているので言い返せない。

「でもさ、それってあくまでもジンさんの推理だよね」

『近親相姦した結果の子供ですって、戸籍に書いてあったか』

「確認した方がいいよね。だけど肝心の蔵之助氏はとっくに墓の下だし」

『お前って、そっち方面の知恵も働かないのな。あのな、子供の父親が誰かなんて母親に訊いたら一発だろうが』

「沙夜子さんに訊けっていうのかい」

『確認した方がいいと言ったのはお前だ。彼女から直接訊き出す以上に確実な話があるなら、言ってみろ。このヘタレ』

ジンさんの指摘はもっともだが、だからといって沙夜子本人に崇裕の父親は誰かと直截《ちょくさい》に質《ただ》す勇気は持ち合わせていない。

思案に暮れていると時間はあっという間に過ぎていく。待っていても久瑠実は来ない。諦めた末に歩き続けて三津木は本城邸の前に立っていた。

唐突に弥生の指示を思い出した。

土壌分析の費用を負担することになっていた武一郎が死んでしまった今、追認してくれる相続者が必要になる。残っているのは悦三と沙夜子なので、その二人の承諾を得なければならない。

逡巡《しゅんじゅん》していると玄関ドアが開けられ、中から久瑠実が顔を出した。

「あ。三津木さん、お帰りだったんですか」

「あの、えっと、はい、たった今戻ったところです」

「お迎えにいけず、すみません。夕食の準備に手間取ってしまって。召し上がりますか」

夕食と聞いた途端に空腹感を覚えた。そういえば今日は町役場から佐能神社へと調べものが続いたため、碌に昼食も摂《と》っていなかった。

「是非。腹ペコなんですよ」

「じゃあ、三津木さんのお膳《ぜん》は大盛りにしときますね」

「他の皆さんは、もうお揃《そろ》いなんですか」

「ええ。警察の人から、あまり遠くに外出しないようにと釘《くぎ》を刺されていますから」

どことなく言葉に険があるのは、久瑠実自身も行動範囲を規制されているからだろう。そう考えると藤代との密約があるにせよ、かなりの自由を許されている自分は特異なポジションにいる。

自室に戻った三津木が一人で考え込んでいると、やはりジンさんの突っ込みが入った。

『ホントによ、うじうじさせたらお前、日本一だわ』

「そんな褒め言葉、嬉《うれ》しくないよ」

『喜べ。決して褒め言葉じゃねえから』

「やっぱり、ジンさん……」

『直接沙夜子から訊き出すのは気が引けるっていうんだろ。お前は女相手だと碌に話もできないのか。どこまで童貞臭い野郎なんだ』

「女性相手だからだよ。あなたは実のお父さんにレイプされましたか、なんて訊けないよ」

『訊きにくいことを訊くのが調査だろう。お前は藤代たちの仕事を何だと思っている』

「いやあ、藤代さんとかはもう習い性になっているっていうか、そういうデリカシーを売り飛ばしてるような気がする」

『……お前にはプロフェッショナルという概念がないのか。あのオッサン、ヒョーロクよりはよっぽど繊細な神経してるぞ』

「とにかくさ、沙夜子さん本人に訊くのは、もう少しタイミングを待った方がいいと思うんだよね」

どうせ罵倒《ばとう》されるだろうと思った矢先、襖《ふすま》が開いて久瑠実が膳を運んできた。従って食べ終わるまで、お小言は小休止となる。

食べ終わってから、三津木は悦三の部屋を訪ねた。悦三も食べ終わった直後だったらしく、どことなく余裕のようなものが感じられる。

ジンさんにはしばしば貶《けな》されるものの、三津木もそれなりに社会人経験がある。拙《つたな》い経験から得た知恵もある。その知恵の一つが、困難の予想される交渉を上手《うま》く進めるための留意点だった。

一、交渉の時間を変えてみる。

二、交渉担当者を替えてみる。

三、相手が食事を終えた直後に交渉する。

一と二はともかく、三は説明が必要だろう。人は空腹を覚えると怒りっぽくなり、普段は拘《こだ》わらないようなことまで気にする傾向がある。

ところが満腹感を覚えると、この傾向は一変する。多くの面で寛容になり、相手の多少のミスは見逃してくれるのだ。

元々、弥生から伝授された知恵だが、あるクライアントとの交渉の席で試してみたら存外に効果があったので驚いた経緯がある。調査費用捻出の依頼という困難な交渉に臨むには、この機を逃してはならない。

さてどう切り出そうかと思案していると、悦三の方から話しかけてきた。

「それにしても三津木先生にはご迷惑をお掛けしています。こんな騒ぎに巻き込んでしまって」

「いや、悦三さんの方こそ。遅れてしまいましたけど孝次さんは、本当にご愁傷さまで……」

悔やみは水車小屋からの帰路に言っておくべきだった。それを今の今まで失念していたのは、偏《ひとえ》に己の世知のなさに由来するものだ。

自分の世間知らずを恨みたくなるのは、こういう時だ。物心《ものごころ》つく時分に他人とのコミュニケーションを忌避《きひ》したという事情もあるが、職業人となった今では言い訳にもならない。

「ご丁寧にありがとうございます。しかし正直言って、まだ孝次の死を悼むような気分じゃないですよ」

悦三は自虐的な笑みを浮かべる。

「武一郎たちの葬儀が終わった直後ですからね。冷たい兄弟と思われるでしょうけど、こうも次々と不幸が重なるとおちおち悲しんでいる暇《いとま》もない。何というか、いちどきに多くのストレスが掛からないように、ストッパーが機能しているような感じですね」

「あ、それは分かります。腹が痛い時、足の脛《すね》を思いきり蹴《け》られると腹の痛みが引っ込みますからね」

「……ところで、わざわざお悔やみを仰《おっしゃ》るために訪ねてきてくれたんですか」

「あ、いいえ。実は悦三さんにお願いというか、ご都合を伺いに上がった次第なんです」

三津木は山林の土壌分析について先方から見積もりが届いた旨を説明する。勘のいい悦三は話の途中から主旨を理解してくれたようだった。

「なるほど。確かに調査費用の捻出を請け合ったのは武一郎兄でしたね。ところが夫婦揃って殺され、今また孝次まで殺された。そこで誰が費用を保証してくれるか、確認という訳ですか」

「細かい話で申し訳ありません。まさか調査費用がそんな莫大な金額になるとは思ってもみなくて」

「二百二十四万円でしたか。まあ山林七つとなればそのくらいの金額にはなるんでしょうね。ええ、構いませんよ」

二つ返事だったので、三津木はほっと胸を撫《な》で下ろした。

「遺産総額を確定させるには必要な作業ですからね。沙夜子にはわたしの方から伝えておきましょう。アレも常識はある女だから反対はしないでしょう」

「助かります。何しろ小さな事務所で、百万円単位の費用となると、右から左という訳にはいかないもので。でも、本当に沙夜子さんは承諾してくれますかね」

するとと悦三は面目なさそうに頭を掻いた。

「どうも遺産分割協議中という事情もありましたから、余計に兄弟仲がよくないイメージを与えたんじゃないかと思います。考えてみれば、三津木先生の前ではわたしたち兄弟はずっと角《つの》突き合わせる場面ばかりお見せしたような気がしますね。それに本城グループの役員たちも覇権争いにそれぞれ御しやすしと見た兄弟を神輿《みこし》に担ごうとしていましたし」

過去形になっているのは、既に男兄弟が自分一人になっているからだろう。そういえば本城グループの総帥候補に沙夜子を推す声は聞いたことがないように思う。

「三津木先生も奇異に思っているのでしょうね。ウチの家族関係について」

悦三はまたも自虐的に笑ってみせる。ただし今度はいくぶん寂しげな色も混じっていた。

「朝昼晩、家に家族が揃っているっていうのに、それぞれの部屋に久瑠実さんが膳で運んでくる。家族で飲み食いするのは大広間に集まって会議をした流れで、まあ宴会みたいなノリです。これってよそ様の家庭では珍しいでしょ」

三津木は遠慮がちに頷いてみせる。本城邸を訪れた初日はともかく、自室で食事を摂るのが自分だけでないのを知った時には、さすがに違和感を覚えたものだった。しかし地方の旧家というのはそういうものかと、無理に自分を納得させていたのだ。

「これは他の兄弟、というか本城家の名誉のために言っておきますけど、わたしたちは決して犬猿の仲という訳じゃないんです。子供時分には四人でよく遊んだりした記憶がありますから、まあ普通の兄弟だったんじゃないでしょうか」

「食事を別々に摂るのは昔からだったんですか」

「ああ、それは親父《おやじ》の方針だったんですよ」

悦三の顔が嫌悪に歪《ゆが》む。

「男女七歳にして席を同じゅうせず、とかいう古い教えがあるでしょ。親父のはその発展形で、男も女も七歳になれば一人前だから親と食卓を囲む必要はない。第一、本城の人間は団欒《だんらん》よりも克己を心掛けるべきだと言うんです」

「団欒よりも克己、ですか」

「親父はつるんだり周りをイエスマンで固めたりするのを嫌がったんです」

この辺りから猛烈な違和感が生じてきたので、三津木も突っ込まざるを得なかった。

「でも本城グループというのは、その」

「仰りたいことは分かります。そもそも本城グループはワンマン経営・同族会社だから言ってることとやってることが違うと言いたいのでしょう。ところが親父の中では見事に言行一致しているんです。本城の人間は一人一人が一国一城の主《あるじ》であるように育てようとした。だからグループの一翼を担うのは義務だ、と。実の息子であるわたしが聞いても矛盾だらけの理屈ですけど、ワンマン経営者というのは、得てしてそういうものなんでしょうね」

悦三の話を聞いていると、噂でしか知り得なかった本城蔵之助の実像が、次第に明らかになってくる。

蔵之助と沙夜子の関係を訊き出すとしたら、今が絶好の機会ではないか――三津木は覚悟を決めて話し始める。

「実は今日、町役場と佐能神社に出掛けてきました」

「役場と神社。面白い組み合わせですね」

「どちらも本城家の家系を調べるためでした。町役場には明治からの記録しか残っていません。それ以前については佐能神社で保管していた人別帳を頼ったんです」

三津木が人別帳の説明をすると、悦三は興味深さ半分嫌悪感半分といった体《てい》だった。

「どこの家もそれなりのルーツがあるのは当然ですが、まさか神社に人別帳が残されていたとは初耳です。しかし三津木さん、遺産分割協議にそこまで家系を遡って調べる必要があるんですか」

まさか人面瘡の指図と打ち明ける訳にもいかないので、ここはジンさんと事前に打ち合わせた通りの弁明に努める。

「相続人が不慮の事故で亡くなるのは珍しいことじゃありませんし、分割協議が始まるまでに非嫡出子が存在するかどうかの確認もしたいですしね」

「しかし江戸時代まで遡りますか」

「もう一つは福子の件があったからです」

「福子……崇裕のことですね」

「武一郎さんが仰っていました。亡くなった蔵之助氏は崇裕くんを殊の外、可愛がっていたそうですね」

「それは事実ですが、本城家の家系を調査することとどんな関連があるのか、わたしには理解できません」

「一度調べ始めると徹底的にやらないと気が済まないタチなんです」

悦三が信じてくれるかどうかは心許ないが、そう弁解する以外になかった。

「人別帳を遡っていて気がつきました。本城家では三代ごとに短命の子供が誕生しているんですね」

本城家の人間だから当然知っていたのだろう。悦三は傷口に触れられたように顔を顰めてみせる。

「悦三さんもご存じだったみたいですね」

「そりゃあ自分の一族ですからね。ただし人別帳を遡って実際に確認しようとまでは思いませんよ、普通」

「ところで福子というのは大抵短命らしいですね」

「自ずとそうなるでしょう。障害があるというのは、昔はそれだけ生存確率が低くなるということだったでしょうから」

「本城家に生まれた短命の子供というのは全員福子だったんじゃないんですか」

「今となっては断言できませんね。医療技術が未熟だった時代には老人・子供はあっさり死んでいったと聞きます。ただし、わたし自身は否定しませんよ」

「本城家は昔から豪農だったので高い治療費も払えたはずです。恵まれた条件であるにも拘わらず短命だったのは、やはり先天的な要因があったせいだと推測できます」

「論理的ですね。それも否定しませんよ」

三津木が論理的に話を進められるのは、事前にジンさんから綿密な指示を受けているからに過ぎない。台本なしで喋れと命令されたら、ふた言み言で破綻するのは目に見えている。

「ところで正確に三代ごとという事実には疑問が生じます。どうして本城家に限って、まるで図ったような出産が可能だったのか。まさか江戸時代に健常児と障害児を産み分ける技術があったとも思えません。たった一つ民間にも流布していた常識の方法以外……つまり血縁者同士の交合以外は」

「ずいぶん古風な言い方をしますね。要は近親相姦ということでしょう」

古風な言い方はジンさんからの口伝えなので仕方がない。

「三津木さんが仰りたいのは、崇裕も近親相姦の末に生まれた子じゃないか、という疑いですね」

悦三の方から直截な言い方をしてくれて助かった。いくら三津木が唐変木《とうへんぼく》でも、他人の家の暗部を得々と指摘する気にはなれない。

こちらが黙っていると、悦三は膳の端を指先で叩《たた》き、ひどく落ち着かない様子だった。

「三津木先生も人が悪い」

「はい？」

「戸籍やら大昔の人別帳やら、何を見当違いなことをと思っていたら、本命は崇裕でしたか。確かに崇裕の父親が本城家の血縁者だったとしたら、相続関係にも変化が生じる。遺産分割協議を執り行う相続鑑定士としては看過できない問題ですよね」

「ええ。まあ」

うーん、と悦三は唸《うな》り始める。次に出てきたのは弁解がましい言葉だった。

「別に隠すつもりはなかったんです。戸籍上は別れた旦那《だんな》の嫡出子ですからね」

「沙夜子さんが異議申し立てをしたらどうなるかは分かりませんよ。今はDNA鑑定の結果が血縁関係の証拠として採用されていますからね」

「わたしとしては家の恥部を公にしたくありません」

「遺産分割協議はオフレコです。内容が外部に流出することはありません」

「全ては親父の妄信なんですよ」

すっかり倦《う》み疲れたという口調だった。

「昔から佐久間町に伝わっているのは、福子が生まれた家は三代栄えるというものです」

「それで三代ごとなんですね」

「祖父の寅之助という人間がまた古い因習に囚《とら》われた男でしてね。そういう男に育てられた親父だから推して知るべしですよ。グループ総帥という立場も手伝って、親父は福子信仰にどっぷり嵌《は》まっていましたね。周りにイエスマンを置きたがらない親父でしたが、一方でワンマンだからわたしたちの言葉に耳を貸そうともしなかった。福子を誕生させるのは自分の義務だと公言して憚《はばか》りませんでした。そういう親父が沙夜子に目をつけたのは、当然の帰結です」

見当をつけていたことだが、いざ肉親の口から聞かされるとやはり背徳の印象が拭《ぬぐ》えない。悦三も承知しているのか、羞恥《しゅうち》の色が浮かんでいる。

「沙夜子が出戻った理由はまさにそれでした。崇裕は父親には似ておらず、しかも障害がある。不審に思った元の旦那が鑑定を依頼したら、自分と崇裕が親子関係でないのが明らかになった。沙夜子に騙《だま》されていたのと、障害児を養育させられていた二重の裏切りという訳です。三行半《みくだりはん》を突きつけられても、沙夜子と本城家には抗弁の余地さえありませんでした」

「……やっぱり、崇裕くんは蔵之助氏と沙夜子さんとの間に生まれた子供だったんですか」

「そう考えると、崇裕を猫可愛がりしたのも納得がいきます。何せ実の息子で、おまけに家に栄華をもたらしてくれる福子ですからね。ただ、ここから先は沙夜子の名誉に関《かか》わることなので、憶測や推量でものを言いたくないんです」

本城家の中では比較的まともな悦三らしい物言いだった。

「お察しします」

「しかしこのままだと、相続鑑定士としてはどっちつかずでお困りなんでしょう」

「ぶっちゃけ、そうですね」

「だったら、この先は沙夜子本人の口から聞いた方がいい。それなら三津木さんも沙夜子も納得する」

「いや、しかしご本人に直接訊くなんて」

「わたしが口添えしましょう。そのくらいの骨は折りますよ」

言うが早いか悦三は立ち上がった。三津木には渡りに船の話なので、一も二もなく従うだけだ。

先導してもらうかたちで洋風の離れに移動する。以前も味わった感覚だが、建築様式が変わった途端に時代まで飛び越えたような錯覚に陥る。穿《うが》った見方をすれば、福子などという旧弊な風習を後生大事にしている世界との境界線がそれなのかもしれない。

沙夜子と崇裕もまた食事を終えたところだったらしく、二人分の膳が廊下に出ていた。

「邪魔するぞ」

中では崇裕が絵本を食い入るように眺め、沙夜子がその様を見つめていた。

「何かご用ですか、三津木先生。悦三兄まで」

「三津木先生が崇裕の父親について訊きたいそうだ」

ひと言で事情を察したのか、沙夜子は俄《にわか》に表情を硬くした。

「打ち明けなきゃ駄目なの」

「こういうのは遺産分割協議が始まる前にはっきりさせておいた方がいいだろ。それに、俺の口から話すより、お前が直接話した方が後腐れがない。ただし三津木先生に打ち明けるかどうかはお前の勝手だ。先生、それじゃあ」

そう言い残して悦三は退席した。気を利かしてくれたのだろうが、後に残された者の気まずさは最悪だった。幸薄い母親がひた隠しにする秘密を無理やり暴き出そうとする野次馬。傍目《はため》にはそうとしか映らないだろう。

重苦しい沈黙が流れ、やがて沙夜子がこれも重そうに口を開いた。

「三津木先生は街のお生まれですか」

「いえ、ここと同じような田舎生まれです。学生からは違いますが」

「佐久間町の因習めいた考えには驚かれたでしょう」

「まあ、少しは」

「本城家というのは家父長制度が歪《ゆが》んだかたちで残った家柄なんだと思います。昔からひどかったんですよ。母親なんてまるで小間使いみたいな扱いで、家の中でも男尊女卑が徹底していました。わたし、子供心に思いましたからね。このまま家にいたら一生奴隷みたいな生活を送る羽目になる。一刻も早く家から出なきゃって」

沙夜子の話は彼女が年頃になった時分に及ぶ。彼女によれば高校を卒業した途端に、次々と見合い話が持ち込まれたらしい。

「それが相手はどれもこれもグループ企業に勤める男性ばっかりで。まあ町内で適齢期の男性を探せば自動的にそうなってしまうんですけどね。そんな人と結婚したら一生本城家に縛られるのは分かってますから、わたし全部蹴ってやりました。父親は大層腹を立てましたけど、それだけは譲れなかったんです」

せめてもの抵抗という訳だ。

「前の夫に出逢《であ》ったのは、ちょうどそんな時でした。笹平《ささひら》といって、友人の伝手《つて》で知り合ったごく普通のサラリーマンでした。その普通なところに惹《ひ》かれたんでしょうね。あまり悩みもせずに結婚を決めてしまいました」

「さぞかし蔵之助さんの怒りようは大変なものだったでしょうね」

「それが全然」

「えっ」

「怒るどころか、早く決まってよかったなって。殴られて痣《あざ》の一つか二つはこさえる覚悟をしていたので拍子抜けしちゃいました。でも、後から考えるとわたしの油断を狙っていたんです」

不意に沙夜子は口を噤《つぐ》む。鈍い三津木でも、そこから先が女性にとって恥辱的な内容になるのは容易に想像がついた。

無理に話さなくてもいい――そう告げようとした矢先、沙夜子が再び口を開いた。

「結納が済んだ直後、父親はわたしを蔵に閉じ込めたんです。あの、焼けてしまった蔵です」

「閉じ込めるって、そんな」

「結婚は許してやるが、父親のお膳立てした見合いを蹴った罰は受けろ。そういう理屈ですね」

「他のご家族の反対はなかったんですか」

「もう母親は他界していましたし、何しろ父親の命令は絶対でしたから。そしてわたしを蔵に閉じ込めた日から、夜這《よば》いにきたんです」

三津木はひと言も発せなかった。

「どんなに叫んでも蔵の外には声が届きません。逆らったら殴る蹴るです。わたしにはどうしようもありませんでした……詳しく話します？」

「い、いいえ」

「父親の夜這いは結婚式前日まで続きました。翌日から笹平との新生活が始まりましたが、まさかそんなことを話せるはずもなく、二カ月三カ月が経過しました。崇裕を身籠《みごも》ったのが分かったのは結婚四カ月目でした」

受胎告知を受けた際の沙夜子の気持ちを想像すると、ぞっとした。身籠ったのが誰の子供か、母親が一番よく知っている。

「十カ月して崇裕が無事に生まれてきましたけど、見事なくらい笹平には似ても似つかない子でした。逆算すると初夜の前後にできた計算なんですけど、年が経《た》つに従って笹平は疑いを濃くしていったようです。ある日、些細《ささい》なことで喧嘩になって、どういう流れか忘れちゃったんですけど親子鑑定するって話になって……後は分かりますよね」

三津木は声を発せぬまま、頷くしかない。

「非は一方的にこちらにありますから、離婚協議はあっさりしたものでした。幼い子供を抱えた女が他に頼るところもなく、わたしは実家に戻ってきました。父親の喜びようったらなかったですね。盆と正月が一緒にきたような燥《はしや》ぎっぷりで、娘が出戻ったというのに宴会まで開いたんですから」

沙夜子は皮肉に笑ってみせる。どうして本城家の人間は揃いも揃って普通に笑うことができないのだろう。

「三津木先生。崇裕が父の子供だと証明されたら、遺産分割協議にどんな影響がありますか」

「相続人同士の協議で決着がつかなければ、沙夜子さんが裁判に訴えるという選択肢が出てきます。いずれにしても崇裕くんが蔵之助さんの実子であると証明されれば、相続の関係上、無視はできません」

「そうですか」

「沙夜子さん、訴え出ますか」

「よく分からないんです」

沙夜子は力なく首を横に振った。

「崇裕を相続人の一人に認めてしまうと、何だか父親の目論見《もくろみ》通りになってしまうようで気が進まないんです。だからといって、いつまでもこのままというのも崇裕の将来にとってよくないのも分かってます。いったい、わたしはどうしたらいいと思います?」

沙夜子は媚《こ》びるように尋ねてきた。

三津木は何も返せなかった。

「とても参考になりました。失礼します」

慌てて席を立ち、逃げるように部屋を出た。予想していたとはいえ、沙夜子の告白はあまりに生々しく、そして凄惨《せいさん》だった。

この家は異常だ。

来た当初から受けていた違和感は、ここに至って正体を曝《さら》け出した。

前当主蔵之助の歪んだ自我と愛憎。古びた因習と結びついた禍々《まがまが》しい思考。現代の世に蔓延《はびこ》る家父長制度と兄弟間の確執。

廊下に立っていると眩暈《めまい》を起こしそうだった。自分ほどこの場に不似合いな者はいない。できることなら弥生に泣きついて担当替えしてほしい気分だった。

とにかく自室に戻って落ち着くべきだ。

元来た廊下を引き返す段になって、いきなり右肩が疼《うず》いた。

『お前は〇〇〇〇〇・〇〇〇かよ。ちっとは観察しろ』

ジンさんが小声で罵ってきた。

「何がだよ」

『廊下を見て気づかねえのか』

振り返って沙夜子の部屋の前を見直す。

あっと思った。

置いてあった膳が姿を消していた。

まさか悦三が膳を片付けたとも思えない。

そうなれば考えられる可能性は一つだけだ。

厨《くりや》の方に向かっていると、まさに廊下の向こうから久瑠実が歩いてくるところだった。思わずガッツポーズを取りたくなるようなタイミングではないか。

「久瑠実さん、ちょっといいかな」

いきなり呼び止められて訝しげな様子の久瑠実だったが、逆らわずに空き部屋までついてきてくれた。

＊某グラミー賞歌手

「さっき、僕と沙夜子さんの話、聞いていたでしょ」

三津木が単刀直入に切り出すと、久瑠実は急に慌て出した。嘘の吐けない性分なのだろう。今にも泣き出しそうな顔になったかと思うと、すぐに頭を下げた。

「申し訳ありません。立ち聞きするつもりなんてなかったんです」

「聞こえちゃったものはしょうがないかあ。とにかく、そこらに座ろうよ」

久瑠実のことだからそれほど心配はしないが、取りあえず口止めはしておくべきだろう。

「ええっと、どこまで聞いちゃった？」

「蔵之助さまが沙夜子さんを蔵に閉じ込めて……結局、笹平さんから離縁されたところまでは」

全部ではないか。

こうなればついでだ。訊けることは全部訊いておこうと三津木は助兵衛心《すけべえごころ》を起こす。

「他の家族たちは、沙夜子さんと崇裕くんをどんな風に扱っていたの」

「蔵之助さまは崇裕ちゃんを、それはもう目に入れても痛くないくらいの可愛がりようでした」

すると武一郎の言葉に虚偽や誇張はなかったことになる。

「だから他のご兄弟は何となく沙夜子さん母子《おやこ》を敬遠しているみたいでした」

「そうだろうなあ。誰だって他の肉親が依怙贔屓《えこひいき》されていたら、いい気はしないものなあ」

兄弟のいないお前が何を偉そうに、とジンさんなら迷わず茶々を入れるところだろうが、ここは訳知り顔を許してほしいと思った。

「薄々は……先代は、崇裕くんの父親が誰なのかは知っていたの」

「久瑠実さんも、あまり世間体とか常識には囚われないお方だったので、ひょっとしたらとは思っていました」

沙夜子たちも気の毒だが、久瑠実も災難だと思った。祖父でありながら実の父親。世間的には背徳塗《まみ》れの関係でも、知らぬふりして接するのだからストレスが溜《た》まらない訳がない。

「久瑠実さんも大変だよね」

「そんな、あたしなんて。沢崎さんに比べたら……」

明らかに口を滑らせた模様で、久瑠実は自分の口を押さえた。わざとらしい仕草と受け取る者もいるだろうが、久瑠実の人となりを知る三津木の目には至極自然な反応に映る。

それよりも話の続きだ。今、意外な人物の名前が出た。

「どうして、そこに沢崎さんが登場するのかな」

「いえ、えっと、あの」

「名前出しておいて、その先は完全黙秘ってのはナシだからね。久瑠実さんが秘密にしていても、他の人から訊き出す」

「相続鑑定のお仕事に関係あるんですか」

「相続人が増えるかどうかって話だからね。全く無関係とは言えないだろう」

「でも、他人の恋バナを暴露する趣味なんてありません」

「ふうん、恋バナ。ということは沢崎さんが沙夜子さんを憎からず思っていたってことでいいのかな」

我ながら意地の悪い訊き方だと思ったが、これは仕方のないことだと自分を無理に納得させる。

可哀想《かわいそう》に久瑠実はすっかり困惑している風だった。

「あの、これはあたしから聞いたって絶対に言わないでくれますよね」

「この仕事、秘密厳守だから」

「沙夜子さんが戻ってこられた時、沢崎さんの様子が普通じゃなくて。いつもは冷静で通しているのに、その時だけは料理に当たり散らすような振る舞いだったんです」

「久瑠実さんから見て、二人の間ってどうなんだろ」

「沢崎さんもああいう人だから決して顔には出さないし素振りも見せないけど、今でも沙夜子さんを見る目はちょっと違うと思います。あ、これはあくまでもあたしの勝手な思い込みですけど」

「ご協力、感謝」

久瑠実を解放してから、三津木は空き部屋の真ん中に座《ざ》して考え込んだ。

「ジンさん、起きてるかい」

珍しく三津木の方から呼び掛けると、早速右肩が蠢いた。

『何だよ』

「いや、色々急展開だと思ってさ。まさか、ここで沢崎さんの名前が出てくるなんて想像もしていなかった。何ていうか、隠れていた動機が一気に噴き出した感があるよね」

ジンさんを相手に珍しく饒舌《じょうぜつ》なのは、誰の指図でもなく自分で拾ってきた情報だからだ。普段からジンさんには散々やりこめられているので、このくらいの手柄話は許容範囲だろう。

「沙夜子さんにしてみれば実の父親である蔵之助はレイプ犯だ。沙夜子さんに横恋慕していた沢崎さんも同様、二人には蔵之助を恨む理由がある」

『蔵之助は病死じゃなかったのかよ』

「それだって分かるもんかい。明日にでも柊さんに確認するべきだよ。蔵之助は死んだけど財産が残った。蔵之助に恨み骨髄の二人なら、財産を独り占めしてやろうと考えるのは普通だろ」

『モリブデンの話が出るまで、不動産含めても人を殺して割に合うような遺産じゃなかったんだぞ。手前《てめ》ェで言い出しておいてもう忘れたのかよ、このニワトリ頭』

「何だかジンさんは気に食わないみたいだね」

『あんな話を聞かされて舞い上がっているお前が気に食わん』

「舞い上がってるって、ちょっとそれは言い過ぎ」

『舞い上がっているから足元に転がっているものが見えなくなる。何もかもが気に食わないんだよ、俺は』

4

翌日になって、東京から土壌分析のチームが派遣されてきた。昨夜《ゆうべ》のうちに調査費用の拠出が可能である旨を弥生に報告したばかりだから、疾風《はやて》のような早さといっていい。おそらくは弥生からのゴーサインを今か今かと待っていたのだろう。

チームの責任者は蜂須賀《はちすか》といい、山中で土を掘り返しているよりもクライアント回りをしている方が似合いそうな男だった。

「地積測量図を拝見しましたが、いやあ広いですな」

蜂須賀は調査面積の広大さをむしろ喜んでいる様子だった。

「狭っ苦しいラボで作業しているより、山野を駆け回る方が似合っておるんですよ」

快活に笑う蜂須賀を前に、やはり自分は人間観察が不得手なのだと落ち込む。

蜂須賀たちに少し遅れて柊が到着した。土壌調査が本格的に始動すれば、いよいよ遺産総額の確定が視野に入ってくる。モリブデン含有の発覚で中断していた作業が再開するのだから、顧問弁護士の柊とすれば大きく弾みのつく話だ。

蜂須賀と名刺を交換し今後のスケジュールを確認して別れると、柊はひと息吐いた。この機を逃す手はない。

「今、ちょっといいですか、柊さん」

自分で拾ったネタは自分でモノにしたいのが人情というものだ。昨夜の訊き込みから俄に蔵之助の死因が気になり、これは柊に事情を尋ねるのが一番だと判断した。

「蔵之助氏の死因についてです。柊さんからはただ病死と聞いてますけど、実際のところはどうなんですか」

「実際も空想もありません。蔵之助氏は病死でしたよ」

「ひと言で病死といっても色々あるでしょう。たとえば毎日食事に砒素《ひそ》を盛られたら、少しずつ衰弱してやがて死に至る。蔵之助さんの死は、ひょっとしたらそんな風じゃなかったんですか」

「何を言い出すかと思えば」

柊は呆《あき》れたようにこちらを見る。

「相続人が相次いで殺されたのだから蔵之助氏の死を疑う気持ちも分からんではないが、いささか穿ち過ぎではないかな」

「武一郎夫婦や孝次さんをあんな残虐な手口で殺害した犯人ですよ。蔵之助氏の食事に毒を混ぜるなんて朝飯前でしょう」

自分の推理の根幹には沢崎の存在がある。本城家の台所を一手に担う沢崎なら、誰か特定の人物に毒を盛ることなど造作もないのではないか。自分の横恋慕した女を暴力で孕《はら》ませた相手なら尚更《なおさら》だろう。

「どうもいかんな」

柊は悩ましげにこちらを見る。

「何がいかんのでしょうか」

「殺人事件が連続したせいで、あなたの頭は二時間ドラマモードになっておる。それに、少々燥ぎ過ぎの感が否めない。あなた、ひょっとして乱歩《らんぽ》や横溝《よこみぞ》の小説に出てくるような探偵の真似事《まねごと》がしたいのかね」

面と向かって言われると、たちまち恥ずかしくなった。

「蔵之助氏の死因について詳細を説明しなかったわたしの落ち度かな。彼の死因は糖尿病だった」

三津木は肩を落とす。砒素を盛ったという推理は呆気《あっけ》なく瓦解《がかい》した。

「ワンマン社長のご多分に洩《も》れず、蔵之助氏も食道楽でしてね。財布と身体に悪いものを好んで食していた。家では優秀な料理人が栄養価も考えて献立を組み立てていたが、外食までは目が届かない。かくして体調が悪くなり、病院に担ぎ込まれた時には手遅れだった。札束で頬《ほお》を叩《はた》かれた医者たちが治療に当たったが、重度の糖尿病は血管障害を起こし、やがて心筋梗塞に直結する。最期はあっという間で、だからこそ遺言を残す間もなかった。それとも三津木先生は、蔵之助氏の立ち寄る先々で高カロリー高脂肪のメニューを勧めた不届き者がいたとでも主張されますか」

三津木は降参の意思表示に両手を上げた。話を聞く限り、蔵之助は明らかに病死だ。

「町の名士の死だったから、慎重を期す意味で病理解剖も行われた。砒素とかの毒物が使用されたのなら、その段階で明らかになるはずだが何の異状も認められなかった」

「あの、すみません。分かりました。分かりましたから、もう結構です」

「何かあったのですか。あなたの豹変《ひょうへん》ぶりは却《かえ》ってこちらが不安になる」

「いや、昨日一日見聞きしたことで、蔵之助氏の死因を疑わざるを得なくなったんです」

ほう、と柊は苦虫を嚙み潰したような顔で構える。

「よろしければ、その見聞きしたことをわたしにも教えてもらえませんか」

まるでこちらを射竦《いすく》めるような視線だった。無視も誤魔化しも許さない目だ。逃げれば、今後の協議にも影を落とすことが懸念される。

仕方なく三津木は本城家の家系調査によって、崇裕の父親が蔵之助である事実を沙夜子から訊き出した経緯を説明した。

ところが話を聞いている最中から、柊は表情を猫の目のように変えた。ある件では憤り、また別の件では同情を禁じ得ないという顔をする。理性的な印象がある柊には珍しい反応なので、三津木はそちらの方が気になった。

「それで蔵之助氏他殺説に行き着いた訳ですか。事情を聞いてみれば、なるほど無理からぬ話ですな」

突然、柊に対する疑念が湧《わ》き起こる。

「柊さん、全然驚かないんですね」

「あなたの一生懸命さ、というか猪突猛進《ちょとつもうしん》さに驚いています」

何やら物言いがジンさんにそっくりなのは、自分の思い過ごしだろうか。それとも自分の粗忽《そこつ》さは万人に同様の失望を与えるのだろうか。

いや、今は己のことなどどうでもいい。

「まさか柊さん、蔵之助氏と沙夜子さんのことを前から知っていたんですか」

「あの兄弟たちが学生だった時分から本城家の顧問弁護士をしています。それしきのことを見過ごすようで務まりますか」

「福子を誕生させたいばかりに実の娘をレイプするような人間ですよ。そんな人間にずっと仕えていたんですか」

「弁護士はどんな犯罪者の弁護でも請け負います。善悪の判断は別に下す者が存在する。我々の仕事は依頼人の利益を護《まも》ることです。それを知らないあなたではないでしょう」

柊は事もなげに言う。

「遺産相続人の中には人格的にどうかと思う者もいれば、尊敬に値する者もいる。しかし相続鑑定士のあなたが好き嫌いで遺産分割の割合を決めることはできない。それと同じですよ。わたしもクライアントの人間性で仕事をしている訳ではありません」

「でも、蔵之助氏のしたことはあまりに背徳的だと思いませんか」

「何度も言うようですが、わたしはクライアントを裁く立場でも、逮捕する立場でもない。それに考えてもごらんなさい。福子という風習があったからこそ、崇裕くんはこの地この家で優遇されている。何が正邪で何が幸不幸かを決められるのは神だけですよ」

まるで自分に言い聞かせるようにして、柊はその場から立ち去っていく。最後の台詞《せりふ》がどこか負け惜しみのように聞こえたのは、自分の耳が錯覚したのだろうか。

ところが立ち去る柊と入れ替わるようにして、見慣れた男が目の前に現れた。

「藤代さん」

「お取り込み中でしたかね」

取り込み中ではないと判断したら遠慮なく割り込んできたはずだ。おそらく物陰から自分と柊の会話を盗み聞きしていたに違いない。

「孝次さんの遺体、司法解剖も終わって今日中には本城家に戻されますよ」

「今朝、悦三さんからも聞きました。葬儀は明日に予定しているらしいです」

「これで三連続の葬儀か。本城家も大変ですな」

同情の響きが全く聞き取れず、社交辞令の見本のようだと感心した。

「ところで今しがた、柊弁護士と興味ある話をされていたみたいですね」

藤代との密約を思い出す。業務上知り得た情報は藤代と共有するという約束だった。

「蔵之助氏の背徳行為というのは、何のことですか」

そこまで聞かれていたのなら答えない訳にはいかない。三津木は尋ねられるまま昨日の成果を報告する。

「近親相姦ねえ」

　さすがに藤代は眉を顰《ひそ》めた。

「明治半ば以前までは刑法違反だったが、民法でアウトの行為ですからね。柊先生の言い分にも一理ある」

「でも、それが犯行の動機になるなら由々《ゆゆ》しきことだと思いませんか」

「動機にはなり得るでしょう。その場合、対象はぐっと絞られてきますがね」

　普通に考えれば沙夜子か、もしくは沢崎。あるいは二人の仕業に見せかけたい他の誰か――何だ、結局関係者全員ではないか。

「しかし不謹慎な話ですが、これで相続人は二人だけになりましたね。仮に崇裕くんが蔵之助の実子と証明されたとしても、沙夜子の管理下にあるなら同じことだ」

「悦三さんと沙夜子さん、犯人はどちらか一方という意味ですか」

「あるいは二人の共同正犯、という見方もできる」

　冷徹な口調だが、刑事とはこうしたものなのだろう。怖《おそ》ろしく残酷な可能性を平気で口にする。

「いずれにしても明日の葬儀でひと波乱あるかもしれませんね」

　三津木はせめてもの抵抗で持論を展開してみせる。

「ほう、何故ですか」

「孝次さんを次期総帥に推していたグループ役員たちが、悦三さんサイドに回るのか、それともひょっとして沙夜子さんサイドに回るのか。遺産分割協議の行方とは別に、本城家の将来を決めてしまいかねない事態を招く可能性があります」

ああ、と藤代は合点顔で頷く。

「総帥に誰が選ばれるか、その趨勢《すうせい》で犯人に動きがあるかもしれないという意味ですか」

「ええ。候補者が限られた分、二人を推す役員たちの動きは先鋭化するはずです。犯人がその動きを無視するとは思いにくいです」

「それは動機が遺産狙いに限っての話ですね。まあ、考え得る最大の動機ではあるんですが」

藤代は思わせぶりな言い方をする。密約を交わした仲とはいえ、全てを話せないのも当然だろう。

それなら可能な限り情報を聴取しなければ損ではないか。

「今度は藤代さんが話す番ですよ。あれから何か分かりましたか」

「格段新しいことは何も。司法解剖の報告は予想通り窒息死。鑑識からの報告も芳しくありません。碌に施錠もされておらず、近所の子供が遊び場にしていたくらいですから、犯人が特定できるような遺留物は現状見当たりません。実際のところ、現場はガキンチョたちの足跡の方が大人のそれより多かったくらいで」

どこまで本当か分からないが、少なくとも虚偽はないだろうと性善説で捉《とら》えてみる。

「僕たち関係者の靴の裏の泥も採取しましたよね。精米した後の糠が付着しているかどうかって」

「わたしの顔色を見て、見当つきませんか」

藤代は自分の眼前で指先をくるくると回してみせた。

「そっち方面も芳しくなかったんです。水車小屋の脇《わき》には農水路が流れている。どれだけ靴の裏が粉塗れになっても、そこの川で念入りに洗い落とせば証拠は残らない。糠なんて水で簡単に落ちますしね」

「じゃあ、手掛かりなしですか」

「そうは言ってません」

ちらりと不敵さが顔を覗かせた。

「容疑者が絞られたのなら、それだけ捜査を集中できるということですからね」

藤代の言葉の二日後、容疑者は更に限定される結果となった。

三番目の犠牲者が出てしまったからだ。

四　三番目のタヌキは流されて

1

およそ葬儀というのは湿っぽいものと相場が決まっているが、本城家の場合はいささか勝手が違う。

蔵之助・武一郎夫婦・そして孝次と三連続で葬儀が続けば、さすがに異様さと倦《う》みが生まれる。部外者である三津木が記帳受付に立っているというのに、やってきた参列者は公然と不平不満を口にする。

「言っちゃあ何だが、こうも続くと玉串料《たまぐしりょう》も馬鹿にならん」

「そうだな。まさか会社繋《つな》がりの人間が一万や三万ちゅう訳にもいかんし」

「礼服なんぞ一回着れば即クリーニングだろ。ところが今回、クリーニングに出す前にまた出番ときてる。お蔭《かげ》で汗臭いのが取れん」

「勤めの方も深刻だぞ。玉串奉奠《ほうてん》だけで半日仕事だ。こうも人と時間を取られたら本城グループの運営が停滞しかねん」

「まあ元々停滞気味だったから、今更四日五日操業できなくなっても、業績に大差ないんだがな」

「あんたなあ、それを言っちゃあお終《しま》いじゃないか」

三津木はグループと無縁の立場にいるはずだが、不思議に肩身が狭かった。これも本城家の人々に馴染《なじ》んできた証左なのだろうか。

しかし参列者の愚痴が玉串料や操業中断に留《とど》まっているうちはまだよかった。葬場祭が始まり祭詞が流れ出すと、三津木の隣から年配の声が洩《も》れてきたのだ。

「まあ、これで跡目は悦三さんに決まりだな。孝次さんを担ぎ出そうとしていた一派は可哀想《かわいそう》だが」

「いや、小耳に挟んだんですけどね。あいつら昨日の寄り合いで、沙夜子さんに乗り換えるのを決めたって」

「おいおい、孝次さんを担ぐのを決めたのはついこの間だったじゃないか。あれからまだ一週間も経《た》ってないぞ」

「経営に疎いのは孝次さんも沙夜子さんもいい勝負だからな。あいつらにとっちゃあ操縦しやすければ誰《だれ》だっていいのさ」

「しかし悦三さんみたいに中途半端に詳しいのもなあ」

耳をそばだてていた三津木は肝を冷やす。急遽喪主《きゅうきょもしゅ》にさせられた悦三と沙夜子は祭壇近くにいるため彼らの声も届かないだろうが、もし耳に入ればひと悶着《もんちゃく》起きるであろうことが容易に想像できる。

しかし三津木は聞き役に徹するつもりだった。藤代との約束もある。葬儀での顚末《てんまつ》が相続争いにどう影響するかを見極める義務がある。

「子供の頃《ころ》から帝王学を仕込まれたってんならともかく、二年前から急に経営に目覚めたってんだから要は付け焼き刃だ。どこまで通用するものやら」

「しかし孝次さんや沙夜子さんみたいなど素人よりは話が通じるだろ」

「半可通よりど素人の方がいいって場合もある。殊《こと》に本城グループには古参の役員が揃《そろ》っているから、やれグローバリズムだとかやれ情報公開だとか言われても面食らうだけだ」

「付け焼き刃の改革より旧態依然の方が好都合って場合もあるものな」

「海外輸出で潤っている企業ならまだしも、未《ま》だ国内向けの建材で糊口《ここう》をしのいでいるんだ。不用意に新しい風を吹き込んだら、それが致命傷になりかねん」

男たちの声が次第に大きくなる。誰かが制止してもよさそうなものだが、参列者全体に同調の空気があるためか、見て見ぬふりをしている。

いや、見て見ぬふりというよりも、悦三を神輿《みこし》に担いでいる一派の本音を聞いておこうという肚《はら》だろう。してみると、今の会話はブラフであり、真意かどうかも定かではない。穿《うが》った見方をすれば、沙夜子を担ごうとしている一派に対する陽動かもしれない――と、そこまで考えてから三津木は我に返る。

何ということだろうか。葬儀の席だというのに、跡目争いが興味の中心になってしまっている。三津木も偉そうなことは言えない。相続鑑定士だから跡目争いに興味を持つのは当然と言いながら、心の底では野次馬根性で内紛を愉《たの》しんでいるのではないか。

今の三津木をジンさんならどう評価するのだろうかと考える。十中八九、糞《くそ》ミソにこき下ろされるだろうが、ジンさんのことだから指摘事項に誤謬《ごびゅう》はないだろう。

ジンさんは別の生きものだが寄生生物でもあり、その意味では三津木の一部だ。言い換えれば三津木の潜在意識と言えなくもない。その潜在意識に否定されるということは、三津木の言動が自分自身にとっても好ましいものでない証左だった。

相続鑑定士として、今自分が為《な》すべきことは何か。そう思案している間も、参列者の雑言《ぞうごん》は続く。きっと献上した玉串料分は愉しむつもりなのだろう。

「正直、蔵之助さんには良くも悪くもカリスマ性があった。ワンマン経営者で評価は二分しておったが、何のかんの言っても立志伝中の人物だしな。そこへいくと四人の子供たちはどれもぱっとしない。蔵之助さんの悪癖ばかり受け継いで、経営手腕ときたら未知数どころか皆無に近い」

ワンマン経営者の下では、その威光に畏縮《いしゅく》して継承者が育ち難《にく》い。創業者の二代目が業績を横ばいにさせ、三代目がダメにしてしまう所以《ゆえん》だ。武一郎以下、四人の子供の資質を論《あげつら》うのも酷な話だろう。

「蔵之助さんに飼われていただけの能無し役員がよく言うよ」

これは反対側から聞こえてきた若い参列者の声だった。

「自分たちだって経営手腕のなさじゃ、子供たちといい勝負じゃないか。大体、番頭格にまともな人材がいないから益体《やくたい》もない派閥争いが起きるんだろ」

「そうそう。役員たちは俺《おれ》が俺がで生き残りに必死なんだろうけど、中堅以下の社員にしてみたら誰が後継者になろうが結果は見えてるんだよ」

「蔵之助さんの手腕で保《も》っていたグループだからな。本人がいなくなったら潰《つぶ》れるのは、むしろ当たり前っつうか」

「悦三さんが跡を継ごうが沙夜子さんが担がれようが、脇《わき》を固める重鎮たちが代わり映えしなきゃグループ崩壊は時間の問題だ。この間の〈本城製材〉総会で専務が『これは始まりの終わりだ』って宣言した話、聞いたか」

「ああ、聞いた聞いた。これは本城グループが第二ステージに向かう合図だとか何とか」

「全く笑わせてくれるよ。俺に言わせりゃ終わりの始まりだ。これから本城グループは確実に」

その声を年配の声が遮った。

「おい、そこの若いの。どこの会社だ。好き勝手ご託並べやがって」

若手たちは気を遣《つか》ったつもりだろうが、知らず知らずのうちに大声になっていたのだ。

「まだケツの青いガキが偉そうなことを言うな。今までお前らに賃金を払っていたのは誰だと思う」

「少なくともあんたじゃないな」

若手も負けてはいなかった。

「ついでに言えば本城グループなんて訳の分からない正体不明のものじゃなくて、〈本城製材〉という会社から給料をもらっている。だから〈本城製材〉さえ存続できるのなら、その他の赤字を垂れ流している企業なんて、いっそ早く潰れちまえと思ってる」

「よお言った、小僧。表に出ろ」

一触即発、斎場が剣呑《けんのん》な雰囲気に包まれたその時、不意に祭詞が止《や》んだ。

「黙らっしゃいっ」

宮司の一喝で斎場が静まり返る。

「御霊《みたま》を悼む気持ちがないお人は出ていきなさい。おちおち祭詞も奏上しておられんではないか」

さすがに宮司に盾突こうとする者はおらず、その場は何とか収まった。

しかし火種まで消えた訳ではないのは誰の目にも明らかだった。

喪主からの挨拶《あいさつ》と出棺、火葬場までの同行、そして納骨と、葬儀は粛々と進められていく。三津木には二度目、他の関係者には三度目だから既視感どころの話ではない。三津木ですら自分が遺産鑑定に来たのか葬式に呼ばれたのかが判然としなくなっている。風呂《ふろ》から出て一段落した後、母屋の廊下を歩いていると悦三が縁側に腰掛けていた。丸くなった背中があまりにも心細げに見えたので、思わず声を掛けてしまった。

「喪主、お疲れさまでした」

「ああ、三津木先生もご参列ありがとうございました」

こちらに向けた会釈にも力がなかった。

「いや、僕は座っているだけでよかったですから」

「わたしだって座っているだけでした」

自嘲《じちよう》気味の台詞《せりふ》が痛々しかった。

「繰り返しになりますけど、本当にご愁傷さまでした。まさか三つもご不幸が重なるなんて」

「関係者にショックを与えたのは父親の死だけだったでしょうがね」

ネガティヴな言葉が続く、と思った後にやっと気がついた。

前の方の列にいても、悦三は参列者たちの悪口をしっかり耳にしていたのだ。

「あの……部外者の言うことなんて、いちいち気にしない方がいいですよ」

「部外者じゃありません。彼らは全員、グループの従業員です。その従業員たちの本音を聞けただけでも、葬儀は有意義でした」

今度は自嘲どころか自棄《やけ》にすら聞こえた。

「一部の社員だけじゃないですか」

「一部でも社員です」

言葉を交わしながら、こういう神経の細さが支持者から危ぶまれている要因なのだろうと見当をつける。だが、三津木自身は悦三の小心さを責める気になれない。きっと自分が同じような小心者だからだろう。

「彼らが父に抱いていたような忠誠心を獲得しなければ、これからの本城グループを背負っていけないのは事実なんですよ。グローバリズム云々《うんぬん》より大幅なリストラや効率化が必要ですからね。スリム化した後でもグループを存続させる体力は、一に資本二に忠誠心です。資本の方は持ち山に埋蔵されているモリブデンで賄うとしても、忠誠心の方は経営者次第です。生前の父の言動は鼻持ちならないものでしたけど、今にして思えば持たざる者のやっかみだったんでしょうね」

「何もかも先代と同じにする必要はないでしょう」

「同じにしても事業縮小は免れない。父以上の業績を上げて、やっと横ばいなんですよ」

仕事柄、事業を受け継ぐ者の苦労はよく見聞きしている。悦三の苦悩はカリスマ創業者を持つ二代目に共通したものだ。

「三津木先生はそういうお仕事だから、二代目三代目の経営者を何人もご存じでしょう」

「まあ、普通の人よりは」

「彼らはどんな風に難局を乗り切ったんですか」

「それぞれの方法で、としか言えません」

三津木は記憶力を総動員して、悦三が安心するようなエピソードを掻《か》き集めようとするが、どうにも上手《うま》くいかない。事業を引き継いだクライアントの中で成功した者が一人もいないせいだ。

「ただ、ポストが人をつくるという言葉があります。期待されなかった新社長が思いがけない成長をするケースだってあります。今から悦三さんが悲観することはないですよ」

いかにも取ってつけたような慰め方で情けなかったが、それが三津木にとって精一杯のエールだった。悦三も察したらしく、苦笑いしてこちらを見た。

「凡人は凡人らしく戦うしかなさそうですね」

そう言って一礼すると廊下の向こう側へと消えていった。

それが生きた悦三を見た最後だった。

佐久間町には山を流れる川が何本かあり、本城邸から半キロほど離れた場所にある沢で合流している。急峻《きゅうしゅん》な地形がつくる早瀬は、流れ流れて高さ二十メートルの滝に達する。

地元の住民には〈吸い込み滝〉と怪しい名前で呼ばれているが、その由来は滝口に立ってみると分かる。崖《がけ》に樹木の一本もなく、ただ水が流れ落ちる滝つぼの底だけが見える。じっと眺めていると、ついふらふらと滝に呑《の》まれてしまいたいという衝動に駆られるのだ。

孝次の葬儀が執り行われた翌日、この滝つぼに悦三の死体が浮かんでいた。

「今度は悦三さんが」

朝食前、知らせに来てくれた久瑠実も最後まで喋《しゃべ》れなかった。だが度重なる不幸で、悦三の身に何が起きたのかは容易に想像がつく。

眠気は一瞬で吹き飛んだ。三津木は慌てて着替えると、ものも言わずに自室を飛び出す。

久瑠実に告げられた滝は山林調査の際に見掛けたので場所も知っている。佐久間町にもなかなかインスタ映えする景観があるのだと感心したものだが、まさかあの滝が犯行現場になるとは。

半キロ強の道程《みちのり》を息せき切って駆け続けると、やがて視界の中に滝つぼを捉《とら》えた。周囲は既にブルーシートのテントが設営され、私服と制服の警官たちが動き回っている。その中で彫像のように突っ立っているのは藤代だ。

「ああ、やっぱりお出《い》でになりましたか」

藤代はこちらを見ると溜息《ためいき》交じりにそう言った。

「今度は悦三さんですって」

「例によって死体を見せる訳にはいきませんけどね。おっと、あなたもここから先は足を踏み入れないでくださいよ」

「滝つぼに落ちたということは溺死《できし》ですか」

いいや、と藤代は首を横に振る。

「滝つぼに落ちた経験はありませんか」

「そんなものありませんよ」

「滝つぼといっても存外に深くないんですよ。だから夏場には子供の遊泳場に使われたこともあるらしいですな」

子供が泳げる程度なら、なるほど水深はないはずだ。

「滝口から下を覗《のぞ》き込めば眩暈《めまい》のするような景観らしいが、実際に飛び込むと水深がないので川底に激突します」

「それじゃあ」

「溺死する前に頭蓋骨《ずがいこつ》陥没ですよ。もっとも即死せずに水をたらふく飲んだら結果的には溺死なんでしょうけどね」

口調にどこか倦み飽きたような響きがあった。

「見事でしょ、これ」

藤代はそう言って誇らしげにテントを指し示す。

「作久署の捜査員たちが設営したんですけどね。速さといい、全体のプロポーションといい申し分ない。まあ短期間に三度も設営しなきゃならなかったから、腕前が上がるのも当然なんだが」

「何だか皮肉に聞こえるんですけど」

「皮肉に聞こえるように言いましたからね」

「連続殺人は僕のせいじゃありませんよ」

「あなたのせいなら、どんなに楽か」

藤代は忌々《いまいま》しげに三津木の背後を指差した。振り返って見ると、町道のはるか先に大型のワゴン車が数台連なって向かってくる最中だった。

「あれって報道関係の」

「三津木先生はずっと本城家に滞在しているから、外で今回の事件がどんな風に扱われているか、あまりご存じないでしょう」

調査のある日は山野を駆け巡り、そうでない日は警察の事情聴取やら独自捜査に時間を取られた。自室に戻って食事を摂《と》った後は泥のように眠ったから、テレビはおろかネットニュースをチェックする間もなかった。

「本城家の事件は既に全国レベルだと言ったでしょ。あれは在京のテレビ局の中継車ですよ」

「派手になっちゃったわけですね」

「派手に騒がれても碌《ろく》なことがない」

「県警のお偉いさんならスポットライトが当たるから……」

「捜査に進展がないどころか、犠牲者は増える一方。記者会見は釈明の場と化している。そんな状況でのスポットライトを喜ぶ警察幹部がどこにいますか」

藤代は吐き捨てるように言う。その様子から、藤代が県警上層部から相当な圧力を受けているのが透けて見える。

「折角ここまで足を運んでいただいたんです。あなたのアリバイを伺っておきましょうか」

葬儀を終え、悦三と最後に言葉を交わしたのが午後十一時を回ってからのことだった。昨夜も疲れ切り、弥生に報告書を送信した後はやはり泥のように眠ってしまったのだ。

「で、結局家政婦さんに起こされるまで寝入っていたと。毎度毎度代わり映えのしないアリバイですな」

アリバイにバリエーションとか必要なのか、と思ったがもちろん口にはしない。

「まさか、こんなに立て続けに事件が発生するなんて捜査本部も考えなかったから、三屋敷に警備も置かなかった。我々の失態であることに違いはない。しかしですね、三津木さん。あなたが身近にいながら、どうしてみすみす関係者が殺されてしまったんですか」

「そんな、無茶なこと言わないでください」

「無茶じゃない。捜査協力を締結したのなら、残された関係者の動向に気を配るのは当然じゃないですか。少なくとも、あなたが寝ずの番をしてくれていたら第二第三の事件は防げたかもしれない」

「やっぱり無茶を言ってますって」

「では、あなたが本来協力すべきだったことならどうです。関係者の中で、誰か不審な振る舞いをした者はいましたか」

「ええと……」

三津木はしばし言葉を濁す。葬儀の席上、グループ関係者たちの小競り合いを逐一聞いてはいたものの、あれで相続争いの趨勢《すうせい》が決したとは言い難い。二人とも次期当主には相応《ふさわ》しくないのが明確になっただけではないか。沙夜子はどうだか知らないが、参列者の雑言を聞き咎《とが》めた悦三が失意に陥ったのは確かだった。

「失意ねえ。選《よ》りに選って葬儀の場でそれを言われたら、そりゃあ立つ瀬もなくなるわなあ。しかしそれだとあべこべになってしまう」

「何がですか」

「その経緯だと悦三さんが焦って犯行に及ぶことがあっても、逆は考えられない。折角の三津木さんの情報ですが、この場合はあまり役に立ちません」

別に役立つと思って喋った訳ではないのだが。

「藤代さんからも情報をくれませんか。それが約束だったでしょ」

「まだ検視の段階です。役に立つような情報は提供できませんよ。三津木さんと同様にね」

「検視の段階だったら、ある程度は判明しているでしょ。現に死因は溺死じゃないと言いましたよね」

「あくまでもわたし個人の見立てですよ。ただ、頭部の裂傷部分には生活反応がありましたから、頭蓋への衝撃が致命傷になったのはまず間違いない。それよりも問題は状況でしょう」

　次に藤代は滝口を指した。

「さっきも言った通り、あそこから下を覗き込むと眩暈がするような景色らしい。そんな場所に自ら立ちたがる酔狂もおらんでしょう。自殺志願者以外は」

「つまり、どうやって悦三さんを滝口まで誘導したかという問題ですか」

「ええ。それとも三津木さんは、悦三が失意のあまり自殺を図ったとでもお考えですか」

　悦三の神経が図太くないのは周知の事実だが、だからといって参列者の罵詈讒謗《ばりざんぼう》で自殺にまで追い込まれたとも思えない。何しろ衆人環視の中で罵倒《ばとう》されたのは悦三だけではなかったのだ。第一、カリスマ性のなさは本人が一番自覚していたではないか。

「滝口まで誘導したのかもしれないし、あるいは身動きの取れない状態にして、滝つぼに突き落としたのかもしれない。しかし、いずれにしても捜査方針が固まって楽にはなりますけどね」

　意味ありげな物言いが耳に引っ掛かった。

「楽、なんですか」

　尋ねられると藤代はひどく意外そうな顔をした。

「あの、何か」

「賢いようで、結構抜けてるんですな、あなた」

藤代の言い方がだんだんジンさんに近づいてきたのが気になった。

「相続争いをしていた二人のうち、一人が消えたんですよ。方針といえば、残りの一人を追及するだけじゃないですか」

当たり前過ぎる理屈にも拘《かか》わらず、三津木はあっと叫びそうになる。

「まっ、そういうことですから本城邸に戻ったら家の人には外出を控えるよう伝えといてください。もっとも捜査員が向かっていますけどね」

言い終えてから、邪魔だと言わんばかりに手を払う。どうやらこれ以上粘っても有益な情報は得られそうにないので、三津木は仕方なく滝つぼから遠ざかる。

来た道を半分ほど引き返したところで、早速右肩が疼《うず》き出した。

『ったくよお。お前には優位に立てる人間が一人もいないのか』

「第一声がそれなのかい。たまには褒めてくれたっていいじゃない」

『褒める』

ジンさんの顔が侮蔑に歪《ゆが》む。人面瘡《じんめんそう》が顔を歪めるのだから、肩の辺りの皮膚が不自然に撓《たわ》んで痛痒《いたがゆ》くなる。ジンさんが笑えば三津木は顔を顰《しか》めるといった具合だ。

『いったい手前《てめ》ェのどこを褒めるっていうんだ。そんなもん、鳥取砂丘で砂金探すより難しいぞ』

「そこまで言うことないだろ」

『さっきだって藤代から訊《き》き出せることが他にもあった。あれだけ警官がいたんだ。目撃者を探すヤツもいただろうし、滝口の辺りには鑑識が動き回っているのが見えた。それにも拘わらず、藤代に邪魔者扱いされてあっさり引き下がったお前の、どこをどう褒めろっていうんだ』

「でもさ、藤代さんの話だともう訊き込みとか鑑識とか、そういう段階踏む必要はないんじゃないかな。もう相続人が一人しか残ってないんだよ」

『残った一人、沙夜子が犯人だってのか』

「簡単な引き算でしょ」

『ヒョーロクから簡単なんて台詞を聞こうとはな』

ジンさんは鼻で嗤《わら》った。いや、正確には中心の窪《くぼ》みを広げてみせた。

『じゃあ訊くが、武一郎夫婦を殺害した時、あの沙夜子が二人を蔵まで担いでいったのか』

「それは……きっと男の共犯者がいて」

『どうせ沢崎だと考えてんだろ』

「彼なら大人二人を楽に担げそうだし、沙夜子さんに惚《ほ》れてそうだし」

『そうだし、が二つもある。そういうのは推理じゃない。ただの当てずっぽうってんだ』

「別に僕たちは刑事じゃないんだし、証拠がなくても構わないだろ」

『本っ当に骨の髄まで無責任野郎だな。お前の仕事は何なんだよ』

「あ」

『あ、じゃねえ。沙夜子が犯人なら犯人という客観的な証拠を摑《つか》むか、逆に彼女が無実である証明をしないことには相続鑑定士の仕事に決着つかねえだろ』

「どうすればいいんだろ」

『……お前を雇った蟻野弥生に心から同情するわ。折角本城家に入り込んでいるんだから、沙夜子本人に訊きゃいいじゃねえか』

「でも、わたしが犯人ですとは告白しないでしょ」

『嘘《うそ》を吐《つ》いたら、その嘘を検討すればいいだけの話だ。相続人が自分だけになっているのはあの女も自覚している。分かりやすい嘘は吐くまいがな』

2

三津木が本城邸に戻るのとほぼ同時に、数人の警察官が屋敷の周囲に配置された。残った家人の警備という名目だが、実際には容疑者逃亡の防止だろう。

「それにしても多いね。今までと全然違う」

『県警の案件にも拘わらず二つ目三つ目の事件を許しちまったからな。長野県警にすりゃ大黒星だ。全国区のニュースにまでなったから日本全国から注視されている。これで犯人を挙げられなかったら上層部の責任問題になりかねんからな』

「だったらもっと早くから警戒しておけばよかったのに」

『地方の名士だ。いくら人死にがあっても、所轄の作久署ではあからさまに家族を容疑者扱いできなかったんだろ。それに藤代も言ってたが、次の事件が起きるまでのスパンが短すぎる。捜査本部が丹念に地取りや鑑取りをしている間に新しい死体が出る。捜査が後手後手に回るのも仕方のないところさ』

「えらく藤代さんに同情的だね。さっきは弥生さんにも同情してたし」

『お前に同情するとストレスが増える。他のヤツらに同情していた方が精神衛生上ずっと楽だ』

　そこでジンさんの毒舌が途切れる。玄関先に柊の姿を認めたからだ。

「三津木さん、あなた今までどこに行っておったんですか」

「〈吸い込み滝〉に。久瑠実さんから話を聞いて、居ても立ってもいられなくなって」

「刑事さんたちから三津木さんはどこだと質問責めに遭いました。あなたが逃亡したんじゃないかと言い出す人もいて」

「まさか。僕に嫌疑が掛かっているんですか」

「あなたね、こんな時期こんな時に無闇《むやみ》に外出するもんじゃないという話です。君子危うきに近寄らず、李下《りか》に冠を正さずという格言を知らないんですか」

家の中に入っても尚《なお》、柊は小言をやめようとしない。どうも柊は会う度に短気になっているような気がする。今までの弁護士人生では有り得ないほどの出来事に翻弄《ほんろう》されているからだろう。

「わたしも弁護士人生が長いが、こんなに有り得ないほどの出来事に翻弄されたのは初めてだ」

ほら、やっぱり。

「つらつら考えるに、あなたが疫病神だという仮説はますますもっともらしく思えてきた」

「そんな」

「あなたにその気がなくても、軽挙妄動《けいきょもうどう》で不幸を呼び寄せてしまう。そういう特殊能力の持ち主かもしれない」

「ひどい」

「それはこっちの台詞です。連続殺人が起きてからというもの、わたしの事務所は通常業務さえ覚束なくなっている。言うまでもなく、本城家の顧問だけしていれば安泰という台所事情ではないからね」

しかし柊が機嫌を損ねるとしたら、自身の事務所の都合だけが理由ではないというのがジンさんの考えだった。あのクソ忌々しい人面瘡からアドバイスされたことを試すのは今しかない。

「崇裕くんの出自については以前からご存じだったという話でしたね」

「二十年近くも顧問を務めていれば、それくらいの事情は察している」

「失礼ですが、顧問弁護士としての興味だけだったんですか。他の要因は何もなかったんですか」

「妙なことを訊くんですね。弁護士ですよ。それ以外にどんな観点で興味があるというんですか」

「柊さんは、相続人たちがまだ幼少の頃から本城家に出入りをしていたんですよね」

「ええ、そうです。蔵之助氏という人は自ら事務所に足を運ぶことを一切しませんでしたから」

「柊さんと沙夜子さんは凡《およ》そふた回り違い。僕は見たことありませんが、幼い頃から沙夜子さんはさぞかし美人だったんじゃありませんか」

すると柊の顔色に変化が生じた。

「何を言い出すかと思ったら……わたしが沙夜子さんに懸想《けそう》しているというんですか。全くもって下衆《げす》な考えをする人ですな」

「そういう意味じゃなくてですね。ほら、柊さんも先日、自分の仕事は依頼人の利益を護《まも》ることで善悪の判断を下すことじゃないと仰《おっしゃ》ったでしょう」

「言いましたね、確かに」

「それでも弱い立場の人間や虐げられた者を救ってあげたいと思うでしょう。弁護士というのはそれができる職業なんですから」

柊は愕然《がくぜん》とした顔を見せる。

「色恋沙汰《ざた》は僕もよく分かりませんけど、職業倫理と正義感ならどうにかこうにか理解できると思います。殊に佐久間町や本城家は未だに古い制度や価値観が生き残っているから、柊さんも思うところがあるんじゃないんですか」

相手は黙り込んで反駁《はんばく》しない。こういう時には畳み掛けろというのもジンさんのアドバイスだ。

「悦三さんが殺害されて残った相続人は沙夜子さん一人だけになりました。当然、警察や世間は沙夜子さんが犯人だと思うでしょう。真相はどうあれ、これから彼女と崇裕くんには有形無形の悪意が襲い掛かるでしょう。それを護れる人間は限定されていると思いませんか」

「三津木さん、ちょっと」

有無を言わさず、柊は空き部屋に三津木を引っ張り込む。家人に聞かれたら困るからとみえた。

「職業倫理と正義感か。まさかあなたの口からそんな清新な言葉を聞かされるとは。だらっとしているように見えて、芯《しん》はあるようですな」

褒められているのか貶《けな》されているのかは判然としないが、ここは否定しないのが得策だろう。

「座って話しましょうか」

柊の勧めに従って、三津木も対面で胡坐《あぐら》をかく。

柊はいったん呼吸を整えるように息を吐く。一瞬弛緩《しかん》した顔が、この男の素顔のように思えた。

「何から話せばいいのかな」

「話せることなら、どこからでも」

「わたしが本城家の顧問弁護士に雇われた時、沙夜子さんはようやく十歳になる頃でした。今も見目麗しいが、当時の沙夜子さんは他に喩《たと》えるものがないほどで、しかもまだ将来が輝いていた」

「この町から出ようと悩んでいた頃ですよね」

「三津木さんも指摘した通り、この町には昭和の悪《あ》しき因習が未《いま》だに幅を利かせている。女性が自分の権利と居場所を確保するのに困難な場所です。ただ本城家の顧問弁護士としては当主である蔵之助さんの意向に逆らうことができなかった」

沙夜子の行く末を案じてはいたものの、個人的には何の援助もできなかった——悔恨が言葉の端々に表れていた。

「実際、沙夜子さんが結婚相手を見つけた時には、まるで自分の娘が嫁いでしまうような心持ちだったのですよ。分かりますかね。もう余計な心配はしなくて済むという安心と、掌中《しょうちゅう》の珠《たま》を誰かに盗《と》られるような悔しさ。自分に娘がいたら、きっと同じように思えたでしょう。だからこそ、蔵之助さんが沙夜子さんにした不埒《ふらち》は容認できなかった」

やっと本音を吐いた顔は、憑物《つきもの》が落ちたようだった。

「顧問弁護士として、またこの地の素封家《そほうか》の本城家に異議を唱えるのはある種のタブーです。しかし出戻った沙夜子さんが兄弟から腫《は》れ物《もの》に触るような扱いを受けているのを見て、意を決して蔵之助さんに直接問い質《ただ》しました。彼はどんな反応をしたと思いますか」

他人からの伝聞で知った蔵之助なら、こうするだろうという予測はつく。続く柊の言葉はその予測通りのものだった。

「蔵之助さんは、自分もまだまだ現役だろうと胸を張ってみせたのです。自分の代で福子を誕生させることができて、こんな嬉《うれ》しいことはない、と」

柊はどん、と拳《こぶし》で畳を叩《たた》く。

「さすがの柊さんも怒りましたか」

「いや……クライアントの胸倉を摑むほどには若くもなく、感情を面《おもて》に出すほど素直でもなかった。本城蔵之助という人間に対して限りない嫌悪感を抱いただけでした。誠に不甲斐《ふがい》なく、しばらくは沙夜子さんの顔を正面から見られなかった」

怒りを溜《た》めながらも雇用主に手を上げることなく、粛々と自分の仕事を続ける。それが柊の職業倫理というのなら、これほど禁欲的で、これほど空しいものもない。少なくとも自分にはとても真似ができないと思う。

「最初、柊さんは次期当主に悦三さんをと希望していましたよね。沙夜子さんの境遇を考慮しても、それでも悦三さんを推挙したかったのはどうしてなんですか」

「本城家の顧問弁護士だからですよ」

静かな口調に、三津木はわずかに背筋が伸びる思いだった。

「そりゃあ沙夜子さんが跡目を継げば生活は保障されるでしょうが、経営の実権は古参の役員に握られてしまう。そうなればいつまでも安泰という訳にはいかない。その点、悦三さんなら上手く経営の舵取《かじと》りをする一方で、沙夜子さん母子《おやこ》も蔑《ないがし》ろにはしないだろうという安心感があった。それが理由ですよ」

言い換えるなら、柊自身が切望することを悦三なら実行してくれると期待していたのだ。

「蔭ながら沙夜子さんを助けたかったんですね」

「よしてください」

柊は不快そうに頭を振る。

「そんな格好いいものじゃない。他力本願もいいところで、卑怯《ひきょう》と言われても仕方がない」

「柊さんは自分を卑下し過ぎですよ」

「今の世の中には自分を買い被《かぶ》っている連中が多過ぎる。こういう人間もいなければバランスが悪い。いや、わたしのことはもういい。それよりも沙夜子さんのことです。三津木さんの言う通り、彼女が連続殺人の犯人に疑われるのは必至だ。今のわたしにできることが何かありますか」

過去に護れなかった償いをしたい、というように聞こえた。

「沙夜子さんが犯人だと思っていますか」

「いいえ」

「それなら彼女が自分に不利な証言をしないよう、ずっと横にいてあげることじゃないでしょうか。万が一、沙夜子さんが犯人だったとしても、今の段階から彼女の弁護に立っていればやっぱり彼女の利益を護ることになるんじゃないかと思います」

この台詞もジンさんの入れ知恵だった。柊の沙夜子に対する同情を刺激しながら、彼の職業意識に訴える。手法としてはオーソドックスに過ぎるが、柊のような人間には一番効果的なのだという。

ジンさんの思惑通りだった。柊は二度三度と自身を納得させるように頷《うなず》いてみせた。

「そう……そうですな。わたしのできること、わたしにしかできないことは彼女の弁護に尽きる。三津木さん、礼を言います」

そう言うなり、柊はすっくと立ち上がった。まるで攫《さら》われた姫君の救出に駆けつける騎士のような顔つきだった。

「早速、今から沙夜子さんに会いにいきます。今後の対応について話し合っておかないと」

三津木は半ば呆《あき》れていた。柊のいささか時代遅れな純情にではない。話の流れも柊の反応も、全《すべ》てジンさんの予告通りだったからだ。

俺の言うことは全部正しいだろ、というせせら笑いが肩から響いてきそうだった。

おっと忘れちゃいけない。

「あの、それなら僕も同行します」

「え、三津木さんがどうして」

「相続鑑定士としてというのが半分。後の半分は柊さんのアシストをしたい、という理由です。この二つでは不足ですかね」

「いや。充分です」

またもや柊に導かれるように空き部屋を出る。向かう先はもちろん沙夜子母子のいる部屋だ。

廊下を歩いていると、途中で何人かの警官に出くわした。警備警戒も含め、そろそろ家人たちへの訊き込みが始まっているのだろう。柊と三津木がいちいち彼らに呼び止められないのは、部外者扱いされているせいなのか、それとも柊の弁護士という肩書きが防護膜になっているのか。

「何だか、周りが全員敵に見えてきました」

「弁護士の立場からすれば、中《あた》らずといえども遠からずですな」

「柊さん、ちょっとキャラ変わってませんか」

「古《いにしえ》より弁護士という職業は国家権力と折り合いが悪いものと、相場が決まっていましてね」

しばらく進み、廊下の向こうで開いた戸から洋風の内装が見えた時だった。

「崇裕ちゃんっ」

久瑠実の声に少し遅れて、崇裕がこちらに駆けてきた。右手で何やら茶色のタオルのような物体を振り回している。

いや、タオルではなかった。

脇をすり抜ける際に、はっきりと見えた。猫だ。崇裕は体が伸びきった猫を振り回していたのだ。

「わあぁっ」

三津木は思わず叫んだ。大の大人がと言われようが、目の前で猫を振り回されたら誰でも驚く。

「待ってったらあっ。あ、三津木さん」

崇裕を追っていた久瑠実が、廊下に尻《しり》もちをついた三津木の前で足を止める。

「すみません、驚かせちゃって」

「ななな何ですか今の」

ふと見上げると、柊が軽蔑《けいべつ》したような目で見下ろしていた。一遍にばつが悪くなる。

「あれ、縫いぐるみですよね」

「いいえ」

久瑠実は悲しそうに否定した。

「本物です」

「猫って子供におとなしく振り回されるものなんですか」

「死骸《しがい》ですよ。庭に転がっていた死骸を崇裕ちゃんが見つけて、オモチャにしてるんです」

「この家、猫なんて飼ってましたっけ」

「近所の野良です。最近、ちょこちょこ屋敷の周りで死んでるんです。いつもは見つけるなり処分しているんですけど」

「いつまで腰を抜かしているんですか。行きますよ」

柊に急《せ》かされて、再び廊下を歩き出す。久瑠実は崇裕を追って反対方向へと走っていった。ふと『サザエさん』のテーマソングが浮かんだので、三津木は爆笑しそうになった。

子猫を振り回す崇裕、追っかけて。

何の因果でこれほど緊迫した場面でこんな間の抜けた発想をしてしまえるのか。己の能天気さと情けなさに、もう一度笑いたくなる。

「何をにやにやしておるんですか、あなたは」

柊は三津木を咎めてから、居間の戸を開ける。中では沙夜子が長椅子《ながいす》に座っていた。

「沙夜子さん」

「悦三の件は、先ほど警察の方から伺いました」

沙夜子は精も根も尽き果てたというように喋る。あまりに弱々しく、誰かが支えていなければ、そのまま長椅子に倒れ込みそうに見える。

「この家は呪《のろ》われています。どうして兄弟が続けざまに、それもあんな惨《むご》い殺され方をしなければならないんですか」

「落ち着いてください、沙夜子さん」

柊は逡巡《しゅんじゅん》するように手を出したり引っ込めたりしている。

「最初にこれだけ確認させてください。沙夜子さん。あなたが犯人なのですか」

束《つか》の間《ま》、沙夜子は柊を怪訝《けげん》そうに見つめ、やがて眦《まなじり》を吊《つ》り上げた。

「あんまりです、先生。わたしをそんな目で見ていたんですか」

「失礼の段は重々お詫《わ》び申し上げます。しかし弁護士として、これは必ず踏まなければならない手順ですのでご容赦ください。もう一度お訊きします。あなたが犯人ではないのですね」

「わたしではありません」

怒気と、自己憐憫《じこれんびん》の響きがあった。

「しかし、悦三さんが殺された今、本城家の相続権を持つ者はあなただけになりました」

「何と言われようと、わたしは殺していません。相続人がわたし一人になれば疑われるのは分かっています。だけど、元々わたしは莫大な財産が欲しいとは思っていません。わたしと崇裕が生活していけるだけのおカネがあれば充分なんです。崇裕が普通の教育を受けて、普通に成人できるのなら、それ以上なんて望んでいません」

相続人ではなく母親としての訴えに、胸が締めつけられた。

「それに、兄弟なんですよ。分けても悦三はわたしとは気安かったし、わたしたち母子のことを案じてくれていました。本城家にとっても、なくてはならない人間です。そんな人間をどうして手に掛けたりするものですか」

「沙夜子さんらしい抗弁ですね。それではもう一つ。昨夜から今朝にかけてのご自分の行動を詳しく説明できますか」

「詳しくも何も、わたしの毎日は崇裕と一緒です。昨夜は崇裕がなかなか寝つかず、就寝したのは十二時過ぎだったと思います。起きたのは今朝の六時半。葬儀の疲れがあったせいか、途中で目覚めることもありませんでした」

「それを証明してくれるのは崇裕くんだけなのでしょうね」

「他に誰がいますか」

仮に崇裕に健常者並みの証言能力があったとしても、親族の証言は採用されない。悩ましい話ではあるが、柊は納得した模様だった。

「結構です。もし警察から訊かれた際も今と同じに答えてください。莫大な財産には興味がないこと。昨夜は十二時過ぎに寝入って朝まで目覚めなかったこと。この二つだけを繰り返してください。後の補強や抗弁は弁護士であるわたしの仕事です」

「わたしと崇裕を助けてくれるんですか」

「ずいぶん遅れてしまいましたが」

柊は口にしてから、少し照れたように顔を背けた。

「三津木さんは沙夜子さんに質問することはありませんか」

促されたものの、ジンさんに命令されたことは柊が代行してくれた。他の質問も思いつかなかったので、特に何もと答えを済ませた。

「事情聴取の際はわたしが隣にいましょう。よろしいですね」

「助かります。本当に」

二人の間に余人には近寄れないような空気が流れる。居心地が悪くなったので、三津木は席を外すことにした。

「じゃあ、僕は失礼します」

哀《かな》しいことに、柊も沙夜子も三津木には見向きもしてくれなかった。

部屋を出て、元来た廊下を戻る。もしこの場に沢崎がいたらなどと下世話な想像をしてみるが、三津木の貧相な想像力ではどうにも三人が動いてくれない。

いや、想像よりも今は現実だ。

柊がどんなに優秀な弁護士であっても、現状沙夜子が不利な立場であるのは間違いない。確たるアリバイがない限り、動機面で彼女より疑わしい容疑者は存在しないからだ。

「何といっても、相続人はあと一人だけだものなあ」

我知らず呟いてしまったが、これに毒舌の相棒が反応した。

『馬鹿』

「小声で罵《ののし》るなよ」

『小学生の引き算もできないヤツを、罵るなっていうほうが無理だ』

「引き算ってどういう意味さ」

『相続人なら、もう一人いるだろ』

3

柊が指摘したように、地方警察が素封家に遠慮しているというのは本当らしかった。悦三が死体で発見されたというのに、関係者への事情聴取は本城邸の中で行われたのだ。もちろん、関係者全員を作久署まで同行させるより邸宅で聴取を済ませた方が手っ取り早いという事情もあるだろうが、それ以前に本城家の人間を署の取調室に閉じ込めることに抵抗があるらしい。

三津木はといえば、必要なことは藤代に伝えているので早くもお役御免となり、本城家の敷地から警官たちが行き来するのを遠巻きに眺めていた。

「何か変な話だよね。警察って公権力の代名詞じゃないの。それが地方の資産家に気兼ねしているなんて、どうもね」

周囲に人気《ひとけ》がないせいか、すぐにジンさんが顔を覗《のぞ》かせた。

『認識不足だな。いくら公権力だろうが民主警察を謳《うた》っている以上、地域の事情に無頓着《むとんちゃく》じゃやってられない。キャリアならともかく県警に勤めている警察官はほとんどが地方公務員だから、任官したが最後この地に留まる。本城家はただ資産家というだけじゃなく、多くの従業員を抱えている。住民から総スカン食ったら警察の立場がなくなる』

「そんなものかな」

『地域の催事には大抵警察署長が来賓で呼ばれるだろ。あれ見りゃ、どれだけ地方警察が地元に気を遣っているか一目瞭然《いちもくりょうぜん》だ』

「それよりジンさん。相続人なら沙夜子さん以外にもう一人いるって言ったよね。あれって、まさか崇裕くんのことかい」

『他に誰がいるってんだ』

「でも戸籍上は蔵之助の孫でしかない」

『そんなもの、沙夜子がDNA鑑定を申し出たら一発じゃねえか。蔵之助が死んだ際には病理解剖されているからおそらく父方のデータも残っている。鑑定して親子であるのが証明されたら、その時点で相続人の一人に加わる』

「いや、それはその通りなんだけどさ。だからといって崇裕くんを容疑者に加えるのは非常識でしょ」

『俺はあくまで相続人の一人と言っただけだ。容疑者云々《うんぬん》はヒョーロクの早合点じゃねえか』

言い出したはずの三津木も次の言葉を呑《の》み込む。まだ幼く、しかも知的障害のある子供が容疑者などと口にしたら、こちらの精神状態を疑われかねない。

「でもジンさん。残った関係者の中に犯人がいるとしたら、ずいぶん限られてくるんじゃないのかい。形式上の相続人は沙夜子さんだけ。後は息子の崇裕くん、使用人の沢崎さんと久瑠実さん。顧問弁護士の柊さん」

『ちょいと考えりゃ、犯人はそのうちの誰かだろうと大抵の人間は思うわな』

珍しく奥歯にものの挟まったような言い方が気になった。

「何、それ。じゃあジンさんは今挙げた人以外を疑っているの」

問い質したがジンさんの返事はない。話の途中でジンさんが沈黙するのは周囲に人影がある時か、三津木との会話にほとほと嫌気が差した時だけだ。

果たして前方に目を向けると、杣道《そまみち》から続く農道を沢崎が警官を伴って歩いてくるところだった。

事情聴取が済んだとはいえ既に関係者が屋敷の外を自由に行き来できる状況ではな

いが、警官同行なら辛うじて許可をもらえるらしい。

『話し掛けろ』

ジンさんは手短に命令する。宿主が寄生生物の命令に従うのは業腹だが、主導権は常にジンさんの側にあるので従わざるを得ない。

沢崎は竹ざる一杯に野菜を抱えている。セリにアサツキにキュウリ、中にはトマトも交じっている。そういえば、本城家の食卓に供される野菜や山菜は全て地元で採れたものだと聞いた。

沢崎はただでさえ無口な上、厨房《ちゅうぼう》から出てくることが少ないので言葉を交わしたことがない。関係者全員を探るのであれば、沢崎とも話さない訳にはいかない。同行している警官が邪魔だったが、三津木は意を決して沢崎に近づいていった。

「あ、沢崎さん。食材調達の帰りですか」

我ながらわざとらしいと思うが、元より話し掛けるのは初めてだ。沢崎はきっちりよそ者を見る目を返してきた。

「それ、全部料理するんですか。でも、食べる人間が少なくなったから……」

材料が多過ぎはしないかと言い掛けて、途中で言葉が凍りついた。

うっかり口にしたのを、もう何度後悔したことだろう。それでも生来のおっちょこちょいは直らない。案の定、沢崎はこちらを睨《にら》んできた。

「山菜は茹《ゆ》でるとかさが減るので、量としてはこれでちょうどいいんです」

「ああ、ちゃんと栄養バランスを考えてくれているんですね。ひょっとしたら沢崎さん、栄養士の資格も持ってたりして」

今度は警官が不審そうな目を向けてきた。

「あの。すみませんけど、会話も全部チェックされているんですか」

「いえっ。そんなことはありません」

「捜査主任、ていうんですか。藤代さんとも話したんですけど、関係者の出入りを制限するだけなら、もういいんじゃないでしょうか」

藤代の名前をちらつかせる強引さはジンさんの指示だった。警官は何か言いたそうにしていたが、結局は沢崎から離れていった。

「それにしても大量ですね。お手伝いしましょうか」

「このくらい、子供でも運べる」

沢崎は木で鼻を括《くく》るような態度で三津木の脇を通り過ぎようとする。心が折れかけたが、ここで逃がしたら後でジンさんからもっとひどい言葉を浴びせられるのだ。

「もう事情聴取、終わったんですよね」

「はあ」

「やっぱりアリバイとか訊かれました？　いや、僕も訊かれたんですけど、この屋敷にずっと籠《こ》もっていてしかも個室を与えられているんですもん。自分以外にアリバイを証明してくれる人なんている訳ないじゃないですか。それはここで働いている久瑠実さんや沢崎さんも同じですよね」

返事なし。

「大体、ここに住み込みで働いているんだったら家族みたいなもんですから、仮に他の誰かが証言してくれたところで、アリバイとして採用してくれるか怪しいものなんですけどね。だって悦三さんだって、誰にも気づかれないうちに外に出て滝に突き落とされた訳ですし」

返事なし。三津木は焦り出し、自ずと言葉は上滑りの様相を見せる。

「これ以上、犯行を続けさせたくないんだったら、本城家の関係者全員を作久署の中に監禁するか、さもなきゃ作久署の警察官全員を敷地の中に駐屯させればいいんです。あ、別に彼らの三食のことまで沢崎さんが気にする必要ないんですよ。それくらいの費用は捜査本部で持ってくれるはずだし、第一沢崎さんと久瑠実さんだけでそんなに大勢の分を用意できるはずないし」

尚《なお》も沢崎は返事をしない。三津木の声が聞こえないかのように、無視して厨房のある方へと向かっている。

「でもホントに迷惑ですよね。沢崎さんは相変わらず三食を用意しなきゃならないのに、こう度々警察から邪魔が入ったら。調理していてもなかなか落ち着かないでしょう」

沢崎はじろりとこちらを見る。お前が一番邪魔だと言っている目だった。

「で、でも一番大変なのはやっぱり沙夜子さんですよね。これで残った相続人は沙夜子さん一人。警察でなくても疑っちゃいますからね」

沙夜子の名前を出した途端、沢崎の足が止まった。

「いや、警察でなくてもとは言っても、もちろん警察は第一の容疑者として考えても当然であって」

「あの人は兄弟を殺すような人じゃない」

「そうと決めつけてる訳じゃなくてですね、あくまでも疑いが掛かっているという意味で」

「あんたはよそモンだから」

振り向いた沢崎は、ひどく刺々《とげとげ》しい目をしていた。

「佐久間の人間なら、沙夜子さんを疑うようなことは絶対に言わん」

「どうしてですか」

話の長続きしない男だ。沢崎はまた前を見て歩き始める。

「沙夜子さんが実のお父さんと、蔵之助さんと関係してしまったからですか」

次に沢崎が向けたのは、こちらを射殺すような視線だった。

「そんな話、大きな声でするな」

「本城家に関《かか》わる人なら全員知っていることでしょう」

沢崎は竹ざるを地べたに置いたかと思うと、いきなり三津木の胸倉を摑み上げた。

「沙夜子お嬢さまに聞こえる」

「分かりました。分かりましたから放し、放してください」

だが沢崎の手は一向に緩まない。

「沢崎さん、ギブっ。ギブっ」

「何をしとるっ」

遠くから声がした。その瞬間、ようやく沢崎の手が緩んだ。見れば、さっき別れたばかりの警官がこちらに駆け寄ってきた。

「喧嘩か」

警官が問い質しても、沢崎は竹ざるを拾い上げただけで応《こた》えようとしない。

「何故、黙ってるんだあっ」

大事《おおごと》にしない方がいい――生来の優柔不断さがここで有効に機能した。

「いや、何でもありません。襟が乱れていたのを直してもらっていただけなんです」

「そうですかあ」

「本人が言ってるんですから間違いありませんって」

「時期が時期なので、あまり騒がんでくださいよ」

警官は不承不承ながら、また離れていった。

「ということで、あまり騒いじゃいけないみたいです」

沢崎は三津木に見向きもせず厨房へと急ぐ。

「あの、事件のことについて話したいんですけど」

「あんたと話したくない」

「じゃあ、これだけは教えてください。沢崎さんは沙夜子さんを救うためなら、どんなことでもできますか。た、たとえ犯罪であっても」

沢崎はこちらも見ずにこう言った。

「あんたが何を考えておるかしらんが、俺は本城家の人たちを殺したのはあんただと思ってる」

「なっ」

「あんたが来てからじゃないか。人殺しが続いて起こったのは」

沢崎はそれきり立ち去る。

どこかで予想していたとはいえ、やはり衝撃的な返しだった。三津木は虚を衝《つ》かれたように、その場で立ち尽くす。

こんな時、正気に戻してくれるのは当然ジンさんの役目だった。

『えらい男じゃねえか』

「僕の質問をはぐらかしもせず、沙夜子さんへの忠誠を否定しなかったことがかい」

『馬鹿。今の今までお前を怪しいと思いながら、きっちり客扱いしてたことがだよ。よく毒を盛らなかったもんだ。ヒョーロクみたいな味オンチだったら、ビールの代わりに殺虫剤飲ませても気づかねえだろうに』

「あのさ、そういうブラックジョークがジンさんの身上なのは知ってるけど、時期が時期なんだからあまり笑えないよ」

『ジョークだと思ってたのか』

ジンさんの話をまともに受けていると、そのうち病んでしまう。三津木は頭を振って雑念を払おうとするが、一度こびりついた不安は容易に剝《は》がれてくれなかった。

沢崎は仕事柄、山に生《な》っている毒草の類《たぐ》いやらは簡単に入手できるはずだ。その気になればいつでも三津木に毒を盛ることができる。

今まで想像もしなかった光景に、背中がぞくりとした。

事情聴取といっても、残された関係者も少なくなっているので藤代たちの仕事は昼過ぎに終わってしまった。後は〈吸い込み滝〉に向かった悦三の目撃情報を集めるだけだが、本城家の事件が立て続けに起きてからというもの、深夜や早朝に出歩く住民は激減したというのだから始末が悪い。

「何か、あまり外の人からは話が聞けなかったみたいでしたね」

　夕食の膳《ぜん》を運んできた久瑠実は努めて明るく振る舞おうとしているようだった。

「藤代さん、岩間さんに八つ当たりしているんですよ。これだけ事件が続いているのに目撃者がいないのはどういう訳だって」

「誰だって人殺しは怖いから、暗くなってからの外出は控えるさ。無茶なこと言うよね」

「警察は昔から無茶を言いますよぉ」

「作久署ってそうなのかい」

「盆暮れ正月になると、飲酒運転はやめましょうとかミニパトが屋敷の近所まで拡声器で注意しに来ますから」

「それ、当たり前のことじゃないの」

「盆暮れ正月は都会に出ていた兄弟とクラスメートが帰ってくるんですよ。そんな時に酒を呑まずにいつ呑むっていうんですか」

「いや呑む呑まないの問題じゃなくて、呑んで運転するからまずいんであって」

「でも三津木さん。こんな辺鄙《へんぴ》な田舎に電車なんてありますか。夜まで走っているバスがありますか。都合よくタクシーがつかまると思いますか」

「まあ、それはそうなんだろうけど」

「下手したら限界集落になりそうな場所が山ほどあるんですよ。飲酒運転したところで人身事故なんてなくて、せいぜい犬やイノシシを轢《ひ》く程度で大抵は自損事故。基本、本人も自己責任だと思っているから、闇雲《やみくも》に飲酒運転禁止したって、裏ワザが増えるだけなんですけどね」

元々田舎生まれの三津木には理解できない理屈でもないが、それでも危険運転が騒がれている昨今、到底通用するものではない。これは久瑠実ないし佐久間町民の常識が世間のそれと乖離《かいり》している証左だろう。

事ある毎《ごと》に付き纏《まと》う居心地の悪さの理由に、ようやく思い当たった。

「じゃあ、また下げに来ますから」

久瑠実の姿が消えてから、三津木は膳の上に並べられた色とりどりの皿を凝視する。セリの胡麻和《ごまあ》え、鮎《あゆ》の塩焼き、山菜の天ぷらとアサリの味噌汁《みそしる》。どれも珍しくはないが、沢崎の料理はどれも素材の味を生かしきるもので見栄えもいい。本城家に住み込んだようで肩身の狭い思いをすることも多々あるが、それでも逗留《とうりゅう》し続けているのは、実は一つには沢崎の料理を心待ちにしているからだ。

だが今晩に限って、箸《はし》を持つ手がなかなか動かない。

『どうした。箸が止まってるぞ』

「ちょっとビビってる」

正直に打ち明ける相手を間違えた。

『ふん。大方、久瑠実から佐久間町の異質さを吹き込まれて、本当に手前ェが毒を盛られると怖気《おじけ》づいたな』

さすがに寄生しているだけあり、ジンさんは三津木の心情など全てお見通しだ。

『フツーの感覚で言えば、ちょっと気に入らないヤツに、自分の敵だと認識した途端に毒を盛るなんて常識外れだからな。だが常識ってのは限定された時代、限定された場所でしか通用しない、ただの共通認識だ。ここは都会とは別の時間が流れ、別の理屈で支配されている。ってことは、沢崎が昼間のやり取りでキレてこの膳にたっぷり毒を盛ったとしても何の不思議もない』

「事細かに説明しないでっ」

『おまけに沢崎という男は一本気みたいだから、沙夜子を護るためだったら人殺しの一つや二つは朝飯前じゃないか。まあ、昼間の一件で沢崎はヒョーロクをえらく毛嫌いしていることがはっきりしたからなあ』

ジンさんはこれ以上の愉しみはないというように、満面の笑みを浮かべる。いったいこの生きものは、自分が寄生生物だという自覚があるのだろうか。

『どうした、冷めるぞ。早く食え』

「あんなことを並べ立てられて食えるもんか」

『近くにコンビニの類いはないから間食にポテチを齧《かじ》ることもできない。浅ましいお前は空腹で自制心が崩壊しそうなんだろ。え、どうなんだ』

寄生生物だから体調や精神状態については宿主本人よりも正確で、しかも容赦ない。

『言っとくが、夕飯を我慢したら余計に腹が空くぞ。飢餓状態で朝飯を運ばれたら、もう味見する余裕もなく、掻《か》き込むだろうなあ。刺激性の毒物でも味噌汁に仕込まれていたら、口に入れた瞬間は分からない。さあ、どうする』

「どうして、僕を追い詰めるようなことを言うのさ」

『手前ェみたいなタイプは、追い詰められないとエンジンがかからないからだ』

「僕が死んだらジンさんだって死ぬんだよ」

『それはどうかな。案外お前の身体《からだ》を支配して好き勝手に操るかもしれねえぞ』

「それじゃあゾンビじゃないか」

『全然箸をつけなかったら、沢崎や久瑠実が変に思うぞ。ほれほれ』

膳からは何やら不気味な雰囲気が立ち込めていたが、しかし空腹には勝てない。まずはセリの胡麻和えをわずかでも突《つつ》こうとしたその時だった。

矢庭に廊下の向こう側が慌しくなったかと思うと、どたどたと乱暴な足音が近づいてきた。襖《ふすま》を開けて大声を上げたのは久瑠実だった。

「箸をつけたらいけませんっ」

そう言って、三津木の面前から膳を取り上げた。

「あ、あの。別に毒が入っているかどうか疑った訳じゃなくって」

「毒が入っているんです」

「へ」

「たった今、沙夜子さんが食べてお倒れになりました。これ、何かに毒が混ぜられたみたいなんです」

久瑠実は真っ青な顔で膳を高々と頭上に掲げる。ひょっとしたら三津木の顔色も変わっているかもしれなかった。

「嘘……」

「嘘でこんなことが言えますかっ。今、沙夜子さんの部屋は大勢の刑事さんでごった返してます。もうすぐ救急車も到着するはずです」

しばらく立てなかったが、ようやく四肢への命令系統が復活した。いや、ジンさんが無理やり手足に信号を送ったようだった。

「見てくる」

三津木はふらりと立ち上がり、廊下に出ると沙夜子たちの部屋を目指す。小走りに進んでいくと、なるほど和風から洋風へと変わる手前の廊下で男たちが押し合いへし合いしていた。

「全部吐き出させたか」

「胃洗浄しろ」

「救急車はまだか」

部屋の前まで来ると、私服と制服の警察官が入り乱れて右往左往している。彼らの肩越しに中を覗くと、岩間が沙夜子の上半身を支え、口に手を突っ込んでいる最中だった。

部屋の入口では彼女に近づこうと足掻《あが》いている沢崎を、藤代が羽交い締めにしている。

「お嬢さまあっ、お嬢さまあっ」

「あんたは手を触れたらいかんっ」

「お嬢さまっ」

沢崎を押さえているのは藤代だけではなく、合計三人の男たちだ。三人がかりでないと沢崎の力に対抗できないらしい。

崇裕はと見ればこれも警官によって確保されているが、母親の変事を前にして火が点《つ》いたように泣き喚《わめ》いている。

「被害者についてはともかく、あんたからは事情を訊かなきゃならん。何しろ料理を作ったのはあんただからな」

藤代は床の上に散乱した食べ物を指差す。

「まさか俺たち刑事が監視している中で毒を盛るとはな。大した度胸だよ」

「俺じゃない」

沢崎は食ってかかる。

「俺が、沙夜子お嬢さまに毒を盛るはず、ないっ」

「出したものはどれもこれも調理済みのものばかりじゃないか。その中に毒が混じっているなら、あんた以外誰にそんなチャンスがあったというんだ」

一触即発の空気が漂う現場だが、眺めているうちに状況が呑み込めた。異変を聞いて沢崎が駆けつけたものの、同じく駆けつけた藤代たちと鉢合わせでもしたのだろう。

「言え。いったいどの料理に毒を混ぜたんだ」

「混ぜてないと言ってるだろうっ」

「まあ、いい。鑑識の連中がまもなく到着する。毒物の検出なんぞあっという間だ」

藤代と沢崎が言い争う中、岩間が声を上げた。

「何とか全て吐き出したみたいです。これから先は医者に胃洗浄してもらわないと」

「もう呼んだ。追っ付けこちらに到着する」

床の上には沙夜子の吐瀉物《としゃぶつ》が広がっている。未消化の山菜と鮎が胃液に塗《まみ》れて異臭を放っていた。

結局、それから十分後に救急車が到着し、沙夜子は医師の手によって胃洗浄された。食事を摂《と》った直後の出来事であったのが幸いし、沙夜子はすぐに意識を回復した。大事には至らなかったものの慎重を期すため、今日ひと晩だけは病院で経過を見ることとなった。

鑑識が分析するまでもなく、当の沢崎から毒物について言及があった。料理の中に毒ゼリが混入されているというのだ。

毒ゼリはセリ科の多年草で、本城邸の背後にある山でも群生している。名前の通りセリに若い葉が酷似しているものの、トリカブトやドクウツギと並ぶ日本三大毒草の一つだ。葉から根まで猛毒のシクトキシンとシクチンを含み、その致死量はわずかに五グラム。山菜採りのシーズンには誤って口にし、食中毒を引き起こす者が後を絶たない。死に至らずとも、その症状は深刻だ。口にすれば呼吸困難と痙攣《けいれん》に襲われ、下痢・腹痛・眩暈・意識障害を併発する。生長すればワサビのような根になるので容易に区別はつくが、若葉の時分には葉の形状や茎の分かれ方で判別するよりなく、いずれにしても慣れない者では難しい。

もちろん料理人の沢崎は当然として、地元では見分け方を知る人間がほとんどだ。食材の調達は沢崎の仕事だから、彼が普通のセリと見間違うとは考え難《にく》い。厨房が警察によって封鎖されたため、夕食は店屋ものとなった。申し訳なさそうに天井《てんどん》を運んできた久瑠実に、三津木は感心したように言った。

「身近なところに猛毒が潜んでいるんだなあ」

「山に普通に生えているから、身近過ぎて危機感が麻痺《まひ》しちゃっているのかもしれません。よくタヌキとか野犬が間違って食べて、道に転がっていたりします」

「根こそぎ駆除できないのかな」

「野草ですからね。群生している場所にクスリを撒《ま》いても、また別の場所に生えるし」

「沢崎さん、まだ取り調べ中なの」

「藤代さんたちに連行されてから一時間経《た》ちますけど、まだ戻ってきてません」

「うーん。確かに一番疑われるポジションではあるんだよね。あのさ、久瑠実さん。セリって生で食べられるものなの」

「香りづけとかサラダなら生のまま使うこともありますけど、ウチの料理では大抵茹でちゃいます。生より茹でた方が味も身体にもいいので」

「じゃあいったんは火を通す訳だから、どうしたって調理した人間が疑われるよなあ」

沙夜子の変事をいち早く知ったのは、やはり久瑠実だった。膳を片付けに部屋へ行ったところ、沙夜子が悶絶《もんぜつ》していたので急いで人を呼んだのだという。

「崇裕ちゃんと一緒に食べる関係で、沙夜子さんのところへは一番早くお膳を届けるんです」

結果的にはそれが幸いしたといえる。もし同じタイミングで配膳されていたら、全員が被害に遭っていた可能性が高いのだ。

「それから崇裕ちゃんが野菜嫌いで助かりました。大人の沙夜子さんだから、すぐに処置をして大事には至らなかったけど、あれが崇裕ちゃんだったらと思うとぞっとします」

「久瑠実さんも色々訊かれるんじゃないかな。その……膳を運んだんだし」

「あたしも呼び出しを受けています。明日朝のうちに出頭してくれって」

「通常業務にも支障が出るね」

「支障ならとっくに出ているんですけどね」

久瑠実が部屋を出ていくと、またぞろジンさんが顔を出した。

『今度は毒殺かよ。ふん、バラエティに富んでるな』

「それ、感心するところじゃないだろ」

『同じやり口では、もう獲物が引っ掛からない。だから毎回違う手口を選ぶ。そこに感心せず、何に感心しろってんだ』

「犯人を褒めるつもりなのかい」

『手際の良さにも感心する。今朝悦三の死体が発見されて、警察官が敷地内に押し掛けているのに、間髪容《い》れずに次の犯行に移っている。これだけ監視の目が光っているから、よもや動くとは想像していなかったところに、まさかの波状攻撃。藤代たちは完全に隙《すき》を突かれたかたちだ』

毒殺未遂が発覚してから、藤代は岩間にも乱暴な口を利くほど荒れていた。ジンさんの指摘通り、犯人に機先を制されて面目丸潰《まるつぶ》れだったからだろう。どうせ明日になれば自分も事情聴取されるから、その不機嫌極まりない顔と対面しなければならない。

「犯人を大絶賛とは。明日、藤代さんと顔を合わせる僕の身にもなってよ。事件を解決するために協力態勢をとったのに、犠牲者は増える一方じゃないか」

『安請け合いするお前が悪い』

「ちょっ、あれはジンさんが命令するから僕も仕方なく」

『お前の文句を聞くつもりはない。そんなに藤代と顔を合わせるのが億劫《おっくう》なら、土産の一つでも持参していきゃいい』

「土産って何をさ」

『朝方、崇裕が猫の死骸《しがい》を振り回していただろ。あの流れだと、多分久瑠実が処分しているはずだから、その場所を確認しとけ』

「確認してどうするのさ」

『死骸を回収するに決まってるだろ』

この流れだと、その仕事は間違いなく自分の役目になる。

『藤代に言って、死骸を解剖させろ。何か分かるかもしれんぜ』

4

翌朝、猫の処分について質問された久瑠実はひどく怪訝《けげん》そうに三津木を見た。

「崇裕ちゃんから取り上げた後、敷地の外に埋めましたよ。放《ほう》っておくとカラスが啄《ついば》みに来るから」

「埋めた場所、教えてくれませんか」

「別に構いませんけど、聞いてどうするんですか」

いやあ、と笑って誤魔化そうとしたが、久瑠実は聞き流してくれそうになかった。

「相続鑑定に必要な仕事なんでしょうか」

「……必要かどうかは、結果を見なければ分かりません」

呆《あき》れ顔をされながら教えられた場所に赴き、持参したスコップで土を掘る。異様な罪悪感と不気味さが背中に伸《の》し掛かる。

「何で僕はこんなところまで来て猫の墓荒らしなんてしてるんだろう」

『口より手を動かせ』

あまり深くは掘らなかったらしく、死骸はすぐに出てきた。既に腐敗は進行しており離れていても異臭が鼻を突く。何重ものナイロン袋に詰めて厳重に封をしても異臭が透過してくるような気がする。

『何を気味悪がってるんだ』

「いや、人に限らず死体なんて気味悪いものだろ」

『人面瘡貼《は》りつけたヤツの言葉じゃねえな』

ちょうど久瑠実を迎えに藤代が来ていたので、袋ごと手渡してやった。

「猫の死骸を解剖して何が分かるというんですか」

自分もジンさんから全てを説明された訳ではないので、説明するのも困難だった。藤代に協力を仰ぐのなら三津木も背景を理解しておくべきなのだが、あの小賢《こざか》しいデキモノは未だに宿主を信用していないときた。

「騙《だま》されたと思って、とにかくやってみてください」

「騙したとなった時の責任はどう取るつもりですか」

最悪、解剖費用は自己負担にせざるを得ないだろう。会社負担にしようものなら弥生に何を言われるか分かったものではない。

「まあ人間の解剖よりは時間も費用もかからんでしょう。先生に頼んでみますが、猫の解剖を要請するわたしの気持ちも想像してくださいよ」

文句を言いながらも、藤代は死骸を引き取ってくれた。ほっとしたのも束の間、今度はその場にいた久瑠実から大変な用事を仰せつかってしまった。

「あたしが出かけている間、崇裕ちゃんの面倒を見ていてくれませんか」

捜査本部としては本城家の関係者はともかくとして、使用人である沢崎と久瑠実を特別扱いする気はなさそうだった。しかし、このタイミングでこんな申し出をされるとは思ってもみなかった。今まで本城家の案件に関わってから様々な無理難題を押付けられたが、これもまた負けず劣らず困難なミッションではないか。

「崇裕くんのお守りをしながら聴取を受けることはできませんか」

「断固として却下する」

藤代が鬼のような顔で返してきた。確かに崇裕の邪魔が入ったら、碌に質疑応答もできないだろう。

断る口実をたちまち三つほど頭に浮かべたが、いずれも理屈としては弱い。逡巡した末に絞り出したのは、何とも情けない自虐だった。

「えっと、人選を間違えてない？」

「でも沙夜子さんが戻ってくるのは昼過ぎだし、沢崎さんはまだ取り調べが続いているし、お願いできるのは、三津木さんしかいないんです」

要は消去法で残ったというだけの話だ。それなら断ることは許されない。

「じゃあ、お願いしますねー」

久瑠実はひらひらと手を振って、藤代とともにその場を立ち去る。残された三津木はとぼとぼと屋敷に入り、崇裕が待つ部屋に向かう。

『本っ当にお前ってヘタレだな。昨夜からビビりっぱなしじゃねえか』

「これはビビってるんじゃなくて、気が進まないだけだよ。普通の子供の世話だって大変なのに、相手は崇裕くんだぞ」

『ほう。じゃあ崇裕の世話がどうして大変なのか一つ一つ挙げてみろ』

「予想のつかない行動するし、大人の言うこと聞かないし、突然意味もなく大声で騒ぎ出すし、こちらの理屈が通用しない」

『……アホか。そんなのガキ全般に言えることじゃないか』

「いや、だからさ、子供って全く違った行動原理を持っているでしょ。そういう、コミュニケーション取れない相手が大の苦手で」

『コミュ障のお前の口から、そんな言葉が出るなんてよ。子供の行動原理を理解できないってのにも仰天した。お前はその図体《ずうたい》のまま、母ちゃんの腹から出てきたっていうのか』

「子供なんて別の生きものじゃん」

『年がら年中、人面瘡を相手にしているヤツの台詞か、それが』

　ドアを開けると、部屋の真ん中に崇裕がいた。寝転がって絵本に見入っており、三津木がやって来たことにも気づかない様子だった。

「崇裕くん、おはよう」

　その声で、崇裕はやっと反応する。驚くでも喜ぶでもなく、ただ人がそこにいることだけを認識しているようだった。

　一見、おとなしそうだが、いつこの態度が一変するか分かったものではない。崇裕が突然暴れ出すのを目撃したことも数回ある。横に沙夜子がいなければどうなっていたことか。

　崇裕の癇癪《かんしやく》の爆《は》ぜ方は尋常ではない。泣き喚くのはいいとして、周囲の物を投げ散らかす。物がなければ人に嚙《か》みつこうとする。それもできなければ壁に突進して自傷しようとする。まるで子供のかたちをした爆弾だった。

「お母さんも久瑠実さんもいないけれど、ちょっとの間我慢してねー」

　猫撫《ねこな》で声が我ながら気味悪い。こういう声を出したくなかったから辞退しようとしたのに。

　気味の悪さは崇裕も感じ取ったらしく、いきなり歯を剝《む》き出しにした。まるで人に懐かない猫だ。

「分かったっ。近づかないっ。近づかないから飛びかかってこないで」

するとジンさんが顔を出した。

『っとに情けない。できることなら手足を生やして、お前の身体から抜け出したい気分だよ』

「ジンさん？　今出たらまずいよっ」

『この子が他の誰かに洩《も》らすこたぁないだろうし、洩らしたところで誰も信じやしねえよ』

「慎重には慎重を期して」

『お前は慎重じゃなくて、ただの臆病《おくびょう》だ。戦場じゃ重宝するかもしれんが、現代日本じゃ足かせにしかならんぞ』

「弥生さんと同じこと言うんだな。鑑定士が慎重であるのは立派な資質だ」

『程度次第だから、弥生もわざわざ指摘してるんだ。それすら理解できないなら、基本的にコミュニケーションが取れてないのはお前の方だ』

傍目《はため》からはさぞかし異常な光景に見えるであろうにも拘わらず、崇裕はわれ関せずといった風で三津木の前を横切るだけだ。絵本への興味が薄れたらしく、今度はソフトビニールの人形を弄《いじ》り始めた。

「何にしろ、オモチャに興味が移って助かった」

『お前の存在がオモチャ以下だってことに思い至らないのか』

子供の前でジンさんに罵声《ばせい》を浴びせられるのは初めてだったが、自尊心が半端なく傷つけられる。気を紛らわすつもりで、崇裕の読んでいた絵本に手を伸ばした。

『五ひきのわるダヌキ　作・画《え》　いづついつろう』

絵本作家に興味もないので作者のいづつ某《なにがし》が有名なのかどうかも知らない。作・画とあるのだから絵を描《か》いているのもいづつ本人なのだろう。

表紙には善玉らしきウサギと、これは完全に悪役面をした五匹のタヌキが描かれている。児童向けの本だから、タイトルと表紙絵だけで内容が分かろうというものだ。今の流行《はや》りなのだろうか、それとも作者の画風なのか、絵はアニメ絵のように濃厚で赤と緑がやけにどぎつく発色している。

内容はこんな具合だ。

むかしむかし人里離れたある山にウサギのビットくんが暮らしていました。ビットくんは遊ぶこともせず、毎日農作業に精を出しています。汗水垂らした甲斐《かい》もあり、収穫量も年々上がって日々の暮らしは安泰そのものでした。

ところが、その収穫した作物を狙う者たちがいました。自分では一向に働く気配も見せず、他の動物から詐取や強奪を繰り返している五匹のタヌキです。タヌキたちはビットくんが蔵に蓄えていた作物を一つ残らず盗んでいってしまったのです――。

読んでいくうちに解けてきたが、これは『かちかち山』のバリエーションに相違なかった。ただ原典では一匹の悪ダヌキが正義のウサギから徹底的に懲らしめられるのに対し、この絵本では五匹が役割を分担している。もっとも分担されていても一匹一匹の受難は相当なもので、これは勧善懲悪に名前を借りたリンチなのではないかと思ってしまう。悪人には何の同情も要らないから徹底的に叩《たた》けという最近の風潮に合わせたのかと勘繰りたくなる。

物語の筋もさることながら、強烈なのは絵面だった。善人面のビットくんは終始表情が変わらないが、仕置きを受ける側のタヌキたちの表情が苦悶《くもん》に満ちており、読んだ子供の夢に出てきはしないかと心配になるレベルだ。

「最近の少年マンガとか少女マンガも結構エグいって話だけど、とうとうここまで低年齢化したのか」

『何を読んでるんだ、ヒョーロク』

「何がって、この絵本は内容がエグいなと」

『お前の読書脳はストーリーを追うことしかできないのか。五歳児だってもう少しマシな読み方するぞ』

「いや、絵本は基本、ストーリーを楽しむものでしょ」

『全く、額に入れて飾っておきたいくらいの低能さだな。五匹のタヌキがどんな風に始末されたか、順を追って整理してみろ』

癪《しゃく》に障ったが、ジンさんの指示に従ってタヌキたちの末路を一つずつ拾っていく。

最初のタヌキは焼け死んでいる。

二番目のタヌキは首を吊り、
三番目のタヌキは川に流されて。

「ジンさん。これって」

『続き』

四番目のタヌキは毒を盛られて殺される——。

『見立て殺人てヤツだよ』

あまりのことに言葉を失った三津木に、ジンさんは得々と解説する。

『古くはクリスティやヴァン・ダインとかが好んだミステリーの王道だ。童謡の歌詞通りに関係者が相次いで殺されていく。歌詞を忠実に擬《なぞら》えているから一見偏執狂の犯行に思え、しかも本当の動機が隠される。まあ、ロマンだよな。殺人なんて血腥《ちなまぐさ》い題材を扱っていながらミステリーが馥郁《ふくいく》たる香りを醸しているのは、こういう遊び心があるからなんだ』

「いや、その薀蓄《うんちく》って今必要なの。本城家の事件が見立て殺人だからって、そこに何の意味があるのさ」

『っとに。何でもかんでも意味を持たせねえと受けつけねえのかよ。手前ェの常識の許容範囲は猫どころかネズミの額《ひたい》並みだな』

「いやいや、これって現実の事件だよね。ミステリーとかそういう話じゃないよね？」

『そんなに意味が欲しけりゃ恵んでやる。いいか、一連の殺人を繰り返した犯人は明らかにこの絵本のストーリー通りに見立てている。つまり自分自身がそこらのありきたりな人間じゃないという表現をしている訳だ。それが偏執的な性格に拠《よ》るものなのか、それとも自己顕示欲の発露か、それとも捜査本部を攪乱《かくらん》させる目的なのか。いずれにしてもこっち側に多面的な捉え方を強《し》いているから、相手がボンクラじゃないのは確かだ』

「ジンさん。僕はちょっと気味が悪くなってきた」

『そうか。だったら吐く前に五番目のタヌキがどんな目に遭ってやられるかを確かめとけ』

三津木はページを繰り、ストーリーの最終を追う。

五番目のタヌキは仲間が一匹もいなくなったので、よその山へと逃げていきました。

あった。

「五番目のタヌキは失踪《しっそう》するのか」

『意味深なラストだと思わないか。五番目のタヌキが誰を指すのかで、解釈は大きく違ってくる。それこそ最後の犠牲者が行方不明になるのか、あるいは犯人が失踪してしまうのか。ふふふふーん』

「何だよ、その薄気味悪い笑い方」

『俺の趣味にぴったりだ。好きなんだよ、こういう横溝的展開』

ジンさんが浮かれている間も、崇裕は夢中で人形遊びをしている。怪獣の真似《まね》だろうか、時折上げる奇声が耳に不快だった。

昼過ぎになってようやく解放された久瑠実と沢崎が、藤代に連れられて戻ってきた。まるで見計らったかのように沙夜子も退院してきたので、邸内は一遍に賑《にぎ》やかになる。

「ちょっと、三津木先生」

呼び止めたのは藤代だった。

「一緒に来てください」

皆の目の届かないところへ半ば強引に引っ張られた。

「さっきの猫。あれはどういうことですか」

まさかジンさんの指示と打ち明ける訳にもいかない。答えあぐねていると、藤代が畳み掛けてきた。

「たかが猫だ。司法解剖に回すまでもなく、鑑識課に委《ゆだ》ねたんです。そうしたら、猫の体内から例の毒ゼリが出てきた」

「まさか。野に生えているのを誤って齧ったんでしょう」

「野に茂っていたものじゃない。独特の臭いを気づかれないよう、味噌に漬け込んだ上に煮干しの粉末を塗《まぶ》してあった。人為的だよ。沙夜子に盛る前に、猫で効果を試したんだ」

「馬鹿な」

「馬鹿どころかえらく計画的ですよ。さっきの猫以外にも、最近は屋敷の周りでちょこちょこ死んでるんですってね」

「それもテストだったというんですか」

「致死量が五グラムというのを確認するには、臨床実験を重ねるしかしょうがないでしょう。少なくとも犯人は衝動的に犯行を繰り返している訳じゃない。きっちり計画的なんですよ」

隠しておいても意味がないだろう。

三津木が見立て殺人について話し始めると、藤代は昂奮《こうふん》を抑えきれないように、こちらの肩を揺さぶってきた。

「今すぐ、その絵本を見せてくれ」

五　どっとはらい

1

「何てことだ」

いったん崇裕の絵本を持ち帰った藤代は翌日に再訪した際、まるで三津木が作者であるかのような目で睨《にら》みつけてきた。

「本城家の人々は絵本のタヌキと同じ方法で殺されている。こんなに人を食った話があるか」

「あのですね、藤代さん。お腹立ちはごもっともですけど、僕があの絵本を書いた本人じゃありませんから」

「そんなことは今朝のうちにちゃんと調べておきましたよ。作者のいづついつろうというのは佐久間町の出身だった」

さすがに三津木は驚いた。

「へえ、こんな辺鄙《へんぴ》な町から絵本作家が出ていたんですか。すごいじゃないですか」

「すごくない、すごくない」

同県人ならではの謙遜《けんそん》かとも思ったが、藤代は的外れだとでも言いたそうだった。

「作者の出版物が中央図書館の郷土コーナーに所蔵されていて、そこからプロフィールが分かった。どれも埃《ほこり》を被《かぶ》っていたから大体の予想はついたが、そんなに華やかなものじゃない。本人のエッセイやら投稿歴やらを追ってみたが、本人が思うほど才能があった訳じゃない。そもそもはジュンブンガクとかを志向していて、芥川《あくたがわ》賞が欲しくて欲しくて堪《たま》らなかったそうだ」

いづついつろう、本名井筒逸郎《いづついつろう》は大学在学中より純文学雑誌に投稿し続け、就職もせずに作家を目指していたらしい。こうした文芸誌の主催する新人賞を受賞すれば芥川賞候補になる可能性があるからだが、何度投稿を繰り返しても井筒の作品は日の目を見ることがなかった。

四十の半ばを過ぎ、井筒は絵本作家に転向した。児童書専門出版社の新人賞を受賞し、晴れてデビューと相成ったのだ。ところが悪いことは重なるもので、少子化の波が絵本業界を直撃した。徒《いたず》らな出版点数の増加と相次ぐ出版社の倒産。いきおい新人作家が活躍する場も減り、井筒もデビューしたはいいが仕事の依頼がぱったりと止《や》む。

「元々、絵本というのは例外を除いてそれほど部数が多くないようですね。井筒は細々と仕事を続けていましたが、とうとう生活が立ち行かなくなり、都落ちして生家のある佐久間町に舞い戻ってきたんです。まあ、彼が仕事を失ったのには他にも理由があるんですけどね」

井筒が書いた数少ないエッセイは全《すべ》て同業の絵本作家への誹謗中傷《ひぼうちゅうしょう》、加えて業界に対する批判に終始しているという。

「だって井筒という人はまだ新人な訳でしょう。そんな人が同業者や業界批判なんておかしくないんですか」

「本人にしてみればジュンブンガクこそが文学の最高峰であり幼児向けの童話なんか三文文士の手遊《てすさ》びでしかない、と言いたい放題だ。まあ、手前《てめ》ェが食っている業界でこんなことを言っていたら、来る仕事だって来なくなる。井筒が都落ちしたのも当然といえば当然ですな」

「でも、こうしてちゃんと作品が残っているなら大したものじゃないですか」

「いづついつろうはデビューして三作しか作品を発表していない。その『五ひきのわるダヌキ』は三作目で今から五年も前の最新作、しかもほとんど売れなかったらしい。地元の中央図書館でさえ郷土コーナーにひっそりと置かれていただけです。それだけで扱いが分かるでしょう」

「しかし市場に出回らない絵本をどうして崇裕くんが持っているんですか」

「それも沙夜子から聞いた。地元出身の童話作家だからといって佐久間町が四冊ほど購入したんだが、そのうち一冊を蔵之助に贈ったんだそうです。蔵之助に崇裕という孫がいるのを知っての献本みたいなものだったんでしょう」

「その、井筒さんは現在どうしてるんですか」

「佐久間町での居心地もよくなかったようです。近隣住人とも疎遠になり、最期は自宅で首を括《くく》っていました。元々独り身だったので、発見されたのは死後一週間経《た》ってから。まあ、ひどい有様だったようですな」

嫌な話だと思った。世を恨み、自分の居場所さえ恨んだ男の書いた童話が、今や殺人事件のプロットに流用されているのだ。

「何にしても、毒ゼリを崇裕くんが口にしなかったのは不幸中の幸いでしたね。沙夜子さんだったからまだ胃洗浄で済みましたけど、あれが崇裕くんだったら……」

「沢崎の言った通り、毒物は毒ゼリと判明しました。しかし毒ゼリは沙夜子の食事からしか見つからなかった」

藤代の口調は硬かった。

「それ以外の料理には全て普通のセリが使われていた。毒ゼリは明らかに沙夜子一人を標的にしたものでした」

藤代の口調が強張《こわば》った理由は三津木にすら理解できる。沙夜子の膳《ぜん》にだけ毒ゼリを仕込んだのなら、それが可能な人間は二人しかいない。

「藤代さんは使用人の二人を疑っているんですね」

「当然でしょう。その二人にしか毒ゼリを混入できるタイミングがない」

「しかし二人には動機がありませんよ。特に料理人の沢崎さんは、ずっと沙夜子さんの立場に同情している。久瑠実さんにしたってそうです。彼女が本城家の血筋というのなら別ですけど、沙夜子さんを殺害したところで彼女にメリットなんか一つもないじゃないですか」

「動機も重要だが、可能性はもっと重要です。関係者が少なくなった今は尚更《なおさら》ね」

藤代は三津木の顔を疑惑満載の表情で覗《のぞ》き込む。

「この絵本に付着していた指紋を調べてみました。どんな結果が出たか予想がつきますか」

「さあ」

「絵本に触れていたのは沙夜子と崇裕。母子《おやこ》以外ではあなただけだったんです」

「そりゃあ、僕が手に取って読んだんだから当たり前じゃないですか」

「さっき言った通り、佐久間町ですらほとんどお情けで四冊しか購入していない絵本です。しかも町役場に確認したところ、一冊は中央図書館の郷土コーナーに所蔵されているが、残りの二冊は行方不明だ。表紙の絵も不気味だし内容も暗い。こんな絵本を買い求める酔狂もそう多くないでしょう。それなら一連の見立て殺人を計画した犯人は、どこでこの絵本を入手したんでしょうかね」

「いえ、あの」

「この家に住んでいる者、崇裕の部屋に入ることのできた者が、この見立てを考えついたというのが一番自然な解釈だと思いませんか」

「僕が一連の事件の犯人だって言いたいんですか」

「言いたいのは山々だが、わたしは違うと思っている」

「ありがとうございます、藤代さん」

「直接の動機はないから主犯じゃないだろう。ただし共犯なら有り得る」

藤代からずいぶんなことを言われたからではないが、凹《へこ》んでばかりもいられない。何しろ自分の肩には藤代以上に底意地の悪い生きものが生息している。

『やっぱり藤代はそこそこ有能だな。ヒョーロクを主犯でなくて、共犯として疑っているのは賢明だ』

「何だよ、それ」

『安心しろ。人に使われるようなことがあっても、自ら立案して実行する大胆さはないと評価されたんだ』

そんな評価をされても嬉《うれ》しくも何ともない。

『もう一つは絵本に付着した指紋への言及だ』

「あれは逆にひどいよ。指紋なんて簡単に拭《ふ》き取れるじゃないか。残っていたのが沙夜子さんと崇裕くんと僕の指紋だからって、それで容疑者を絞り込むなんてお門違いもいいところだ」

『馬鹿。絵本に目を通した時と計画を思いついた時のタイムラグのことを言ってるんだ』

容疑者の一人とまで言われているのに、ジンさんの突っ込みは容赦ない。

『あの絵本を眺めた瞬間に見立て殺人の一から十までを計画するヤツなんていると思うか。それこそ非現実的だぞ。計画なんて瞬時に出来上がるもんじゃない。ヒントがあって、熟成期間があって、試行錯誤があって初めて成立するもんだろうが。絵本を眺めた直後に、自分の指紋が残っていたらヤバいなんて考えつくもんか。仮に後から気づいたとしても、自分の指紋だけ拭き取るなんて芸当も不可能だ。だったら現存している指紋の中から容疑者を絞り込むのは論理的だし、実務的でもある』

ジンさんに指摘されるとぐうの音《ね》も出ない。

『とにかく折角本人が帰ってきたんだ。今から沙夜子に事情を訊《き》け』

「訊くって何を」

『……お前、今まで俺《おれ》と何を話していた。今度の事件と絵本の関連についてに決まってるじゃねえか』

「そういうことを、たとえ知っていたとしても話すかなあ」

『あああっ。本当にお前の頭はがらんどうかよっ』

ジンさんは萎《しな》びた口を最大限に開いて三津木を罵倒《ばとう》する。

『何でお前相手に罪を告白するなんて発想になるんだ。自白云々《うんぬん》より向こうの反応を確かめろって言ってんだ。お前は相続鑑定士だろ。相続人としてただ一人生き残った沙夜子に色々質問できる立場じゃねえか』

「でもさ、毒を盛られて退院してきたばかりの人にあれこれ訊くのは、ちょっと」

『死んだ人間に質問したってしょーがねえだろ。頭、湧《わ》いてんのか』

泣く子とジンさんには勝てず、三津木は引き摺《ず》られるようにして沙夜子の部屋へと向かう。

当然というか案の定というか、部屋の前には二人の警官が警備に立っていた。おそらくは沢崎や久瑠実、ひょっとしたら柊も似たような扱いだろう。本城家の関係者からこれ以上犠牲者を出せば作久署と長野県警も恥の上塗りになるし、第一生き残った者の中に犯人がいる可能性が大だ。

「すみません、相続鑑定士として確認にきました」

警官たちに来意を告げると、二人は無線で何事かを報告する。相手は藤代に違いない。警官たちは不承不承という体《てい》で三津木を通してくれた。

「三津木先生」

沙夜子は部屋の隅で崇裕を護《まも》るように、抱き締めていた。

「大変でしたね、あんな目に遭って」

「本当ならもう少し入院していたかったんですけど、この子の安全を考えるとそうもいきません」

「退院は不本意でしたか」

「ここにはまだ犯人がいます。病院にいる方がずっと安全じゃないですか」

沙夜子までが、三津木が犯人であるかのような目で見る。ジンさんには犯人になるような行動力もないと罵《ののし》られ、それ以外の人間には胡散臭《うさんくさ》く思われる。いったいどちらが人として好評価なのかと戸惑ってしまう。

「でも部屋の前も屋敷の周りも警官でいっぱいですよ。こんな状況じゃあ犯人もそう動けないでしょう」

「自分の身ですら危なかったのに、崇裕がいるんです。もう心配で心配で」

「こうしてお邪魔したのは相続鑑定士としての立場からです。ご兄弟の度重なる不幸で、本城蔵之助氏の相続人はあなた一人だけとなってしまいました」

「あまり意味のないことです」

沙夜子は少しも嬉しそうな顔をしない。

「本城グループの経営権を相続したとしても、わたしに経営の能力なんてありません。役員のどなたかが上手《うま》く立ち回るに決まっています」

「それでも最終的な判断は沙夜子さんの権限ですし、モリブデン採掘による莫大な利益はあなたが掌握することになります。おカネが幸せの全てだとは思いませんが、少なくとも生活に不安は生じません。これは大きいことです」

「ご心配をおかけしてすみません」

「ただし相続鑑定士としては沙夜子さんが相続人として相応《ふさわ》しいかどうかを見極める義務があります」

「ええ、最初にそう伺いました」

「不愉快に思われるかもしれませんが、僕の質問に二、三答えてください」

わずかに沙夜子は身構えたようだ。母親の怯《おび》えを察知したのか、崇裕もこちらに険しい目を向ける。

「お聞きになっていると思いますが、毒ゼリは沙夜子さんの料理にだけ入っていました。口に入れた瞬間は気づかなかったんですか」

「普通に胡麻《ごま》が和《あ》えてあったので、最初は気づきませんでした。でもひと噛《か》みふた噛みすると急に舌が痺《しび》れるような感覚があって……ふた口呑《の》み込んだ後だったんですけど、慌てて吐き出そうとしました」

「崇裕くんの食事には混入されていなかったんですね」

「元々野菜を食べない子なので、いつも献立から除外してくれているんです」

「誰《だれ》が毒ゼリを混ぜたとお考えですか」

沙夜子は急に黙り込む。

「どうしました」

「その質問は、相続に何の関係があるんでしょうか」

だが、三津木は構わずに質問を続ける。それがジンさんからの指示だった。

「料理に毒ゼリを紛れ込ませることができるのは沢崎さんと久瑠実さんの二人だけです。あなたはどちらが犯人だと思いますか」

「やめてください」

沙夜子は顔を背けてこちらを見ようとしない。

「その質問には答えたくありません」

「沢崎さんの仕業だと思っているんですね」

「違います」

「では久瑠実さん？」

「答えたくないと言っているじゃありませんか」

沙夜子は拒絶し続けているが、沢崎の仕業ではないかと打ち明けているようなものだ。

「仮にあなたが本城家の財産を相続したら、現在の使用人である沢崎さんと久瑠実さんを雇い続けるつもりですか」

「二人さえよければ、このまま働き続けてほしいと思っています」

「また命を狙《ねら》われるかもしれないのに？」

「そういうことは考えたくありません」

「じゃあもう一つ。崇裕くんが読んでいる『五ひきのわるダヌキ』という絵本をご存じですよね」

「はい。崇裕のお気に入りです」

「絵本の内容、つまりタヌキが殺される方法が今度の連続殺人の方法と同一なことに気付いていますか。最初のタヌキは焼け死んで、二番目のタヌキは首を吊り、三番目のタヌキは川に流され、そして四番目のタヌキは毒を盛られる」

「……あっ」

沙夜子は今初めて理解したというように、驚いて口を押さえる。これが演技なら大したものだと思った。

「でも、そんな馬鹿なことが。きっと偶然の一致です」

「一度きりなら偶然で済ませられますが、二度三度となればそうはいきません。童話の内容を知っている何者かの思惑が働いているとしか思えません」

「まさか、その何者かがわたしだというんですか」

「この絵本はそれほど売れたものじゃなく、それでも作者がこの町の出身ということで佐久間町が四冊だけ購入したものです。その一冊が蔵之助氏に献本され、今は崇裕くんのものになっています。どう考えても、一連の事件の犯人はこの絵本に目を通した者なんです」

「違います。わたしじゃありません」

「いやいや、何も沙夜子さんが犯人だと決めつけている訳じゃなくてですね」

「違います違います違いますっ」

堪《こら》えきれない様子で、沙夜子は声を張り上げる。その声に反応して、崇裕が火の付いたように泣き出した。

ぐずるとか何かを訴えるような泣き方ではない。今にも危険が迫り自分が襲われそうになっている恐怖の叫びだった。

騒ぎで警官たちが顔を覗かせる。

「何かありましたか」

「いえ、何でもありません。崇裕くんが急に泣き出しただけで」

「あまり騒がせないでください。そうでなくてもぴりぴりしているんですから」

警官たちが首を引っ込めても、なかなか崇裕は泣き止もうとしない。

「怖くない、怖くないよ」

沙夜子は崇裕を抱き締めながら、呪文《じゅもん》のように繰り返す。だが崇裕は母親の腕の中であっても暴れ続け、まるで収まる様子がない。

崇裕が泣き出す原因を作ったのは自分だ。三津木は責任を感じて、この場を立ち去ろうと腰を浮かせかける。

その時、右肩のジンさんが蠢《うごめ》いた。

立ち去るなという合図だ。

思い留《とど》まって、もう一度座り直す。今まで本城家の人間とは一人残らず言葉を交わした。言葉から透けて見えるものもあれば見えないものもある。だが話してみないことにはそれすらも分からない。

崇裕とだけはまだ話していなかった。子供だからとか、知的障害があるからとかの理由をつけて、三津木の側から接触を拒んできたような気がする。本来なら崇裕のお守りを頼まれた機会を逃さず、語りかけるべきだったのだ。

「崇裕くん」

覚悟を決めた三津木は崇裕を正面から見据える。対して崇裕は、暴れ続けてこちらを向こうとしない。

仕方がない。

三津木はそろそろと両腕を伸ばし、崇裕の顔を両側から掴《つか》む。途端に沙夜子が金切り声を上げる。

「崇裕に何をするんですかあっ」

「すみません。ちょっとだけ彼と話をさせてください」

顔を固定された崇裕は、何が起きたのかと呆気《あっけ》にとられた目で三津木を捉える。

「一度お守りをしたから僕のことは憶《おぼ》えているよね。教えてくれ、崇裕くん。君以外にこの部屋に入った者は誰なんだ。『五ひきのわるダヌキ』を読んだのは、いったい誰なんだ」

不意にスイッチが切り替わったように崇裕は黙り込む。

「君が振り回して遊んでいた猫も毒ゼリを与えられて死んでいた。ひょっとしたら、君はその現場も見ていたんじゃないのか。だったら教えてくれ。誰が猫に毒を盛ったんだ」

徐《おもむろ》に崇裕の小さな唇が開く。

「ネコ……」

「何だって」

よく聞き取れなかったので、彼の口元に耳を寄せた。

次の瞬間、崇裕は野生動物じみた敏捷《びんしょう》さで首を伸ばし、三津木の耳に齧《かじ》りついた。

「痛たたたたたっ」

激痛が走り、三津木は堪らず耳を押さえて床に転がる。

「今度は何ですかっ」

再び警官たちが顔を覗かせる。

「耳を、耳を齧られました」

「何だ。その程度で大声を出さんでください。何事が起きたのかと思いました」

手を開くと少量の血が滲《にじ》んでいる。しかし出血量に比べて強い疼痛《とうつう》は依然として続く。

「ぎゃあっ、ぎゃあっ」

まだ噛み足りないのか、崇裕は尚も三津木に襲い掛かろうとする。まるで怒りに我を忘れた猛獣のようだ。必死の面持ちで沙夜子が押し留めているが崇裕の暴れ方が激しく、思うままに制御できない様子だった。

「今すぐ出ていってくださいっ。こうなると、わたしでも手がつけられなくなるんです。早くっ」

「は、はいいい」

我ながら情けない声を上げながら、ほうほうの体で部屋を飛び出す。警備役の警官たちはもはや驚きもせず、三津木が逃げていくのを止めようともしなかった。

トイレに駆け込み、水道水で患部を洗う。出血は止まったものの、疼痛は治まらない。

早速ジンさんが顔を出した。

『子供相手にみっともねえなあ。警備のお巡りたちが苦笑してたぞ』

「僕の身体《からだ》の一部なら、あの痛みがどれだけのものだったか知ってるだろ。いくら子供でも嚙みつかれたら誰でもこうなる」

『注意力散漫だから子供なんかに隙《すき》を突かれるんだ。お蔭《かげ》で沙夜子から訊きたかったことを何一つ訊き出せなかった。本っ当に使えない野郎だ。生きていて恥ずかしくないのか。生まれて申し訳ないと思ったことはないのか』

「ひでえ」

『ひどいのはお前の質問の仕方だ。何の工夫もなく単刀直入に訊きやがって。思い出して赤面しろ。相手から碌《ろく》な情報を引き出せていないのに、こちらが握っている情報をぺらぺら喋《しゃべ》っちまった。あれじゃあこちら側が一方的に情報開示したようなものだ。崇裕が嚙みつく前に俺が嚙みつきたかったくらいだ』

「でも、これからどうするんだよ。当分、沙夜子さんと崇裕くんには近づけそうもないよ」

『手前ェの不始末、俺にケツ拭かせるつもりか。ヒョーロクの癖にいい度胸してるじゃねえか』

「ヒョーロクの癖にって……それ、どんな差別語なんだよ」

『ただし怪我《けが》の功名で分かったことが一つある』

「何だよ」

『予想以上に崇裕は凶暴だ』

出血は大したことがなくても傷口からの化膿《かのう》が心配だった。薬を分けてもらおうと久瑠実の姿を探したが見つからない。

彼女を探して玄関を出た時だった。

「本城家の方ですかっ」

いきなり鼻先にＩＣレコーダーを突きつけられた。

「なななな、何ですか」

正面に立っていたのは図々《ずうずう》しそうな顔をした女だった。見れば女の後ろにはカメラを担いだ男もいる。

いや、彼女ら二人だけではない。玄関先には十人以上の報道関係者と思《おぼ》しき人々が鈴なりになっており、それを警官たちが押し留めている。どうやら双方が揉《も》み合っている場面に三津木が顔を出してしまったらしい。

どうしてこうも自分はタイミングが悪いのか。きっと呪《のろ》われているに違いない。大体、呪われていなかったら、肩に人面瘡《じんめんそう》が貼りつくはずもない。

「本城家の関係者の方ですよね。それともグループ会社の関係者の方ですか」

「家から出てきたということは、本城家とよほど近しいのでしょうね」

「現在、相続問題はどうなっているのでしょうか」

「残った相続人の本城沙夜子さんは毒殺未遂ですよね。彼女はまた狙われるんでしょうか」

「あなたの目で、怪しいと疑う人物はいますか」

「黙ってないで、何か答えてください」

「どうかひと言」

まるでウンカのように集《たか》る報道陣を前に、三津木はただ狼狽《うろた》えることしかできない。今や本城家の事件が全国レベルで騒がれているのは知っていたが、報道陣の直撃を浴びたのはこれが最初だった。

「ぼ、僕はただの相続鑑定士で」

「相続鑑定士。へえ、珍しいお仕事ですね。だから本城家の相続問題に深く関《かか》わっていると」

「詳しく聞かせてくださいっ」

カメラのフラッシュが焚《た》かれ、三津木の元には更に多くのＩＣレコーダーが集まってきた。

右肩がぴくりと蠢く。逃げろという合図だった。

「すみませんっ。今は何も話せないんです」

一方的に会話を打ち切り、また家の中に引っ込むしかなかった。

2

『いい男に映っていたよ』

その日の午後になって、弥生からは妙に陽気な電話が入った。報道陣に詰め寄られたのは午前中のことだったから、三時間も経たぬうちにニュースで取り上げられたことになる。

『そりゃあ中継車を向かわせたんだから、素材を編集して適当なテロップつけるだけなら一時間もかからないでしょ』

「すいません。不用意に外に出たら、玄関前に待ち構えていたもので」

『だろうね。受け答えがしどろもどろだったもの』

「ご迷惑をおかけして……」

『あーら。全然、迷惑じゃないのよー。却《かえ》ってプラス判定』

「はあ」

『相続鑑定士なんてまだまだマイナーな職業を世に知らしめたでしょ。聞き慣れないから反応したんでしょうね。さっき見たワイドショーでは、相続鑑定士とはどんな仕事なのか小特集組んでたわ』

「それは何よりでした」

『でも同じくらいにマイナスの要素もある』

弥生はがらりと口調を変えた。いつもの詰問口調だった。

『折角テレビカメラが回っているっていうのに、ウチの社名を出さなかったのは大きな減点対象。あんた、宣伝とか広報とかどう考えてんのよっ』

「いや、それは、あの」

『地道に資産調査だけやってりゃいいなんて考えだったら大間違いだからねっ。中小零細が企業戦争に勝ち残るためには、利用できるものは何でも利用しなきゃいけない。今日、三津木くんが答えたレポーターはキー局ワイドショーのレポーターだったのよ。上手くすれば広告料何百万円分の宣伝ができたかもしれないってのに、呆れたものよね。反省しなさい、反省』

「あの、僕はこれからどうすれば」

『どうすればもこうすればもないいっ。相続問題にケリが付くまで帰って来なくてよろしい』

「そんな」

『解決したら相続鑑定士として各局から引っ張りだこ。事件の全容を知る者として一躍有名人』

そんな有名人にはなりたくもない。

『君の顔は特徴がないからすぐに忘れられそうだけど、地方の名家を襲った連続殺人事件と解決に一役買った相続鑑定士という職業は記憶に残る。そうしたらウチも、本城家殺人事件を見事解決に導いた〈古畑相続鑑定〉として大々的に広告を打つことができる。どーよ、このプラン』

「……完璧《かんぺき》だと思います」

『そうでしょそうでしょ。それでは粉骨砕身《ふんこつさいしん》頑張ってきて』

「せめて、骨は拾ってやるとか言ってくれませんか」

『あのね。骨は拾ってやるからとか、全責任は俺が取るとか、そういうことを言う上司が一番信用できないの。そういうこと言うヤツに限って、成功した時は「な、俺の言った通りだろ」って自分の手柄みたいに言うし、失敗した時は「そんなつもりで言ったんじゃない」って逃げ回るの』

「じゃあ、僕は所長に何を期待したらいいんですか」

『有給休暇と特別手当。以上』

それきり電話は切れてしまった。三津木は深い溜息《ためいき》とともに受話器を置く。

『相変わらずの才気煥発《かんぱつ》だなあ、おい。お前ンところの女所長はよお』

何が楽しいのか、ジンさんはけたけたと愉快そうに笑う。

「他人事《ひとごと》だと思って」

『何が他人だ。寄生生物と宿主は一心同体だろうが。俺はお前のことを心配してやってるんだ』

「ジンさんの口から心配なんて言葉が出るとは思わなかった。弥生さんと一緒だよ」

『言っとくがな、あの所長の言うことは的を射ているぞ。やたら責任を取るとか、冒険しろ挑戦しろなんて言うヤツは大抵カッコつけてるだけか、部下に発破《はっぱ》かけてる頼れる自分に酔っているだけだ。碌なもんじゃねえぞ』

「上司の責任云々はともかくさ」

三津木は自分の部屋に戻ってからも、泣き言を繰り返す。

「このまま藤代さんたちが指を咥《くわ》えて見ているとも思えない。やっぱり現段階では沙夜子さんが最有力の容疑者でしょ。彼女が逮捕されたら、相続人は一人もいなくなっちゃうよ」

相続人が一人もいなくなった場合、遺産は国庫に納められる。その手続きを考えると、今から億劫《おっくう》になってくる。

『何度言わせりゃ気が済む。もう一人隠れた相続人がいるだろ』

「ああ、崇裕くんか。でも戸籍上はまだ蔵之助氏の孫でしかない」

『この家の顧問弁護士が遺産の国有化を見逃すと思うか。いよいよとなったら、自分が代理人になってでも崇裕に相続させるさ』

「そこまでやるかな、柊さん」

『顧問弁護士という以上に、沙夜子に肩入れしているからな。崇裕の将来が保障されるのが沙夜子の願いなら、何としてでも叶《かな》えてやろうとするはずだ』

「根拠があるような言い方だね」

『柊ってのはあれでなかなか気骨のある男だぞ。三行半《みくだりはん》を突きつけられた武一郎の前妻や、同じく理不尽な理由で出戻りにさせられた沙夜子に対する同情には立場を越えたものがある。家父長制度のしつこく残る佐久間町にあって弁護士という職業柄、制度や風習に抑圧された女に惹《ひ》かれるんだろうよ』

立場と性格両面なら情も厚くなるといったところか。

『警察は沙夜子を最有力の容疑者として任意出頭を求める。柊は取り調べでの立ち会いを求めて、警察と小競り合いをする。後の流れとしてはこんなものだろう。状況証拠ではアリバイのない沙夜子が不利。捜査本部は世論に押されるかたちで、物的証拠のないまま沙夜子を逮捕・送検する』

「ちょっと待ってよ。沙夜子さんだって毒ゼリを盛られた犠牲者だよ。それはどう解釈するのさ」

『結果的に死に損なったんだから狂言と見做《みな》されて終《しま》いさ』

「気の毒な話だよね」

『それより何より、お前も藤代ももう一人の容疑者を見逃している。藤代がそれに気づけば、後の展開がずいぶん違ってくる』

「もう一人の容疑者って」

『一、犯人は「五ひきのわるダヌキ」の内容を以前から知っていた。二、見立て殺人を瞬時に思いついたのでなければ、絵本に指紋を残している。三、本城家の遺産を相続する資格を有している。四、武一郎夫婦・孝次・悦三の四人が容易《たやす》く油断し、ほいほい誘いに乗ってしまう人物』

一瞬、三津木は息が止まるかと思った。

「まさか……ジンさん。崇裕くんのことを指しているのかい」

『おかしいか』

「おかしいも何も。だって崇裕くんはまだ子供だよ。それに知的障害がある」

『子供なら遺産に興味がないっていうのか。知的障害があったら人殺しはしないっていうのか。それはお前のちっぽけな良識が目眩《めくら》ましになっているだけだ。幼児だろうが障害者だろうが、殺意が生じる時は生じる。世界を見渡せば十歳未満の殺人者も知的障害のある犯罪者も別に珍しくない』

「子供には不可能な犯罪だ。武一郎夫婦の場合にはおそらく人事不省に陥った二人を蔵まで運んでいるんだぞ」

『お前、佐久間町に来てから色んな農機具を目にしてきただろ。蔵が火事になった時、近くに猫車が転がっていたのを憶えているか』

初耳だったので頭を振った。

『やっぱり憶えてなかったか。本当に掛け値なしの節穴だな。要は車輪が一つの手押し車だ。輪っか一つで重量を支える仕組みだから、大人一人分くらいは子供でも優に運べる。大人二人だったら二往復すりゃいい。二人を蔵に運び込んだら、後は火をつけるだけだ』

三津木の頭に、猫車に武一郎たちを乗せて運ぶ崇裕の姿が浮かぶ。どこか滑稽《こっけい》で、それでいてこの上なく禍々《まがまが》しい光景だった。

『孝次の事件についても、崇裕は犯行可能だ。直会《なおらい》の席でしこたま酒を食らい、朦朧《もうろう》となった孝次を水車小屋に誘う。縄が水車に巻き取られる仕掛けは予《あらかじ》め用意しておく。酔っ払った孝次の首に縄を引っ掛けて、そのまま放っておけば後の力仕事は水車が代行してくれる。悦三の場合はもっと簡単だ。沙夜子母子の将来を慮《おもんぱか》ってきた悦三なら、容易く崇裕の誘いに乗っただろう。〈吸い込み滝〉の滝口で足場の悪い場所に悦三を誘導する。ちょいと足元を掬《すく》ってしまえば、後は流れに乗って滝を真っ逆さま。これも子供の力で事足りる』

「でも、それなら……それなら沙夜子さんの食事に毒を盛ったのも」

『膳を並べて食事するんだ。本物のセリと見分けのつかない毒ゼリを、母親の目を盗んで混入させるのはそう難しい仕事じゃない』

「ジンさんの言っているのは全部理屈だ。物的証拠が何もないじゃないか」

『物的証拠がないのは他の容疑者も同じだ。ただな、動機の面から考えた場合、崇裕は無視できない容疑者だ。このまま沙夜子が逮捕でもされてみろ。それこそ残る相続人は崇裕一人だけになる。第一、犯罪捜査なんて理屈から始まって理屈で終わる。鑑識から自白調書に至るまで理屈のオンパレードだ』

「でも、だけど、いくら何でも」

『信じられないのはな、お前が度し難《がた》いくらいの常識人で且《か》つ善人だからだ。だから安心しろ。騙《だま》される側であっても騙す側じゃない。決して得をする側じゃなく、いつもいつも損をする側の人間だ』

そんな風に言われて誰が安心できるものか。

「仮に、仮にだよ。崇裕くんが一連の事件の犯人だった場合、彼はどうなるんだろう」

『決まってるじゃねえか。十四歳未満の犯罪者を刑法で裁くことはできないから、家庭裁判所送り。保護観察か医療少年院かのどちらかだ』

「ジンさんは冷たいよ」

『お前みたいに情に流されない冷静な人面瘡だからな。それにな、この事件は誰が犯人だろうと誰が生き残ろうと、結末は決してめでたしめでたしで終わらない』

「どうしてそんなことが言えるのさ」

『現実が物語に引っ張られるって話を知っているか。本城家の連続殺人事件は例の絵本に見立てて行われている。つまり現実が虚構に牽引《けんいん》されている訳だ。そしてあの絵本の結末を憶えているか』

「五匹目のタヌキは行方知れずになる……」

『だよな。どう解釈したってバッド・エンドだ。だから現実もその結末に引き摺られる。少なくともハッピー・エンドにはなりようがない』

「そんな馬鹿な。ジンさんの妄想じゃないか」

『お前に想像力がないだけの話さ』

尚も反論しようとした時、人の気配を察してジンさんは顔を隠した。案の定、廊下の向こう側を数人の警官が駆け抜けていった。

どうも屋敷の中が騒がしい。耳を澄ませると、遠くから怒号のような声も聞こえている。

途方に暮れていると、前方から藤代がこちらに向かってきた。三津木の姿は眼中にないらしく、怖ろしい形相で駆けてくる。

「藤代さん」

「何だ、あんたか。今、忙しくて相手をしておれん」

「相手してくれなくてもいいから教えてください。この騒ぎ、何なんですか」

「沢崎が逃走した」

「ええっ」

「それだけじゃない。沙夜子母子も一緒にだ。食材の買い出しに使うクルマに乗せて警官の包囲網を突破した」

「ただのドライブじゃないんですか」

「ただのドライブだったら、見張りの警官二人を殴り倒したりはせんだろう。逃げたか、あるいは自分の犯行が露見しそうになったので母子を道連れに無理心中を図ろうとしているのか。どう好意的に解釈しても、その二つ以外は想像もできん。それともわたしを、想像力欠如と笑いますか」

吐き捨てるように言うと、藤代は玄関の方へと走り去っていった。

警官の多くが沢崎の追跡に駆り出されたのだろう。屋敷の中は再び静かになった。

『とうとう暴走したか。あの純情男』

ジンさんが溜息交じりに洩《も》らした。

「また予想していたみたいな言い方だね」

『沢崎にしてみればやむにやまれぬ行動だったんだろ。沙夜子に毒を盛ったのが自分でないのは、沢崎自身が承知している。殺人犯はまだ屋敷内に潜んでいる。このまま黙って見ていたら、大事な大事な沙夜子お嬢さんと崇裕坊ちゃんはまた標的にされる。そうならないうちに自分が連れて逃げ出すしかない。あの単細胞の考えそうなこった』

「でも実際には人質を取っての逃亡か無理心中と思われている」

『警察がそう受け取るだろうことは百も承知で、二人を連れ出したんだ。純情で単細胞だから暴走する。よくある話だ』

「落ち着いてないで、何とかならないのかよ」

『ならんな』

ジンさんの答えは至極明快だった。

『お前が気を揉んでも何の解決にもならないし、沢崎たちを追って屋敷を出れば今度はお前が警察から追われる立場になる。捜査を余計に混乱させた罪で藤代との信頼関係はご破算になる』

「何も手出しができないなんて歯痒《はがゆ》すぎる」

『だからお前はあさはかだっていうんだ』

ジンさんはじろりとこちらを睨んだ。

『危急存亡の秋《とき》に必要なのは、知恵か力かさもなきゃカネだ。どれも持ってないヤツが介入したって邪魔者にしかならねえ。良心やら思いやりなんざ、こういう時にはクソの蓋《ふた》にもならねえんだよ。よおっく憶えておけ』

ジンさんの言葉はいつも正しい。鼻につくこともあるが後になってみれば正解だったと分かる。それで三津木自身、何度も助けられた。

だが、今だけは逆らわざるを得なかった。

「ジンさんの言うのはもっともだと思う。でもさ、良心や思いやりが何の役にも立たないなんて、僕は信じたくないんだよ」

するとジンさんは唇を大きく歪《ゆが》めた。

『勝手にしろ』

三津木は藤代の後を追うべく駆け出した。

3

三津木がパトカーに追いつくと、後部座席に座っていた藤代は露骨に迷惑そうな顔をした。

「三津木先生。悪いが、この先あなたにできることは何もない」

藤代は拒絶のつもりで言い放ったのだろうが、生憎《あいにく》この類《たぐ》いの暴言はジンさんで免疫ができている。

「やってみなきゃ分かりません。第一、ここまできたら一蓮托生《いちれんたくしょう》です」

無理やり隣に身体を押し込める。藤代は迷惑そうな顔のまま驚いていた。

「あなたって人は変なところで押しが強いな」

それもジンさんの影響に違いなかった。

手間取っても仕方がないと判断したのか、藤代はそのまま発車を命じる。他のパトカーも後続するようだ。

「ところで沢崎さんはどこに向かっているんですか」

「町に続く道路は警官隊やテレビ局の中継車で半ば封鎖されている。ヤツは山道を上に向かっています」

三津木も近隣の山を巡ったので知っている。本城邸裏から続く山道を抜け峠《とうげ》を越えると隣町に辿《たど》り着くのだ。

「隣の本間《ほんま》町には国道が走っている。国道に進入できれば都市部にも行ける」

「子連れのカップルが身を潜めるなら、田舎より都会の方が目立ちませんものね。でも、それって沙夜子さん母子が逃亡に同意しているのが前提ですよね」

「沙夜子が何を考えているのかは見当もつきません」

「やっぱりアレですかね。以前から自分を慕ってくれていた男が何もかも捨てて連れ去ってくれるのは、ロマンスじゃないんでしょうか」

「……あなたの齢《とし》で、そういうロマンチックというかお花畑のような発想をしますか」

藤代は呆《あき》れたように言う。

「殺人罪の容疑を掛けられたまま逃亡を続けるのと疑惑を晴らして地方の資産家に納まるのとどちらが安泰か、そんなもの考えるまでもないでしょうが。第一、沙夜子は母親ですよ。母親ってのは自分のことより子供を優先するもんです。ましてや崇裕は障害のある子供だから、どうしても経済的な後ろ盾が必要になる」

「でも、現時点でも沙夜子さんが最有力の容疑者なんでしょう」

「捜査本部はそう見ています」

言い方に含みがあったので、藤代の顔を覗き込んだ。

「藤代さんはそう考えていないんですか」

「例の絵本を見て、少し考えを改めました。『五ひきのわるダヌキ』、薄気味の悪い、後味の悪い話です。勧善懲悪の衣を被ってはいるが、とどのつまりは行き過ぎた報復主義と残酷趣味で、作者の怨念《おんねん》が作品の形を借りている」

同意はできる。作者の井筒逸郎の憤懣《ふんまん》や世間への恨み節がタヌキたちの殺し方に反映されているという意見は、満更的外れでもないのだろう。

三津木たちを乗せたパトカーは未舗装の山道を駆け上がる。勾配《こうばい》のきつい道だがパトカーはものともせずに走り続ける。聞けば4WD仕様なのだという。ただし4WD仕様だからといって乗り心地が快適とは限らない。道の凸凹に反応して車体が大きく跳ねる。三津木の頭が何度も屋根と衝突する。

「昏《くら》い欲望と歪んだ思想が横溢《おういつ》していて、大人が読めば即座にそうと分かる。スパイス程度にするならともかく、何の比喩《ひゆ》もなく直球で書いている。だから不快感が残る。しかし、あれを子供が読むとどうなるか。取り分け善悪の区別も判断もつかず、破壊衝動を抑える術《すべ》を知らない崇裕が読んだとしたら」

不穏な言葉尻に、三津木は慌てた。

「藤代さん。あなた、ひょっとして崇裕くんを疑っているんですか」

「崇裕を、じゃなくて、崇裕も、ですがね。常識も倫理観も未発達な子供が、残虐な物語に触発されて実践してみる。都会の者が聞いたら絵空事と嗤《わら》うでしょうが、佐久間町の因習と本城の一族を知ってしまうと嗤えなくなる」

「あの子が四人もの大人を殺せますか」

本気なのかどうかを確かめるための呼び水だったが、驚いたことに藤代が披露した推理はジンさんのそれと寸分違《たが》わなかった。だから、ジンさんに向けた疑問をそのまま口にしてみた。

「藤代さんの推理は物的証拠が何もないじゃないですか」

「物的証拠が何もないのは他の被疑者も同じでしてね」

何と弁明まで一緒だ。

「ただ水車小屋は本城家の所有ですから、家族全員の毛髪は残存していたんですよ。崇裕のものも含めて」

「でも、あんな子供が……」

「意外に思っているのは三津木先生、あなただけかもしれませんよ。わたしはね、案外沢崎も同じ結論に達しているんじゃないかと思うんです」

「じゃあ、沢崎さんが母子を連れて逃げ出したのも」

「いや、もちろん沢崎自身が犯人である可能性は依然としてあります。しかし仮に沢崎が崇裕の犯行を疑っていたのであれば、沙夜子ともども連れ出したのは納得できる行動です。この場合、崇裕だけを拉致《らち》しても扱いに困るでしょうから。自分に容疑が掛けられたまま、崇裕の犯行であるのを露見させず、しかも母子が離れ離れにならないようにするためには、狂言誘拐というのは有効な手段です」

そういう考え方もあるのか、と三津木は感心する。子供を想《おも》う母親と、陰ながら彼女を慕い続ける武骨な男。どちらにしても、己の浅い人生経験では測ることのできない人間関係だった。

更にパトカーは山林の中へと分け入る。道幅は極端に狭く、軽自動車同士がやっとすれ違える程度だ。道の両側から雑草が繁茂しているが、沢崎たちが通った直後のせいか薙《な》ぎ倒されている。

「確かこの峠、分岐とか一切なくて一本道が続くだけでしたよね。追いつけますか」

「今ハンドルを握っているのは地元出身、腕に覚えのある警察官です。沢崎だって地元民だろうが、彼には敵《かな》いません」

三津木がバックミラーを見やると、運転していた警官が会釈を返してきた。

「どもっ」

嬉々《きき》としてハンドルを操作しているところを見ると、彼は地道な捜査よりもパトカーを転がしている方が愉《たの》しいらしい。

「まっかせてください。この峠、ガードレールも街灯もありませんけど、俺なら無灯火でも走破してみせますって」

「お願いします」

「それにですね、きっと被疑者は知らないか、忘れてるんですよ。食材の買い出しにはもっぱら下の町道を使ってたみたいですから」

「何かあるんですか」

「本城蔵之助さんが亡くなる直前、山頂付近で土砂崩れがありまして。道路の一部が崩落して通行止めになってるんですよ」

警官の後を継いで、藤代が口元を緩める。

「お分かりですか、三津木先生。沢崎がこの峠に向かった時点で袋のネズミだったんですよ」

急峻《きゅうしゅん》な坂がしばらく続く。地元警官の腕はなるほど確かで、左右上下にと大きく揺れるものの不思議と危険は感じない。

「いたっ」

前方を見つめていた藤代が小さく叫ぶ。その視線の先に見覚えのある軽自動車の姿があった。

パトカーは十メートルほど離れた位置で停車する。藤代の合図で、同乗していた警官二人が外に出る。三津木も藤代の後に続いてパトカーを降りる。後続のパトカーからもぞろぞろと警官たちが姿を現す。

軽自動車の前方は通行止めの工事用看板とロープで封鎖されている。更にその先は説明通り道路の一部が崩れている。沢崎も、さすがに封鎖を突破する無茶はできなかった様子だ。

「被疑者、見当たりません」

車内を覗いた警官の報告に藤代が舌打ちする。

「クルマを捨てて徒歩に切り替えたか」

すると地元出身の警官が意気込んで言った。

「道路の一部崩れた向こうはもっとひどい状態になっています。被疑者たちは立ち往生しているものと思われます」

まずいな、と呟《つぶや》くと藤代は警官たちを伴ってロープを跨《また》ぎ越す。

「何がまずいんですか」

「足場の悪い場所に子供連れですからね。本人たちの不注意で不測の事態が発生しないとも限りません」

藤代の顔に緊張が走る。

「逮捕の瞬間は、被疑者も進退窮《きわ》まった状態にいることが少なくない。普段では考えられない行動に出るヤツもいる。だから、最も注意しなければならない瞬間なんです」

藤代を先頭に三津木と警官隊が先に進む。事前に聞かされていた通り、進めば進むほど道路状況が悪化している。元々未舗装という事情もあり、半分以上崩れ落ちた箇所は人の通る道ではなくなっている。

これ以上進むと危険だ——三津木ですら危ぶんだ時、二十メートルほど先に人影が見えた。

沢崎と沙夜子だった。崇裕も母親の後ろに隠れるようにして立っている。

三人が立ち竦《すく》んでいる先に道はなかった。まるで巨大な爪《つめ》で道路ごと削られたように欠落している。しかも三人が立っているのはガードレールもない崖《がけ》っぷちで、足を滑らせれば一巻の終わりだ。

「来るな」

警官たちを認めた沢崎が叫ぶ。

「それ以上近づいたら飛び降りる」

真横にいた藤代の舌打ちが聞こえる。逮捕の瞬間に考えられない行動に出る——今の沢崎がちょうどそんな状態だった。

「早まるな、沢崎」

藤代は普段と同じ口調で話し掛ける。言うまでもなく、これ以上沢崎を昂奮《こうふん》させないための配慮だった。

「そこにいる母子のためにこんなことをしたんだろう。だったら抵抗せずに、今すぐ投降しろ。話したいことがあるならちゃんと聞いてやる」

「封鎖を解け。俺たちを逃がせ」

沢崎は応じるつもりはないようだった。藤代が心配した通り、追い詰められて言葉も表情も強張っている。正常な判断は期待できそうにない。

それからしばらく言葉の応酬が続いた。だが敵陣突破を図る沢崎と、投降を呼び掛ける藤代の間は少しも縮まらない。

「お前は真犯人を庇《かば》っているのか」

長引く膠着《こうちゃく》状態を打開するためだろうか、藤代は勝負に出たようだった。

沢崎の表情が一変する。

「お前が真犯人を庇いたい気持ちは分かる。だが罪を被るのが最良の方法だと思うか。今回庇ったところで障害や残酷さが解消する訳じゃない。むしろ何をしても自分は罰せられないと思い込んで、これ以降も罪を重ねるかもしれない。お前はそれでもいいのか」

藤代が崇裕を念頭に置いているのは沢崎にも通じたらしい。やはり嘘《うそ》が下手な男らしく、沢崎は図星を指されたように目を剝《む》いていた。

「そうした障害のある犯罪少年のための施設もある。スタッフには専門家が揃《そろ》っている。子供の将来を考えれば、そうした施設に預けるのが最良の選択だ。闇雲《やみくも》に逃げ回って事態を悪化させたら、お前はどう責任を取るつもりなんだ」

理に適《かな》った説得だった。しかし沢崎も負けていない。

「母親がいる。どんな施設か知らないが、子供の近くには母親がいるのが一番いいんだ。歪んだ根性だって愛情を持って育てていけば、きっと直る」

更に押し問答が続いた時、右肩に疼《うず》きを感じた。

ちょっと待て。

どうして、こんな場面でジンさんが顔を出したがるんだ。

三津木は慌てて藤代たちの一団から離れ、パトカーの陰に隠れる。

「何の用だよ、ジンさん」

『見てられねえ。沢崎も藤代も話が妙な方向に走ってる。このままじゃあ埒《らち》が明かない』

「でも、どうすることもできないよ」

『お前みたいに傍観者を決め込んでたらそうさ。どうせ傍《はた》から見ているだけで、巻き込まれたくないんだろ』

「あの人たちを助けたい」

ジンさんにどこまで通じるかは分からないが、ここは自分を貫き通すところだろう。

「因習や親の遺《のこ》した財産に翻弄《ほんろう》された人たちだ。言わば被害者じゃないか。どうにかして救ってあげたい」

『救う、ねえ』

ジンさんはいっとき考え込んだ様子だったが、すぐにしわくちゃの口を開いた。

『ヒョーロク。お前は今から俺の操り人形な』

「今更って感じもするけど」

『お前だけに聞こえるように囁《ささや》く。お前はその通り沢崎に語り掛ければいい』

「それでみんなが救われるのかい」

『多分な』

殺人の容疑者たちと対峙《たいじ》して投降するように説得する。想像するだに責任が重く、また類い稀《まれ》な交渉術を必要とされる。三津木単独では行動以前に考えつくこともなかっただろう。

しかし自分にはジンさんがついている。毒舌で人でなしだが、人を言いくるめる強引な話術は右に出る者がいない最強の人面瘡だ。

三津木は深呼吸を一つすると警官たちを掻《か》き分け、藤代の前に出た。

「三津木先生、何のつもりですか」

「僕が説得してみます」

止めようとした藤代を無理に制して、三津木は沢崎に声を掛ける。

「沢崎さん。あなたのしようとしていることは間違っている」

この期《ご》に及んで三津木が出てきたことが理解できないのか、沢崎は怪訝《けげん》そうな顔をしている。

「あなたは崇裕くんが犯人だと思っているんだろうけど、それは違うから」

沢崎ばかりか、横にいる藤代までがぎょっとしていた。

だが、一番驚いたのは口に出した三津木本人だった。ジンさんからの口伝えをそのまま声にしているのだから、戸惑いは人一倍だ。

「子供が連続殺人の犯人だなんて部外者には考えもつかないけれど、陰から沙夜子さん母子を見守っていたあなたは、崇裕くんを容疑者から除外しなかった。いや、日頃の無軌道ぶりや残酷さを見知っていたあなたは崇裕くんこそが、最有力の容疑者だと疑っていた。違いますか」

またも図星を指されたらしく、沢崎は凶暴な目でこちらを睨む。

「あなたが確信を得たのは沙夜子さんが毒ゼリで殺されかかったことと、近所で死んでいた野良猫の身体からやはり同じ毒ゼリが検出されていたことからだ。沙夜子さんが食事を摂《と》る時、いつも一番近くにいるのは崇裕くんだから、当然彼が一番毒を仕込みやすい。沙夜子さんの目を盗んで、膳に並んだ胡麻和えのセリと毒ゼリをすり替えてしまえばいい。また崇裕くんは小動物を虐待していたから、野良猫に毒入りのエサを与えるのもなんとも思わないですからね。でも決定的だったのは、崇裕くんが愛読していた絵本です。焼かれる・首を吊《つ》られる・流される。そして毒を飲まされる。ひどく残酷な話で字が読めなくても絵で理解できる。崇裕くんはこの絵にずっとご執心でした」

沙夜子は崇裕を庇うように後ろに下げる。

「武一郎夫婦から始まる連続殺人は、個別に検討していけば崇裕くんにも実行可能だとあなたは考えた。一度は母親さえ殺害しようとした崇裕くんを、しかしあなたは護ってあげたいと思った。崇裕くんを司法の手に渡せば、沙夜子さんが悲しむと思ったからだ。でもですね、それ、全部違うんです」

「何が違うっていうんだ」

沢崎は三津木に対して初めて口を利いた。

「確かに崇裕くんは小動物を虐待していました。でもよく考えてください。猫の腹から採取された毒ゼリは味噌《みそ》に漬け込んだ上に煮干しの粉末が塗《まぶ》してあったんですよ。

そんな細工を、崇裕くんができると思いますか」

沢崎の目が困惑に揺れ、視線がゆっくりと沙夜子に移動する。

沙夜子は能面のように無表情だった。

「連続殺人の犯人は次の条件に当て嵌《は》まります。一、遺産相続人の一人であること。二、毒ゼリを味噌に漬け込む程度の下処理ができる者。三、沙夜子さんの膳にあった胡麻和えと毒ゼリを容易にすり替えられた者。四、『五ひきのわるダヌキ』の内容を知っていた者。五、武一郎夫婦・孝次さん・悦三さんを警戒心も抱かせずに誘い出せる者」

喋《しゃべ》りながら、三津木は腋《わき》の下から冷たいものが滴り落ちるのを感じる。首の後ろが総毛立っているようだった。

「以上の条件を全て備えた人物は沙夜子さん、あなた一人だけです」

名指しされても尚、沙夜子は能面のような顔で感情がまるで読めない。子供を思いやる母親の顔も、姿なき殺人者に怯える女の顔も、そこにはない。ただ自分を犯人と指摘する若造を見下す目だけが存在していた。

「あなたは自分の膳にあった胡麻和えと一緒に毒ゼリも呑み込んだ。毒を飲み込んだ本人が犯人だとは誰も思いませんからね」

「それで自分が死んだらどうするんですか」

沙夜子が初めて口を開いた。温度も感情も感じさせない淡々とした声だった。

「本番決行以前、野良猫に毒ゼリを食べさせたのは致死量を確かめる目的ではありませんでしたけど、逆に言えば致死量以下なら大事に至らずに済むからです。毒ゼリを与えたのは一匹や二匹じゃない。自分で呑み込む適量を探るためには、何匹もの野良猫を犠牲にしたでしょうね。本城家の周辺で野良猫の死骸《しがい》が沢山《たくさん》発見されたのも、それが理由です」

自分で話しながらいちいち驚いているので、不自然に言葉を途切れさせないようにするのが精一杯だった。

ふと横を盗み見ると、藤代が啞然《あぜん》として三津木の推理に聞き入っている。

いや、これは僕の推理じゃないから。

「毒ゼリのすり替えに胡麻和えを選んだのは、間違っても崇裕くんが呑み込まないようにとの配慮でした。野菜嫌いの崇裕くんはセリの和え物には見向きもしないでしょうからね」

「待ってくれ、三津木先生」

ようやく我に返ったらしい藤代が間に割って入る。

「それじゃあ、どうして見立て殺人なんかにしたんだ。あの絵本の通りに人を殺していったら、いずれ崇裕が疑われるんですよ」

「攪乱《かくらん》ですよ。崇裕くんに疑いの目が向けられれば、その分、自分への疑念が覆い隠される」

「実の子供ですよ」

「それについては、さっきいみじくも藤代さんが指摘したじゃありませんか。仮に崇裕くんを補導したところで、今の法律では彼を裁けない。家裁で保護観察処分が出るか、悪くても医療少年院行きです。精神障害を治療する医療機関と医療少年院とで処遇にどれだけの違いがあるというんです」

価値観の相違といえばそれまでだが、三津木はジンさんの論理についていけない。無理やり禁忌を喋らされているようで居たたまれない。

だが、次のひと言が最も衝撃的だった。

「第一、沙夜子さんが本当に崇裕くんを愛しているのか、疑ったことはありませんか」

「何を言い出す」

すぐに反論したのは沢崎だった。

「お嬢さまがどれだけ崇裕坊ちゃんを可愛《かわい》がっているか、よそ者が知りもしないくせに」

「ええ、知りません。知らないから客観的な見方ができるんです。確かに我が子ですが、実の父親に無理やり孕《はら》まされた不義の子ですよ。可愛さもあるでしょうが、忌まわしさもあって当然だと思います」

何と毒々しい言葉かと思った。沢崎を説得するためとはいえ、母親に向かって告げていい言葉ではない。

だが三津木はジンさんに逆らえない。この禍々しい論理の果てに何があるのか、確かめずにはいられない。

「遺産の独り占め、息子を設備の整った医療少年院へ預けること。そして間接的には父親蔵之助氏への復讐《ふくしゅう》。以上三つが今回の動機です。ですから沢崎さん、あなたも騙されているんです。あなたが二人を連れて逃げれば逃げるほど、沙夜子さんの思い通りになっていくんです」

ジンさんの推理がよほど応《こた》えたのだろう。沢崎はこちらと沙夜子を代わる代わる見比べ、明らかに動揺していた。無理もない、と三津木は同情する。彼にすれば沙夜子は聖母そのものだ。その聖母に騙されていたと知れば、困惑するのも当然だった。

「三津木先生」

この場に不似合いなほど落ち着いた声に、一同が黙り込む。

沙夜子は三津木の顔を正視して微動だにしていなかった。

「ずいぶん母親を悪し様《あざま》に言われるんですね。あなたにもお母さんがいるでしょうに」

　表情のないまま語られる言葉には威圧感があった。

「わたしが兄弟たちを殺した動機を三つ挙げましたね。思いつくのはそれだけです
か」

「……それだけです」

「三津木先生、まだ独身でしたね」

「独身ですが、それがどうかしましたか」

　これは三津木自身の言葉だった。

「やっぱりと思いましてね。女心を全然分かっていません」

　沙夜子は後ろ手に崇裕を押さえたまま、片方の手を沢崎の首に回した。

「わたしは〈福子〉を産む機械として育てられました。でも女というのはね、好いた
男と添い遂げたいといつも思っているんですよ」

　三津木が叫ぶ間もなかった。

　一瞬艶然《えんぜん》と笑うと、沙夜子は二人の身体を抱いたまま後方に倒れていった。

「あああっ」

　叫んだのは沢崎だった。いきなり重心を崩され、ひとたまりもなく沙夜子や崇裕と
ともに崖下に姿を消していく。

「しししし、しまったあっ」

藤代が弾《はじ》かれたように飛び出す。だが既に遅く、伸ばした手は虚空を掴むばかりだった。

柔らかな物体が木に衝突する音、めきめきと枝を折りながら落下する音が聞こえてきた。

呆然《ぼうぜん》としていた三津木も遅れて崖下を覗き込む。三人の姿は見えず、代わりに削れて露《あら》わになった山肌に滑落の痕跡が残っていた。十メートルから下は草木が視界を遮っており、その先が全く確認できない。

藤代はその場の全員に聞こえるような大声で命令を下す。

「下で待機している別働隊に連絡。すぐ三人の捜索を開始させろ。ここにいる者も二名を残して落下地点に向かええっ」

次に三津木を凶暴な目で睨みつけた。

「余計なことをしてくれた。これで犯人の自供が取れなくなったら、どう責任を取ってくれる」

三津木の返事を待つことなく、藤代はパトカーの中に潜り込み無線でどこかと交信を始める。二人の警官も三津木を非難するように見ている。

居場所を失《な》くした三津木は仕方なく、皆の視線から逃げるように崖とは反対側に身を寄せた。

　やがて皆が三津木に無関心になった時、もぞもぞとジンさんが顔を出した。

「失敗したよ、ジンさん」

　三津木は失態をジンさんと分かち合うつもりで言った。だが、ジンさんの返事は予想外のものだった。

『失敗じゃないさ。計画通りだ』

「何だって」

『沙夜子と沢崎を救うのが目的だったんだろ。あれ以外には救済の道はなかった。だから失敗じゃない』

「……人でなし」

『そりゃあ人面瘡だからな』

　その後、警官隊総出で捜索したところ、滑落地点から三十メートル真下で沙夜子と沢崎が発見された。二人とも全身を強打し、沙夜子などは頭蓋骨《ずがいこつ》を陥没させていた。二人は即座に緊急搬送されたが、病院に到着する前に死亡が確認された。

　ところが、不思議なことに崇裕だけは発見できなかった。二人の遺体の近くにも、途中の崖にも、草木の間からも発見できなかったのだ。

腕の一本どころか着衣の一部すら見当たらなかった。捜査本部は地元の消防団に協力を要請し、山狩りよろしく隈《くま》なく捜索したが、やはり何も見つからない。日が暮れて目視不能になっても続行したが、無駄に労力を費やすだけだった。午後十時を過ぎていったん捜索は中断、翌午前五時から再開したものの結果は空しかった。

そして三日目の午後七時、陽《ひ》が沈んだのを合図に捜査本部は崇裕の捜索を断念した。

捜索打ち切りの知らせを受けた三津木は、ぼんやりと『五ひきのわるダヌキ』の最終ページを思い出していた。

五番目のタヌキは仲間が一匹もいなくなったので、よその山へと逃げていきました。

結局、一連の事件は絵本通りに事が運んでしまったのだ。ジンさんが言及したように、現実が物語に引っ張られたかたちだった。

不意に、三津木は聞いたことのないはずの井筒逸郎の高笑いを耳にしたような錯覚に陥った。

4

崇裕の捜索が打ち切られた二日後、三津木は佐久間町を出立《しゅったつ》する支度を整えていた。

本城家所有の山林に埋蔵されたモリブデンの調査は既に民間の分析会社に移管され、結果は柊に報告される手筈《てはず》になっている。ただし資産が確定したところで崇裕は行方不明なので、遺産の一切合財は柊が管理するらしい。数日間に亘《わた》って繰り広げられた血の惨劇も、終わってみれば誰一人として利益に与《あずか》れなかったのは皮肉としか言いようがない。それでも相続鑑定士としての任務は終了しているので、三津木はお役御免と相成った。

長いようで短い逗留《とうりゅう》だったな——自室に使わせてもらっていた部屋を見回し、三津木はしばし感慨に耽《ふけ》る。兄弟間の確執、昭和の遺物のような因習、濃密な人間関係。どれも禍々しく鬱陶《うっとう》しいものだったが、いよいよ離れるとなるとそれはそれで名残惜しい。

しかし時間は名残を惜しむのも許してくれなかった。

「お支度、済みましたかー」

襖《ふすま》を開けるのと同時に、久瑠実が顔を覗かせた。

「ああ、ちょうど今、終わったところです」

「それじゃあ、バス停までお送りしますね」

久瑠実は努めて明るい風を装う。三津木を送り出すのが家政婦として最後の仕事なので、湿っぽい雰囲気にしたくないのだろう。三津木も調子を合わせて軽く一礼すると、彼女の後についていった。

玄関に停《と》めてあった黒塗りのベンツに乗り込むと、久瑠実は申し訳なさそうに三津木の顔を窺《うかが》った。

「お見送りがあたし一人ですみません。本当だったら柊先生にも来てほしかったんですけど」

「いやあ。遺産相続手続きの真っ最中だから来られなくて当然だよ。それに、何だか柊先生には恩を仇《あだ》で返すみたいな格好になっちゃったし」

久瑠実は一つ頷《うなず》いてみせるとクルマを出した。

沙夜子と沢崎の死亡が確認された際、柊はひどく打ちひしがれていたという。今日び珍しい騎士道精神を持つ柊が、遂に沙夜子を救えなかった自分を責め苛《さいな》んだのは想像に難くない。そして沙夜子の背中を押したも同然の三津木にはなるべく会いたくないのも理解できる。

沙夜子を土壇場で追い詰め、結果的に自死させてしまったのはジンさんの計略だった。あの時は三津木も憤慨しきりだったが、今となればジンさんの決断はあながち間違ったものでもなかったと思える。沙夜子が逮捕されれば沢崎は立ち直れなくなるほど傷つき、崇裕は崇裕で殺人鬼の息子として誹謗中傷《ひぼうちゅうしょう》を浴びることになる。彼女が二人を道連れにしたことだけは想定外だったのだが。

「藤代さんも来ると思ったんですけどね」

「藤代さんは柊さん以上に僕を嫌ってしまったと思います。何しろ後一歩のところまで犯人を追い詰めたのに、僕の不用意な言葉で二度と手の届かないところに逃がしちゃったんだから。おまけに沢崎さんと崇裕くんまで巻き添えにした。今や、僕は藤代さんどころか長野県警の天敵みたいなものだよ」

「そのことなんですけど」

久瑠実は躊躇《ちゅうちょ》するように、いったん言葉を途切れさせる。

「崇裕ちゃん、どうしちゃったんでしょうね」

それは事件関係者のみならず、事件報道を見聞きした全ての人間に共通した話題だった。血で血を洗う遺産相続争いの中にあって、最後に残った血縁者。ところが母親もろとも崖から転落したというのに、未だ行方が分からない。様々な憶測を呼び、様々な謎がちりばめられていた本城家の事件で、これが最大の謎といっても過言ではなかった。

後の二人と同様に転落途中で死んだものの、遺体が土砂に隠されてしまったという説。遺体を野生動物が攫《さら》っていったという説。そして奇跡的に九死に一生を得たが山の中を彷徨《さまよ》ううちに迷子になってしまったという説。それぞれに信憑性《しんぴょうせい》が認められるものの、現実に崇裕の姿が見当たらない以上、どれも仮説に過ぎなかった。

ただし、ジンさんは別の仮説を唱えていた。

これはある人の意見なのだけれど、と前置きしてから三津木は話す。

「〈福子〉というのは神様が地上に遣わした神聖な存在なんだよね」

「ええ」

「だったら〈福子〉である崇裕くんは、また神様の許《もと》へ還《かえ》っていった……そういう解釈でいいんじゃないかしらん」

「……何ていうか、結構ファンタジーなんですね」

久瑠実は割り切れない様子だったが、凄惨《せいさん》な事件の締めくくりとしてはこれくらい穏やかな方がいいのではないかと三津木は思う。

「沢崎さんが沙夜子さんと崇裕ちゃんを連れて逃げ出したじゃないですか」

「うん」

「あたし、今になってあれは逆だったんじゃないかと思って。沙夜子さんが沢崎さんに泣きついたんじゃないでしょうか。わたしと崇裕を連れて逃げてって」

三津木は驚きを隠せなかった。

それはジンさんが指摘した可能性でもあったからだ。

「沙夜子さんが沢崎さんと添い遂げようとしたら、あんな風に逃げ出すしかしょうがない。沢崎さんだって自分から逃げようなんて言い出すタイプじゃないけど、沙夜子さんから連れて逃げてなんて頼まれたら、絶対に断れなかったと思うんです。沢崎さんってそういう人だったから」

藤代は沢崎が心中しようとしていた可能性を挙げた。しかし久瑠実の言う通り、逆だったという解釈の方が腑《ふ》に落ちる。もっとも、それでも沙夜子は三津木の浅薄さを嗤うだろうが。

「ところで本城邸はこれからどうなるのかな。実質、本城家は絶えてしまったし、住んでいるのは久瑠実さんだけになってしまったし」

「お屋敷はしばらくあのままで保存されるみたいです。取り壊すにもあれだけ大きいと費用がバカにならないそうで、それよりは本城グループの研修所という体裁にしておけば、福利厚生として税金対策になるからって」

「ははあ、柊さんの発案だね。それなら久瑠実さんは研修所の寮母さんみたいになるのかい」

「あたしはバイトみたいなものです。週に一度全部の窓を開けて空気の入れ替えをして、屋敷がいつでも使用できるようにメンテナンスするんですって」

「へえ。しかし週に一度でまともな給料とかくれるのかい」

「だから柊先生の事務所で雇ってもらうことになりました。お屋敷のメンテナンスがバイトになるっていうのはそういう意味で」

「そうか。それはいいね。うん、いい」

せめて残された者は不幸になってほしくない。三津木は真剣にそう思った。

森に囲まれた山道を抜け、二人を乗せたクルマはいよいよ街並みの中へと入っていく。不思議なもので森を抜けた途端、昭和から現代に帰還したような気になる。

やがて懐かしい佐久間町郵便局が見えてきた。あのバス停から松本バスターミナルに向かえば、後は新宿行きの高速バスに乗り換えるだけだ。

久瑠実はバス停近くにクルマを停めると、改めてこちらに向き直った。

「三津木先生、本当に有難うございました」

深々と下げた頭に、三津木も恐縮してしまう。

「いや、こちらこそ何もできないのに色々お世話になってしまって……申し訳ない気持ちでいっぱいです」

「何もできなかったなんて。最後の最後に事件を解決したじゃないですか」

「でも、残った三人も結局はあんな風になってしまったからね。藤代さんが言った通り、僕は余計なことをしただけだったんだよ」

「あの、最後に一つだけ教えてください」

久瑠実はおずおずと訊いてくる。

「部屋の前を通り過ぎる時、何度か三津木先生が誰かと話しているのが聞こえたんです。でも屋敷の中はケータイが使えないし、部屋には三津木先生一人きりだし。いったい誰と話していたんですか」

聞かれていたのか。

怪しまれないようにと気を配ったつもりだったが、久瑠実は見掛け以上に勘が鋭いようだ。まさか一人二役で喋っていたと言い訳することもできず、三津木は返事に窮する。

だが、三津木の方も最後に言わなければならないことがある。久瑠実には辛《つら》い内容であり、本人に告げるのならこちらのプライベートも開示するのが公正というものだろう。

「驚かないでよ」

そう前置きしてから、三津木はシャツをずらして右肩を晒《さら》した。現れたのは、さっきから覚醒《かくせい》していたジンさんだ。

久瑠実は息を呑む。

「人面瘡といってね。人の身体に寄生した意思あるデキモノだよ。僕はジンさんと呼んでいる」

『よお、はじめまして』

ジンさんが言葉を発すると、久瑠実はひどく驚いたようだ。当然だろう。

『俺はこいつのことをヒョーロクと呼んでる。まあ見掛け通り抜けたヤツだからな。俺が助言してやらないと、こいつは三日で餓死するか電車に飛び込むか首を吊る』

「初対面の人にそんなこと言うかね」

『初対面ってもなあ。俺の方は何度も見聞きしているんだし』

「一連の犯人が沙夜子さんなのもジンさんが見抜いたんだよ。事件を解決したのは決して僕の手柄じゃない」

「そう……なんですか」

『おい、ちょっと待て。事件はまだ解決してないだろうが』

「うん、そうだった。これから久瑠実さんにも説明しようと思ってさ」

「あの、どういうことでしょうか」

『沙夜子には共犯者がいたってことさ』

ジンさんは久瑠実に向かって話し始める。三津木以外に話し掛けるのは久しぶりなので、少し緊張しているようだ。

『共犯というよりは、沙夜子の犯行を知りながら黙って見過ごしていたんだから事後共犯みたいなもんかな。だが、そいつが武一郎夫婦殺害の時点で警察に打ち明けていたらその後の惨劇は防げたはずだから、そいつの罪は小さくない。傍観者ってのは、時には当事者より罪深い存在になる』

「久瑠実さん。あなたは最初から沙夜子さんの犯行だと知っていたよね」

ジンさんと三津木二人から問い詰められ、久瑠実は運転席で身を硬くする。

「火の始末をしてから戸締りをする。それがあなたの日課の一つだった。そんなあなたが沙夜子さんの行動に気づかなかったはずはない。犯行は全て夜半のうちに行われ、犯人も被害者も深夜に自室を出ている。警察の調べでは知らぬ存ぜぬを通していたけど、夜回りをしていたあなたがそれに気づかないはずがない」

「どうしてあたしがそんなことをする理由があるんですか」

『そりゃあもちろん本城家に対する恨みだよな』

「久瑠実さん、可愛がっていた猫を孝次さんか悦三さんに焼き殺されたと言っていたでしょう」

「それは事実だけど、飼い猫を殺されたくらいで犯罪を見過ごすなんて、そんな」

『お前さ、高校卒業してしばらくしてから親の借金のカタで本城家に雇われたんだよな。あの性悪揃いの本城家で借金のカタで雇われた地元の娘がどんな扱いを受けたのか、大した想像力がなくたって察しはつくさ。時代錯誤の家父長制度と本城家に代表される封建制度。佐久間町と本城家に蔓延《まんえん》する息苦しさの正体はそれだ。お前、そういうのが憎くて憎くて堪らなかったんじゃないのか』

「沙夜子さんの目論見《もくろみ》は財産の独り占めと沢崎さんと添い遂げること。ただし、それは家父長制度の破壊と本城家への復讐《ふくしゅう》も兼ねていた。だから、あなたは沙夜子さんの犯行を見逃したんです」

久瑠実は、もう何も反論しようとしなかった。ただ三津木とジンさんを気味悪そうに眺めているだけだった。

「久瑠実さんのしたことを警察に告げるつもりはないですよ。物的証拠もないしね。ただ、もう悪意を溜《た》め込むのは止めた方がいいと思う。柊さんは善い人だし、古い因習を嫌っているのはあなたと一緒だ。きっと上手くやれると思う」

その時、道路の向こう側から近づいてくるバスの姿を認めた。三津木はドアを開けて外に出る。

「これで本当にお別れ。それじゃあ」

軽く一礼してドアを閉め、到着したばかりのバスに乗り込む。

間もなくベンツとバス停が小さくなっていく。もう二度とこの地に足を踏み入れることはないだろうと、三津木は一抹の寂しさを覚えながら佐久間町に別れを告げていた。

視界から遠ざかるバスを見送りながら、久瑠実は薄気味悪さに自分の肩を抱いていた。

＊

何？　今の。

久瑠実が沙夜子の犯行を知りながら黙っていたのも、本城家の人間が憎くて堪らなかったのも、沙夜子が本城家の実権を握るのが小気味いいと考えたのも全部当たっている。さすがに真相を見抜いた三津木だと感心したが、あの振る舞いはさすがに引いた。

何が人面瘡のジンさんだ。三津木は一人二役で喋っていただけではないか。これ見よがしに露出した肩にも人面らしきものは見当たらなかった。ただ大小三つの裂け目を持つ瘤《こぶ》があるだけだった。三津木はアレが意思を持った生物だと本気で思っているのだろうか。

今まで自分が普通に相手をしていたのは、とんでもなくアブないヤツだったのかもしれない——そう考えると、夏至《げし》を過ぎたばかりだというのに背筋が寒くてならなかった。

解説

片岡鶴太郎

のっけからいささか失礼な物言いになってしまいますが、しばらく読書から遠ざかっていた私は、気がつけば文芸事情に随分と疎くなっていたようで、今回この解説のオファーをいただくまで、寡聞にして中山七里という作家の名前を存じ上げませんでした。

それだけに、驚かされました。こんな突拍子もない着想を、これほどスリルとユーモアにあふれたミステリーに仕上げる書き手がいたなんて、と。

いやはや、これはエンタテインメントに携わる身として、もったいない時間を過ごしてしまったなと猛省し、慌てて過去の中山七里作品に手を伸ばしている今日このごろであります。

ではなぜ、そんな体たらくな私にこうしてお声がかかったのか？　すでに本作品を読み終えている方の中には、ピンとくる方もいるかもしれません。

中山七里という作家は、過去のインタビューなどでも明言しているように、多分に横溝正史の影響を受けた書き手であり、本作『人面瘡探偵』にもその影響は色濃く現れています。

おどろおどろしい山村という舞台。そこに蔓延《はびこ》る昭和の古い風習。土地にまつわる因縁。どこをどう切り取っても、本作が持つ世界観からは金田一耕助シリーズを想起せずにはいられません。

そして私は何を隠そう、かつてテレビドラマ「昭和推理傑作選・横溝正史シリーズ」(一九九〇〜一九九八)において、金田一耕助役を演じた男なのです。

となれば、『人面瘡探偵』を語る資格は十分というもの。いえ、何よりもラストまで夢中になって一気読みさせられてしまった中山七里ファンの代表として、僭越《せんえつ》ながら私なりにこの物語と世界観を少し解釈してみたいと思います。

まずは簡単に、『人面瘡探偵』の内容をおさらいしてみましょう。

名家の当主が亡くなったことから、信州の山奥に派遣された相続鑑定士のヒョーロクくんこと三津木六兵。遺《のこ》された山林は当初、二束三文の価値しかないものと思われていましたが、調査の結果、そこには莫大《ばくだい》な地下資源が眠っている可能性があることが判明します。

途端に一族が色めき立つのも無理からぬこと。それまで面倒事を押し付け合うような態度でいた兄弟たちですが、思いがけず降って湧いた財産に目の色を変えます。

ところが、ほどなく蔵の中で長男が、続いて水車小屋の中で次男がと、次々に相続人が不審な死を遂げていくのです。

果たしてこれは、遺産を独り占めしようと目論《もくろ》む何者かの仕業なのか。それとも……。


――どうです？　本作が見事なまでに金田一的な世界観を踏襲していることが、おわかりいただけたのではないでしょうか。

ただし、この物語の面白さはそうしたオマージュだけに留《とど》まりません。

ミステリーには探偵役が必要です。この場合、地下資源の存在をつきとめ、その後も必死に足を動かして犯人捜しに奔走するヒョーロクくんがそれに相応《ふさわ》しいわけですが、弱腰で今ひとつ機転の利かない彼では、どうも頼りがいがありません。

でもご安心、探偵役は他にもいます。そう、ヒョーロクくんの右肩に人知れずのっかっている、人面瘡《じんめんそう》の「ジンさん」です。

ヒョーロクくんが五歳の時に、崖から転落してできた傷口が、ある日突然しゃべり始めたというのがジンさんの誕生エピソード。ジンさんは宿主に似ず博識かつ頭脳明晰《めいせき》で、ヒョーロクくんがフィールドワーク中に見たものや聞いた話などから、安楽椅子探偵宜《よろ》しく事件の真相に迫るヒントを導き出します。

弱腰なヒョーロクくんと、どこまでも口の悪いドSなジンさんの掛け合いもまた、本作のお楽しみのひとつです。右肩の異物に、徹底的にやり込められるヒョーロクくんが可哀そうになってしまうシーンも多々ありますが、そこはバディ物の妙味。罵るようなジンさんの言葉にしっかり導かれるヒョーロクくんは、謎の解明に向けて邁進《まいしん》します。

他方、家父長制度や男尊女卑といった昭和の文化風習が舞台に組み込まれているのも、金田一耕助の世界そのものでしょう。

これらは決して現代社会と相容《あい》れるものではありませんし、悪《あ》しき風習と言うべきものですが、それでもどこか日本人のDNAを刺激する原風景であるのも事実。私自身、物語に没入しながらも、心のどこかで金田一耕助を演じた時と同じ懐古の念が、じんわりと胸中に蘇《よみがえ》ったものです。同じように、ノスタルジックな郷愁を嚙《か》み締めながら読み進めた人も、少なくないのではないでしょうか。

いやはや、それにしても素晴らしい小説と出会ってしまったものだと、つくづく実感させられます。何より秀逸なのは、物語全体に通底するテンポの良さでしょう。久面白い小説というのは、ほんの五ページも読み進めればもうわかるものですね。久しぶりの読書体験に、当初は少し身構えていた私ですが、あっという間に物語の世界観に引き込まれてしまいました。これも中山さんの筆致のなせる業です。おそらく中山さんは、物語の幕開けから結末まで、最初からはっきりと見通しておられたのではないかと想像します。だから展開にぶれや迷いがなく、いくつもの起伏を設定しながらもぐいぐいとストーリーを推進していく。

実はこれ、私が絵を描く時とは対照的なんです。

私の場合は、目の前に置いたモチーフから感じ取れるものを、ただひたすら絵筆で表現していくスタイルで、自分でも最終的にどんな作品に仕上がるのかわからずに描き進めています。いわばその場のライブ感を大切にしていて、描いている途中で次々に湧いてくるインスピレーションを掛け合わせていくため、目指す方向もどんどん変わっていくのが常です。

中山さんの場合はそうではなく、どちらかというと落語の三題噺《さんだいばなし》に近い創作法なのではないでしょうか。客席から三つのキーワード（お題）をもらって、即興でひとつの噺に仕上げるという、アレですね。

実際、聞くところによると中山さんは、非常にシステマティックな創作を実践されている方なのだそう。打ち合わせの席で編集者から「次は○○をテーマにした作品なんていかがですか？」と水を向けられると、「わかりました、考えてみます」と腕組をして目を閉じ、ものの二、三分ほどで「できました」と大まかなプロットをその場で創出してしまうそうなのです。私のような感覚派の人間からするとこれは大変な驚きで、もはや天才の域というほかないでしょう。

中山さんの多作ぶりは、まさしくそうした超人性によるものであり、おかげですっかりファンとなった私としては、今後のお楽しみが絶えないわけです。

ところで、人面瘡のジンさん。実は私も、同じような存在と共生しています。

といっても、私の場合は痣《あざ》や傷ではなく、腹の中に潜んでいます。

私は彼のことを〝腹の主《ヌシ》〟と呼んでいるのですが、日々の発言や行動を見張ってくれていて、一日の最後にふりかえりと反省点を授けてくれるありがたい存在です。

寝床に入って消灯し、しばし目を閉じていると、腹の主はおもむろに話しかけてきます。

「おい。お前、今日のあの発言はマズかっただろう」

「ああいう場ではもっとこうしなければ駄目だよ」

「あるいは、こういう考え方もあったんじゃないか？」

これはまさにジンさんとヒョーロクくんの関係そのもので、私にとっては日々の行動や決断の指針をあたえてくれる、大切な相談相手になっています。

もちろん、オカルトめいた話ではありません。腹の主とは、自らを客観視するもうひとりの自分のようなものであり、潜在意識と言い換えてもいいかもしれません。

誰しも嫌な予感がしたり胸騒ぎがしたりというような経験があると思いますが、あれも私に言わせれば腹の主が送るサインなんです。幼少期などはとくに、胸騒ぎを無視してとった行動は、たいてい怪我《けが》をしたり怒られたり、ろくな結果につながらなかったのを覚えています。

逆に、腹の主の言うことに従っていると、たいてい良い結果につながります。たとえば私が突然、ボクシングのプロテストに挑戦したり、それまでまったく経験したことのなかった絵画に手を出したりといったことも、すべて腹の主に背中を押されて決意したものでした。いずれも私の人生に転機を与えてくれた大切な決断で、腹の主の声に従って一歩踏み出してみると、必ず祝福があるんですね。

実はこの解説のオファーをいただいた時も、最初はお引き受けすべきか少し躊躇《ちゆうちよ》しました。長らく小説を読むことから遠ざかっている自分に務まるのか不安でしたし、もし一読してその作品にハマれなかった場合、いったいどう取り繕えばいいのか……などと怖気《おじけ》づいていたからです。

しかし、私の中のジンさんがぽんと背中を押してくれたことから、こうして素晴らしい作家と作品を知ることができました。

人面瘡やら腹の主やらというのは極端かもしれませんが、自分の内なる声に耳を傾けることは大切だと思います。迷った時や困った時など、皆さんもぜひ試してみてください。

さて、金田一耕助という人物は、探偵としては日本有数の知名度を誇っていますが、決して万能型のヒーローではありません。実際、どの物語をひもといてみても、目の前で次々に殺人事件が発生していて、犯罪を未然に防ぐことはほとんどできていないのです。

事件が解決した後、関係者から感謝の言葉をいただくことはありますが、耕助自身は常に憂いを持っているはずで、「次こそは」の気持ちを忘れてはいません。私自身、彼に成り代わって事件の現場となる村や集落を訪れながら、そうした感情を常に携えていたものです。

でも、そんな哀愁がまた、物語に奥行きを与えてくれているのも事実でしょう。被害者は少ないに越したことはありませんが、完璧な仕事をすることができなかったからこそ、耕助はいつも反省と後悔の念に苛《さいな》まれ、それを成長の糧として次の事件へと向かいます。

きっと、ヒョーロクくんも同じ気持ちでいるのではないでしょうか。すでに続編

『人面島』のリリースが決まっているように、これから様々な物語を我々に体験させてくれるに違いありません。もちろん、右肩には最高の相棒をのせて。

そしていつの日か、もしもこのシリーズが映像化されることがあるのなら、ぜひ演者の一人に私を起用していただきたいですね。配役はもちろん、ヒョーロクくんの右肩にのるジンさんで。これは演じがいがありますよ！

まずはこれまで読みこぼしていた中山作品に片っ端から手をつけながら、そんな未来を心待ちにしたいと思います。

（かたおかつるたろう／俳優・画家）

本書のプロフィール

本書は、二〇一九年十一月に単行本として小学館より刊行された作品を加筆改稿し文庫化したものです。

この物語はフィクションであり、登場する人物・団体・事件等は、すべて架空のものです。

小学館文庫

人面瘡探偵《じんめんそうたんてい》

著者 中山七里《なかやましちり》

二〇二二年二月九日 初版第一刷発行

発行人 石川和男
発行所 株式会社 小学館
〒一〇一-八〇〇一
東京都千代田区一ツ橋二-三-一
電話 編集〇三-三二三〇-五六一六
販売〇三-五二八一-三五五五
印刷所 ――― 凸版印刷株式会社

ISBN978-4-09-407114-6